T.J. BROWN

Les héritières

Summerset Abbey - volume 1

Traduction française de
SOPHIE PERTUS

HARLEQUIN

Titre original :
SUMMERSET ABBEY

Ce roman a déjà été publié en 2014.

HARPERCOLLINS FRANCE
83-85, boulevard Vincent-Auriol, 75646 PARIS CEDEX 13
Service Lectrices — Tél. : 01 45 82 47 47

www.harlequin.fr

ISBN 978-2-2804-4463-7

Je dédie ce livre à mon père chéri,
Lyle George Foreman, qui est né en 1916, pendant la Première Guerre mondiale,
a vu l'homme marcher sur la Lune, naître le Web, et sa rebelle de fille cadette devenir romancière. J'ignore lequel de ces événements lui a fait le plus gros choc. Je t'aime, papa.

1

Prudence Tate s'arrêta sur le seuil de la porte voûtée pour laisser à Victoria le temps de se ressaisir. Les dizaines de chapeaux à plumes noires devant elle donnaient l'impression qu'un vol de corbeaux avait envahi l'église. Dans l'air flottait un parfum d'encens vieilli et de fleurs fatiguées. Mais c'était tout juste si Prudence y faisait attention.

A côté d'elle, Victoria, si frêle, tremblait de chagrin et d'épuisement.

— Suis-je vraiment obligée ?... demanda-t-elle dans un souffle à peine audible.

Née prématurée d'une mère mourante, Victoria avait toujours été fragile. Cependant, sa force de caractère compensait largement son manque de vigueur et de santé. Il avait fallu le décès de son père pour atténuer, ces jours-ci, l'éclat audacieux de ses yeux bleu de Chine.

— Oui, lui assura Prudence en lui passant un bras protecteur autour des épaules. Il le faut.

Les larmes qui coulaient sur les joues de Victoria lui firent craindre qu'elle ne s'effondre complètement avant même d'être arrivée au bout de l'allée centrale.

Les obsèques étant réglées par un protocole aussi strict que celui des couronnements, même l'ordre de la procession de la famille était fixé. La sœur aînée de Victoria, Rowena, était entrée avant elles au bras de son oncle et devait déjà attendre sur le banc de la famille.

Les plus proches parents de sir Philip Buxton, tous des hommes, en manteau de deuil noir, attendaient leur tour derrière elles. Ils s'agitaient et jetaient des coups d'œil de droite et de gauche en évitant soigneusement de les regarder, Victoria et elle.

Selon le protocole, toujours, Prudence, qui n'était que la fille de la préceptrice, aurait dû fermer le cortège avec les domestiques. Sauf que la maison de sir Philip était assez bohème et que l'on s'y moquait pas mal de l'étiquette.

Prudence regarda encore Victoria et son cœur se serra. Les épreuves de ces dernières semaines l'avaient tellement affaiblie que sa robe de deuil en laine bordée de crêpe pendait, comme vide, alors qu'elle venait d'être faite sur mesure. Victoria n'était pas d'une beauté classique. Elle avait sans doute les traits trop fins et les yeux trop grands. Cependant, malgré la faiblesse de ses poumons, elle se distinguait de n'importe quelle assemblée par sa vitalité. Sauf aujourd'hui. Aujourd'hui, elle avait perdu presque tout son éclat et de gros cernes lui ombraient les yeux.

Prudence lui saisit fermement la main.

— Viens, lui enjoignit-elle. On nous attend.

Victoria lui adressa un sourire vacillant en guise de réponse et elles s'avancèrent dans l'allée centrale au bout de laquelle elles allaient retrouver Rowena et l'oncle des deux filles, le comte de Summerset.

Quand elles arrivèrent près du banc de la famille, le comte écrasa Prudence d'un regard si méprisant qu'elle en chancela. Devant sa moue de dégoût, elle eut l'impression de n'être guère plus qu'une paysanne irlandaise avec encore du fumier collé à ses semelles.

Avant de mourir, sa mère l'avait pourtant mise en garde. Même si elle avait été élevée avec les filles de sir Philip, l'avait-elle prévenue, beaucoup ne la verraient que comme une domestique effrontée et présomptueuse. A l'évidence, lord Summerset était de ceux-là.

Debout à côté de son oncle, Rowena était très belle dans l'élégante robe de crêpe noir qui lui frôlait les chevilles, une petite toque très chic posée sur sa chevelure de jais remontée sur sa tête, un médaillon d'or au cou. Elle tendit la main à Prudence qui, soulagée, la serra dans la sienne. Sans la lâcher, elle passa devant le comte avec Victoria pour prendre place à côté de Rowena.

Elles attendirent debout la fin de la procession mais, soulagée d'être enfin à l'abri entre les deux êtres qui lui étaient le plus chers au monde, Prudence ne prêta aucune attention au défilé.

Une grosse boule se forma dans sa gorge à la vue du cercueil très orné couvert d'une brassée de lis, d'œillets et de feuilles de palme. Si elle était là, si elle donnait la main à Rowena et Victoria au lieu de rester recroquevillée au fond de l'église avec les domestiques, c'était uniquement grâce à la bonté de l'homme dont on célébrait les obsèques. Après la mort du père de Prudence, sa mère, qui avait été employée par la famille de sir Philip dans sa jeunesse, avait été envoyée auprès de la mère de Rowena et Victoria, souffrante. Lorsqu'elle était décédée, sir Philip lui avait demandé de rester pour l'aider à élever ses filles ; alors, Prudence, qui se situait exactement entre elles en âge, était devenue comme un membre de la famille. Pour avoir donné de son temps à plusieurs hospices de la ville, elle ne savait que trop bien ce qu'il advenait des jeunes filles seules au monde. Elle serait donc éternellement reconnaissante à sir Philip de n'avoir pas permis qu'elle connût un tel destin.

Elle cligna des yeux pour ravaler ses larmes et, pour se distraire, se mit à observer l'assemblée. Elle ne reconnaissait que quelques visages. Rupert Brooke, le jeune poète si beau et si nerveux ; Ben Tillett, le dirigeant syndical à la mine dure et crispée ; Roger Fry, l'artiste controversé qui avait choqué le Tout-Londres quelques années plus tôt en attirant l'attention sur le post-impressionnisme — des amis proches de sir Philip, qui s'entourait d'un groupe disparate d'artistes, d'intellectuels et de marginaux.

Toutefois, parce que c'était le comte qui s'était chargé d'organiser les obsèques, l'assemblée se composait surtout de ses pairs — des membres de la Chambre des lords et du gratin de la société londonienne.

Sir Philip aurait été furieux.

Les ors et les marbres polis de St. Bride's Church brillaient du même éclat que lors des rares occasions où la famille y avait assisté à l'office. Sir Philip avait choisi cette paroisse parce que, disait-il, « sir Christopher Wren y a bâti une église qui pourrait plaire à Dieu[1] ».

Prudence se rendit compte qu'un jeune homme placé de l'autre côté de l'allée centrale l'observait à petits coups d'œil furtifs. Au bout d'un moment, n'y tenant plus, elle tourna la tête vers lui. Il la regardait toujours. Elle se détourna un peu, les joues en feu, pour se concentrer sur un candélabre de bronze légèrement à sa gauche.

Victoria se pencha devant elle pour murmurer à Rowena :

— Regarde, lord Billingsly a remarqué notre Prudence chérie.

— Eh ! je suis là, chuchota l'intéressée en leur serrant la main à toutes les deux pour appuyer son propos.

Mais elle dut se forcer à ne plus regarder dans la direction du jeune homme.

Une fois le service commencé, elle sombra dans un puits de chagrin dans lequel elle crut s'engloutir à tout jamais. Submergée, elle n'y voyait plus. Son cœur brisé

1. Sir Christopher Wren était un savant et architecte anglais du XVIIe siècle. Son œuvre la plus célèbre est la cathédrale St. Paul à Londres.

laissait fuir des torrents de douleur. A côté d'elle, Victoria sanglotait tout bas tandis que la fermeté un peu raide de Rowena la soutenait. Elle se raccrocha à leurs deux mains tandis que la cérémonie passait dans un flot indistinct de paroles.

Elles restèrent ainsi jusqu'à ce qu'il soit temps de remonter dans les voitures funéraires noir et doré qui allaient les ramener à la maison, à Mayfair, pour la réception. Le cortège était suivi d'une longue file d'automobiles. La plupart des gens riches avaient en effet abandonné les voitures à cheval au profit des automobiles, bien plus commodes et plus rapides. Le comte lui-même en possédait plusieurs, et la Belsize bleue de sir Philip dormait dans le garage. Mais lord Summerset avait exigé des voitures à cheval traditionnelles.

— Miss Tate rentrera dans la voiture des domestiques, déclara-t-il d'un ton sans réplique.

Prudence connaissait bien cet air buté pour l'avoir souvent observé sur le joli visage de Rowena.

— Mais non ! protesta Victoria en ouvrant de grands yeux sidérés. Prudence vient avec nous.

— Ne soyez pas ridicule, objecta son oncle. Le duc de Plymouth souhaite se joindre à nous. Il n'y a pas assez de place.

Prudence posa les deux mains sur les épaules de Victoria. La tension qui émanait de son corps frêle était telle que l'estomac de Prudence se noua de crainte de la voir piquer une crise comme cela lui arrivait encore dans certaines situations, même à dix-huit ans. Au lieu de cela, son petit visage d'elfe se décomposa et sa lèvre inférieure se mit à trembler.

— Allez, courage. Je vais rentrer avec les autres et nous nous retrouverons à la maison, lui promit Prudence à voix basse.

Sauf que, à l'arrivée, elle se trouva prise dans un

tourbillon. Il fallait aider Hodgekins, le majordome, et Mme Tannin, la gouvernante. Elle eut à peine le temps de voir Rowena et Victoria qui, bloquées dans la grande entrée de marbre, recevaient les condoléances de tout un défilé morbide d'invités. Après les avoir saluées, ces derniers étaient reçus dans le salon vert pâle, à droite, ou dans la grande salle à manger, à gauche, où ils engouffraient des quantités indécentes de nourriture.

Prudence se faufilait adroitement dans la foule pour s'assurer qu'il y avait suffisamment de porto, de cognac et de vin chaud. Carl, le valet de pied, servait les petits-fours. Des biscuits au gingembre de Biarritz et des chocolats belges étaient disposés dans des plats d'argent sur le buffet.

Les fleurs de serre avaient été livrées et arrangées plus tôt dans la journée. Des vases de lis ornés d'un ruban noir avaient été disposés sur les tables tandis que les grandes coupes d'argent de la salle à manger débordaient de chrysanthèmes. Ecœurée par leur parfum capiteux, Prudence se demanda si elle pourrait jamais respirer de nouveau une fleur avec plaisir.

Tout en s'affairant à des tâches terre à terre, elle remarqua que, hormis quelques amis très proches de sir Philip qui lui présentèrent de sincères condoléances, les invités faisaient comme s'ils ne la voyaient pas. Lorsqu'une femme au visage pincé coiffée d'un turban noir lui tendit son verre sans rien dire, elle comprit pourquoi elle était invisible.

Les relations du comte la prenaient pour une domestique.

Elle resta interdite au milieu du vaste hall, un verre en cristal à la main, les larmes aux yeux, ne sachant pas s'il fallait en rire ou en pleurer.

Elle posa le verre sur le premier guéridon venu et se glissa dans une petite alcôve sous le grand escalier d'acajou pour s'isoler quelques instants. Elle porta les deux mains à ses joues brûlantes et respira profondément.

— Je connais les filles, bien sûr, dit une voix féminine assez près de la cachette de Prudence. Elles ont séjourné à Stanton l'été dernier avec la famille du comte. En revanche, je ne sais pas qui était avec elles pendant le service.

— C'était la fille de la préceptrice, répondit une autre femme. Sir Philip l'a élevée comme si c'était la sienne et l'a gardée chez lui même après la mort de sa mère il y a plusieurs années. Vous rendez-vous compte ? Il avait des idées tellement libérales... Les petites étaient pratiquement livrées à elles-mêmes dans Londres.

Les voix se rapprochaient. Prudence se rencogna tout au fond de l'alcôve.

— Comme c'est curieux : elles ont pourtant l'air charmantes.

— Oh ! elles le sont tout à fait — si ce n'est que j'ai entendu dire que l'aînée appartenait au Syndicat national pour le suffrage des femmes et que la cadette disait des choses absolument stupéfiantes. Il semble qu'elle ait tendance à amener la conversation sur les sujets les plus bizarres — des sujets qui ne devraient même pas venir à l'esprit des jeunes filles — tels que les plantes médicinales. Et puis elle est délicate, vous comprenez.

— Mais, l'autre, je ne l'ai jamais vue ni à Summerset ni à aucun bal durant la saison, insista son interlocutrice.

— Ts-ts. Bien sûr que non. Vous n'imaginez tout de même pas que sir Philip aurait poussé le comte aussi loin ?

Puis les voix s'éloignèrent et Prudence s'adossa au mur, manquant de bousculer une petite table qui supportait une statue en marbre de Circé. Elle la retint d'une main en rougissant. *Sir Philip n'avait pas osé pousser le comte aussi loin ?* Comment cela ? Prudence aurait voulu disparaître pour toujours. Mais elle ne pouvait pas laisser

Hodgekins et Mme Tannin faire tout le travail. Eux aussi avaient de la peine.

Elle s'efforça donc de chasser cette conversation de son esprit et alla dans le cellier chercher deux autres bouteilles de porto qu'elle porta à l'office afin que le majordome les décante.

Cela suffisait ! estima-t-elle quand ce fut fait. Elle n'était peut-être pas la fille de la maison, mais elle faisait partie de la famille et avait désespérément besoin de la présence réconfortante de Victoria et Rowena pour effacer les paroles blessantes qui lui tintaient encore aux oreilles. Dans le vestibule, elle s'arrêta juste à temps pour ne pas heurter un invité en train d'enfiler un manteau de serge noire.

— Excusez-moi.

Elle allait passer son chemin — quand elle se rendit compte que c'était le jeune homme qui l'avait regardée pendant le service. Elle se trouva comme aimantée par ses yeux d'obsidienne, le souffle coupé.

— Non, c'est moi qui suis confus, lui assura-t-il. J'espérais pouvoir sortir discrètement par-derrière. Pardon, ajouta-t-il en piquant un fard quand il comprit à qui il avait affaire. Je veux dire que j'ai préféré ne pas déranger la famille. Je ne connaissais pas très bien sir Philip.

— Que faites-vous ici, dans ce cas ?

Elle se sentit rougir à son tour de la grossièreté de sa question. Qu'est-ce qui lui avait pris de dire une chose pareille ? Mais il était trop près. Elle n'arrivait plus à réfléchir ni même à respirer. Elle recula d'un pas.

— Ma mère, qui est souffrante, m'a chargé de venir présenter nos respects. Mes parents connaissent bien le comte et je suis très ami avec Colin, son fils.

— Ah !

Elle se risqua à étudier son visage. Des boucles d'un

brun cuivré barraient son front haut. Il la fixait d'un air franc et légèrement interrogateur à la fois. Ils s'observèrent ainsi un long moment. En était-il aussi étourdi qu'elle ? se demanda-t-elle alors que son cœur se mettait à battre la chamade. Elle finit par baisser les yeux.

— Merci, fit-elle.

Au moment où elle allait s'éloigner, il la retint par le coude.

— Attendez. Je ne sais même pas comment vous vous appelez.

— Prudence, répondit-elle avant de se dégager pour s'en aller dans le couloir.

— Mais qui êtes-vous ? lança-t-il derrière elle.

Comment le lui dire, alors qu'elle-même ne le savait plus ?

Les filles étaient encore dans le grand hall, en train d'accueillir leurs hôtes. L'inquiétude la prit quand elle aperçut Victoria derrière une plante verte. Elle se hâta d'aller trouver le comte qui s'entretenait avec un gentleman à l'air austère coiffé d'un haut-de-forme.

— Excusez-moi, monsieur, chuchota-t-elle.

Il poursuivit sa conversation comme si de rien n'était alors qu'il avait remarqué sa présence. Elle pinça les lèvres et le tira par la manche.

— Lord Summerset, fit-elle avec insistance, il faut que je vous parle.

Il se tourna vers elle d'un air passablement irrité.

— Quoi ? aboya-t-il.

— Il s'agit de Victoria. Je crois qu'il faudrait la dispenser de saluer les invités. Elle n'a pas l'air bien.

— Je suis certain que si, objecta-t-il.

Il tourna la tête vers sa nièce et se crispa. D'une pâleur extrême, elle vacillait sur ses jambes. Il soupira.

— Bien. Faites-la monter et restez avec elle. Rowena peut recevoir seule.

Prudence se précipita auprès de Victoria sans un mot de plus. Elle lui passa un bras autour de la taille et murmura :

— Viens avec moi. Tu as fini pour ce soir.

Victoria, qui craignait toujours d'être trop dorlotée, se raidit de contrariété. Elle ne détestait rien tant que d'être choyée à cause de ses poumons fragiles. Cependant, Prudence sentait les tremblements qui gagnaient son corps frêle.

— Tout va bien, répliqua Victoria avant de lui adresser un sourire contrit et de chanceler. D'accord, j'avoue qu'une petite pause ne me ferait sans doute pas de mal.

Elle s'appuya sur le bras de Prudence et la laissa l'emmener.

— C'est le chagrin qui m'épuise, lui assura-t-elle tandis qu'elles montaient lentement l'escalier.

— Tu te sentiras mieux après avoir dormi un peu, lui promit Prudence en l'embrassant sur la joue.

— Tu le crois vraiment ?

Rongée elle aussi par une profonde tristesse, Prudence hésita.

— Non, pas vraiment, avoua-t-elle. Mais que faire d'autre ?

Rowena les regarda s'éloigner, la tête brune de Prudence inclinée vers la tête blonde de Victoria. Elle aurait tant voulu les suivre… Mais il fallait bien une maîtresse de maison et c'était un rôle qu'elle endossait de plus en plus souvent ces derniers temps — quoique très rarement dans des occasions aussi officielles que celle-ci. Son père n'avait pas le goût du faste. Il savait recevoir avec pompe au besoin, mais il préférait de loin les dîners improvisés avec des amis autour de plats simples et de quelques bonnes bouteilles de vin. Et ses invités appréciaient la généreuse simplicité de son accueil.

En retenant les larmes qui lui montaient aux yeux, elle se tourna vivement vers la dame fort corpulente qui se tenait devant elle. Si elle se mettait à pleurer, elle ne pourrait plus s'arrêter. Mais cette horrible réception allait durer encore des heures et il fallait qu'elle tienne jusqu'au bout.

— Merci infiniment de votre présence..., dit-elle avant de se rendre compte qu'elle était incapable de se rappeler son nom.

— Votre père était un homme bon, mon petit, lui assura la dame avant de s'éloigner.

Enfin, le cortège des condoléances prit fin et Rowena put quitter l'entrée. Elle commença par avaler d'un trait un verre de cognac en ignorant le froncement de sourcils sévère de son oncle à l'autre bout de la pièce. Elle en avait besoin pour ne pas flancher.

Puis elle déambula de pièce en pièce en ayant soin d'éviter les regards pour échapper aux conversations mondaines de circonstance. Son père n'avait que mépris pour ces bavardages creux — et elle aussi. Les jacasseries du beau monde l'exaspéraient tant qu'elle était capable de dire « Quel temps épouvantable, n'est-ce pas ? » alors qu'il n'y avait pas un nuage dans le ciel, afin de couper court.

Pour s'y soustraire, elle fit mine d'être occupée, tapota les coussins du grand canapé, essuya un rond laissé par un verre d'eau sur un guéridon...

Avant que ses parents s'installent dans cette maison victorienne de conception assez guindée, son père l'avait fait entièrement transformer. Les pièces avaient été agrandies, la cage d'escalier surmontée d'un dôme de verre pour laisser entrer davantage de lumière, les murs enduits d'un blanc crème très doux. Elle en aimait tous les détails, des fenêtres à guillotine de la façade aux planchers d'acajou cirés et parsemés de tapis d'Orient. Pour la décoration, sa mère avait privilégié le bien-être plutôt que l'esbroufe. Elle était ainsi parvenue à créer un intérieur aéré et spacieux, aussi agréable à vivre qu'élégant.

Son oncle s'approcha d'elle.

— Dès qu'il y aura moins de monde, j'aimerais vous voir dans le bureau. Le notaire de votre père souhaite nous faire part des détails de son testament.

— Son testament ? répéta-t-elle bêtement.

Tout compte fait, elle avait peut-être eu tort de boire ce verre de cognac.

— Evidemment. Vous n'imaginez tout de même pas qu'il vous aurait laissées sans ressources, Victoria et vous.

Sans ressources ? Elle tourna et retourna la phrase dans son esprit. Eh bien, non. Elle ne s'était jamais préoccupée des questions d'argent. C'était son père qui gérait les dépenses de la maison. Sauf que, désormais, il ne s'en occuperait plus. Elle venait tout juste d'en prendre conscience. Sa gorge se serra. Serait-ce le notaire qui s'en chargerait ? Ou la banque ?

— Il faut que nous nous entretenions de votre avenir, poursuivit son oncle. Il n'a donc jamais parlé de tout cela avec vous ?

Elle secoua la tête, incapable de répondre. Son oncle lui tapota l'épaule d'un air un peu gêné.

— Ce n'est pas grave, ma chère enfant. Nous verrons cela avec Me Barry.

Il s'éloigna, la laissant pensive. *Son avenir ?* Y songer l'avait toujours emplie d'une certaine angoisse. Ses amies et leurs parents faisaient toutes sortes de projets. Elle, en revanche, restait prisonnière d'une frustrante indécision. Malgré ses efforts pour combler ce vide, elle demeurait incapable de déterminer ce qu'elle avait envie de faire de sa vie. Un été, sur les conseils d'une relation, elle s'était jetée à corps perdu dans le sport. Elle avait appris à jouer au tennis avec une détermination sans faille, et au golf jusqu'à pouvoir rivaliser avec les hommes. Mais ce gouffre en elle ne s'était pas comblé et elle avait remisé raquettes et clubs au grenier. Finalement, sous la douce influence de son père, elle s'était consacrée à militer pour le droit de vote des femmes au sein du Syndicat national pour le suffrage des femmes. Et, pour lui faire plaisir, elle avait continué à s'investir dans ce mouvement bien après que son penchant naturel l'aurait poussée à abandonner. Les femmes qu'elle y côtoyait la mettaient mal à l'aise. Pleines d'assurance, indépendantes, elles traçaient résolument leur chemin tandis que celui de Rowena demeurait désespérément flou. Sans doute se marierait-elle, un jour, mais elle n'en faisait pas une priorité. D'autant qu'elle n'avait pas encore rencontré un homme qui retînt son attention. La plupart des jeunes filles de son entourage faisaient du mariage leur ambition suprême, alors que celles qui participaient aux réunions de suffragettes n'y voyaient qu'une forme d'esclavage. Si son père n'adhérait pas à une opinion aussi radicale, il n'avait jamais souhaité la voir se marier jeune. « Tu as tout le temps », affirmait-il. Elle s'était donc laissé porter au gré des circonstances, faisant preuve en ce qui touchait son avenir d'une étrange apathie.

Mais avec quelle brutalité les choses avaient changé… Son père était en parfaite santé quand, il y a quelques semaines, il avait attrapé un refroidissement. Hélas, le refroidissement s'était mué en pneumonie. Bientôt, il n'avait plus été question de parler avec lui d'avenir ni de rien d'autre.

Rowena reprit un cognac pour faire bonne mesure et se fraya un chemin entre les invités qui restaient pour monter dans la bibliothèque.

A peine entrée, elle s'arrêta. Le parfum de cuir vieilli, de tabac à pipe et de feuilles séchées qui régnait dans la pièce lui fit revenir à la mémoire une foule de souvenirs. Aucune pièce de la maison ne portait autant que celle-ci la marque de son père, dont c'était aussi le bureau. Victoria, Prudence et elle y avaient passé bien des heures à lire ou à jouer sagement tandis qu'il travaillait, classait et reclassait les dizaines de plantes qu'il cueillait ou faisait pousser dans sa serre. Botaniste distingué, il ne se lassait jamais de parler de ses travaux. Il arrivait même à Rowena de ne l'interroger que pour entendre la chaleur et la passion dans sa voix quand il lui répondait.

Elle ravala la boule qu'elle avait dans la gorge et évita le fauteuil de capitaine devant la table de bois ciré pour s'installer dans une confortable chauffeuse en tissu chenille face à l'une des quatre lucarnes dont le mur était percé.

Elle se mit à boire son cognac à petites gorgées. La douce chaleur qui envahissait peu à peu son corps l'apaisait.

— Je suis navré que la comtesse de Summerset n'ait pu vous accompagner, dit, derrière elle, à la porte, une voix masculine qui devait être celle du notaire de son père.

— Elle ne se sentait pas très bien et j'ai jugé plus prudent qu'elle reste à la maison, répondit son oncle. On attrape trop de maladies, à Londres, en automne.

— Vous avez fort bien fait.

Rowena allait se signaler quand son oncle poursuivit :

— D'autre part, elle n'a jamais approuvé la façon dont nos nièces étaient élevées. Hélas, ce pauvre Philip était un partisan de l'individualisme. C'est un miracle que les filles ne soient pas devenues des suffragettes acharnées.

Mieux valait mettre un terme à cette conversation sans attendre. Elle toussota discrètement et se leva en se tournant face à son oncle. Les deux hommes sursautèrent.

— Excusez-moi, dit-elle. J'ai dû m'assoupir.

— Et c'est bien naturel, s'empressa d'assurer Me Barry. La journée a été éprouvante. Toutes mes condoléances, miss Buxton.

— Merci. Les invités sont-ils partis ? reprit-elle à l'adresse de son oncle.

— Presque tous. Les domestiques s'occupent des derniers. Asseyons-nous, voulez-vous.

Elle aimait bien Me Barry, dont le nez aquilin qu'il arborait fièrement contrastait avec le désordre de ses cheveux blancs désormais libérés de son chapeau. Il s'approcha du bureau et ouvrit un porte-documents. Quand il s'assit dans le fauteuil de capitaine, celui de *son père*, elle dut détourner les yeux. Puis elle prit place à côté de son oncle sur l'un des sièges destinés aux visiteurs de l'autre côté de la table.

Me Barry se racla la gorge.

— Il n'y a pas de grande surprise, annonça-t-il. Votre père touchait bien entendu des revenus des propriétés de la famille. Il a par ailleurs reçu une importante somme d'argent lorsqu'il a été anobli. Il l'a investie très judicieusement grâce aux conseils avisés de votre oncle, et Victoria et vous-même en êtes les seules bénéficiaires.

Elle hocha la tête. Qui aurait-il pu y avoir d'autre ? Fils cadet, son père n'avait pas de titre ronflant à transmettre à un héritier mâle.

— Cependant, poursuivit le notaire, votre père a choisi votre oncle comme tuteur, afin qu'il veille sur vos intérêts financiers jusqu'à vos vingt-cinq ans, ou jusqu'à votre mariage avec un homme bien, au premier des deux termes échu.

Elle fronça les sourcils et se mit à tambouriner du bout des doigts sur l'accoudoir de son fauteuil.

— Qu'est-ce que cela signifie, précisément ? voulut-elle savoir.

— Cela signifie que votre oncle et son notaire prendront en charge toutes vos dépenses et veilleront à vos investissements jusqu'à ce que vous ayez l'âge d'hériter pleinement. Votre père a décidé cela pour vous protéger, Victoria et vous, des coureurs de dot.

En apparence, cela semblait raisonnable. Mais les implications qu'elle entrevoyait la mettaient déjà mal à l'aise. Son oncle allait-il régenter leur vie pendant les trois années à venir ? Serait-elle obligée d'avoir sa bénédiction si elle voulait se marier ? Certes, ce n'était pas à l'ordre du jour ; néanmoins, l'idée d'avoir à répondre à son oncle de ses dépenses…

— Donc, rien ne va vraiment changer, si je comprends bien ? Les factures et les notes de la maison seront envoyées à mon oncle au lieu de… de mon père, conclut-elle d'une voix étranglée.

— Exactement, confirma Me Barry en hochant la tête.

Son oncle s'éclaircit la voix.

— Votre tante et moi avons évoqué la question, coupa-t-il. Il nous semble préférable que vous passiez l'hiver à Summerset.

Elle pesa soigneusement ses mots avant de répondre.

— Merci de votre offre, mon oncle. Cependant, je crois qu'il serait préférable pour Victoria d'éviter de trop brusques changements. Moins nous modifierons nos habitudes, mieux elle se portera…

Elle acheva sa phrase sans grande conviction, consciente que la disparition de leur père allait bouleverser toute leur vie, qu'elles le veuillent ou non.

— Voulez-vous bien nous laisser, maître Barry ? le pria son oncle, Conrad. Il s'agit désormais d'une affaire de famille.

Le notaire hocha la tête.

— Encore toutes mes condoléances, mademoiselle. Votre père était un homme remarquable et un excellent ami.

Elle hocha la tête, incapable de prononcer un mot.

Une fois Me Barry parti, son oncle se tourna vers elle avec un regard d'une gentillesse qu'elle ne lui avait jamais vue. La ressemblance avec son père était soudain si saisissante qu'elle en eut le souffle coupé. Ils avaient le même menton décidé, le même nez aristocratique, les mêmes yeux verts. Non, corrigea-t-elle *in petto*. Pas tout à fait les mêmes yeux. Alors que ceux de son père pétillaient d'humour et de chaleur, ceux de son oncle étaient plus sombres — sans doute parce que, depuis des années, c'était lui qui portait la responsabilité du domaine familial et du titre.

— Ne croyez-vous pas qu'il vaut mieux couper complètement avec le passé ? objecta-t-il. Cette maison est emplie de souvenirs qui vont vous attrister, votre sœur et vous. Du reste, votre tante Charlotte et moi ne sommes même pas certains de la garder. Celle de Belgravia est beaucoup plus grande et mieux située.

Elle releva vivement la tête.

— Vous n'êtes pas certains de *garder la maison* ? Comment cela ? Mais enfin il le faut ! C'est chez nous !

— Pour combien de temps ? Lorsque Victoria et vous serez mariées, vous aurez chacune votre foyer. Je ne suis pas sûr de tenir à assumer l'entretien d'une deuxième résidence à Londres.

Elle se pencha en avant, les mains crispées sur les accoudoirs de son fauteuil.

— Pourquoi serait-ce à vous de l'entretenir ? Les dépenses seront prélevées sur l'argent laissé par mon père, j'imagine.

— Cette maison n'appartenait pas à votre père, lui révéla-t-il non sans douceur. C'est un bien de la famille. Notre père la lui avait achetée comme cadeau de mariage mais en avait officiellement conservé la propriété.

Elle contempla la bibliothèque chérie de son père, qui, en fin de compte, n'était pas à lui. *Et donc pas à elle*.

— Je vous en supplie, ne la vendez pas, dit-elle. Et les meubles ? Les domestiques ?

Il lui tapota la main.

— Mon intention n'était pas d'ajouter à votre peine, lui assura-t-il d'un ton conciliant avant de se lever comme pour mettre fin à la conversation. Ce ne sont pas des décisions qu'il est indispensable de prendre aujourd'hui. Mais j'insiste pour que Victoria et vous rentriez avec moi. Nous allons inhumer votre père dans la crypte familiale. Vous voudrez être présentes, n'est-ce pas ? D'ailleurs, Victoria aime énormément Summerset.

Rowena s'appuya au dossier de son siège, tremblante de colère et de désespoir.

— Bien sûr, répondit-elle néanmoins. Quand souhaitez-vous partir ?

— Les convenances voudraient que nous prenions la route au plus vite. Toutefois, j'ai à faire à Londres demain matin. Nous voyagerons donc après-demain.

Il paraissait soulagé qu'elle ne lui oppose pas davantage de résistance. A quoi bon ? Elle avait passé l'âge des caprices et les arguments de son oncle étaient des plus raisonnables. Elle réglerait plus tard la question de la maison. Elle ne pouvait pas le laisser la vendre. Mais, pour l'instant, elle n'avait qu'une hâte : se retirer dans sa chambre pour réfléchir.

— Entendu. Je vais dire à Victoria et Prudence de faire leurs bagages.

Son oncle, qui s'apprêtait à sortir de la pièce, s'arrêta sur le seuil et se retourna.

— Inutile d'emmener des domestiques, objecta-t-il. Les femmes de chambre de Summerset s'occuperont de vous, comme d'habitude.

Elle se raidit.

— Prudence n'est *pas* une domestique, répliqua-t-elle.

— Bien sûr que si : c'est la fille de la préceptrice. C'est par pure générosité que votre père l'a gardée après la mort de sa mère.

— Mon père était très attaché à Prudence, tout comme ma sœur et moi le sommes, protesta-t-elle. Elle fait partie de la famille.

Son oncle pâlit.

— Je crains que votre père vous ait laissé bien trop de latitude à l'égard de cette fille. Elle ne fait en aucun cas partie de la famille.

— Mais si ! Et depuis toujours. Mon père ne l'a jamais traitée différemment de Victoria et moi. Elle étudiait avec nous, était habillée comme nous…

— Votre père était très bon, mais animé de convictions dangereusement libérales. Si je lui ai accordé ce privilège, c'est parce qu'il n'a jamais déshonoré notre nom ni notre famille — bien qu'il ait été près de passer les bornes en ne vous faisant pas faire votre entrée dans le monde.

Rowena se leva et fit face à son oncle.

— Pardon, mais Victoria et moi avons été présentées à la reine, comme il se doit. En revanche, ni l'une ni l'autre n'avons souhaité qu'un bal soit donné à cette occasion. Nous avons horreur de l'ostentation et du gâchis. Savez-vous que l'on pourrait nourrir cent familles pendant un an rien qu'avec l'argent dépensé pour les décorations florales d'un bal ? Nous faisons donc notre devoir en assistant de temps à autre à une soirée mondaine ou une réception caritative, mais il faut bien avouer que, tout simplement, ce genre de choses ne nous intéresse pas. Et notre père l'admettait.

— C'est précisément ce dont je vous parle, répliqua-t-il en se crispant. Comment comptez-vous trouver un mari convenable si vous n'entrez pas dans le monde ? Votre tante, en particulier, s'inquiète beaucoup pour vous. J'aurais dû intervenir il y a plusieurs années. Mais là n'est plus la question. Votre sœur et vous rentrerez avec moi à Summerset et Prudence restera à Londres.

Devant tant d'implacabilité, Rowena se figea, l'estomac

noué. Elle sentait d'instinct qu'elle n'arriverait à rien en le défiant ouvertement. Cependant, il était impensable de partir sans Prudence. Elle prit une profonde inspiration et opta pour une autre stratégie.

— Prudence est pour nous comme une sœur, déclara-t-elle d'une voix calme. Elle a toujours été très proche de Victoria. Personne ne sait l'apaiser aussi bien qu'elle. Et vous savez comme Victoria est délicate… Après le décès de notre père, je crains qu'une seconde séparation ne soit néfaste à sa santé.

Elle marqua un silence pour laisser à son argument le temps de porter. Son oncle serait sans cœur de priver de son soutien sa nièce si fragile. Du reste, il était le premier à avoir un faible pour Victoria.

— Si vous nous permettez d'emmener Prudence en qualité de femme de chambre, dit-elle, vous aiderez Victoria sans choquer personne. Vous ne pouvez pas nous refuser notre femme de chambre, tout de même ?

Elle joignit les mains devant elle et baissa les yeux. Intérieurement, elle bouillait de colère.

Acculé, son oncle serrait et desserrait les dents.

— Très bien, finit-il par concéder. Si vous y tenez. Mais souvenez-vous que ce sera une *domestique*. Pas notre hôte.

Sur quoi il inclina la tête et sortit.

Rowena retomba dans son fauteuil en tremblant et enfouit le visage entre ses mains. L'énormité de ses responsabilités l'étouffait. Qu'avait fait son père ? Pourquoi, après lui avoir inculqué le goût de l'indépendance, la livrait-il pieds et poings liés à un homme qui était tout sauf partisan de l'indépendance des femmes ? Elle risquait de perdre la maison, Prudence… tout.

Elle prit une profonde inspiration et s'efforça de réfléchir. Etait-elle si indépendante que cela, au fond ? Elle ignorait tout des aspects financiers de l'existence et n'avait jamais pris la peine de s'instruire dans ce domaine. Elle avait joui de toute la liberté qui était offerte sans endosser la moindre responsabilité. Bêtement, elle n'avait même pas su sur quoi se renseigner. Par égoïsme, par légèreté, elle n'avait fait que papillonner d'un caprice à l'autre sans rien apprendre d'utile. Il n'était pas étonnant que son père ait confié la gestion de leurs affaires à son frère.

C'était une erreur qu'elle ne pouvait pas se permettre de refaire. Car c'était sur elle que se reposaient désormais Prudence et Victoria, même si l'idée que d'autres puissent dépendre de ses décisions la terrifiait. D'autant que, prendre des décisions, c'était justement ce qu'elle n'avait jamais su faire.

Elle se leva et balaya la bibliothèque du regard, en s'arrêtant sur le télescope de bois devant la fenêtre, la mappemonde avec laquelle elles avaient tant joué, petites filles, quand elles faisaient semblant d'être de grandes exploratrices, le tapis de laine d'agneau sur lequel Prudence et elle s'allongeaient pour lire en se chauffant les orteils devant le feu…

C'était à elle de préserver cette pièce, les précieux souvenirs qu'elle renfermait, et sa petite famille. Elle était seule à pouvoir le faire.

2

Victoria avait un secret.

C'était la première chose à laquelle elle pensait le matin et la dernière le soir. Elle le gardait comme un trésor qui lui appartiendrait à elle seule. Evidemment, son père était au courant, de même que Katie, la jeune domestique. Mais depuis qu'il était mort, c'était vraiment son secret à elle.

Papa.

Encore une fois, les serres implacables du chagrin et de la perte lui broyèrent le cœur. Elle se pelotonna dans son lit, la courtepointe remontée jusqu'au menton. Les premiers rayons du soleil filtraient entre les rideaux pour venir danser sur la tête de lit dans un scintillement presque vivant. Elle suivit de l'index les motifs sculptés dans le bois ciré.

Papa.

Ne tenant plus en place, elle se leva et agita les jambes pour les dégager des plis de la longue chemise de nuit de coton très fin qui la couvrait du cou aux orteils. Souvent, dans la nuit, celle-ci s'enroulait autour d'elle, si serrée qu'il lui semblait être dans un linceul. A côté d'elle, Prudence soupira et s'enfonça plus loin dans le lit pour retrouver de la chaleur. Victoria n'aimait pas dormir seule. Ses nuits étaient ponctuées de cauchemars que seule une présence réconfortante comme celle de Prudence pouvait apaiser.

Katie avait déjà allumé un feu dans la cheminée carrelée de céramique crème. Il crépitait joyeusement derrière le pare-feu de cuivre pour chasser la fraîcheur de ce début d'automne. Sa robe de chambre l'attendait sur l'ottomane, au chaud, avec ses chaussons tricotés. Elle l'enfila en grimaçant, comme chaque fois, devant les petits nœuds de satin rose qui ornaient les manches et l'empiècement. C'était Rowena qui la lui avait offerte pour Noël. Victoria n'avait pas osé le lui dire, mais elle la trouvait trop enfantine.

La veille au soir, sa sœur était venue la voir dans sa chambre pour lui annoncer qu'elles allaient fermer la maison de Londres et s'installer à Summerset pour l'hiver. Victoria adorait Summerset. Cependant, Rowena ne lui disait pas tout, elle le sentait.

Or les seuls secrets qu'aimait Victoria, c'étaient les siens.

Un peu maussade, elle se pelotonna sur la banquette de fenêtre garnie de velours et entrouvrit les rideaux juste ce qu'il fallait pour regarder dehors. En bas, le camion du laitier livrait le lait, le fromage, le beurre et les œufs frais qui allaient accompagner le thé ou le café du matin. Déjà debout, les filles de cuisine sortaient prendre ce qu'il fallait pour chaque maison. Victoria savait que les domestiques avaient fort à faire le matin et trouvaient tout juste un moment pour avaler quelque chose entre le lever et le petit déjeuner de leurs patrons.

Elle savait également que les domestiques avaient eux aussi leurs secrets. Par exemple, il arrivait à Katie de voler de la nourriture dans le cellier pour envoyer des colis de vivres à sa mère dans l'East End. Elle était presque certaine que son père était au courant lui aussi et choisissait de fermer les yeux.

Quand le camion eut disparu, elle reprit le cours de ses pensées. Que pouvait bien lui cacher Rowena ? Toutefois, ce qui l'inquiétait le plus, c'étaient les conséquences que leur installation à Summerset allait avoir sur son secret à elle. Elle jeta un coup d'œil au placard dans lequel elle cachait sa belle machine à écrire Underwood n° 5 — tout au fond, afin que ni Prudence ni Rowena ne puissent la trouver. Depuis des mois, chaque semaine, alors que tout le monde la croyait à sa leçon de piano, elle se rendait avec Katie au cours de secrétariat pour les jeunes filles de miss Fister où elles apprenaient, en secret, la dactylographie et la sténographie. Miss Fister lui permettrait-elle de continuer à suivre son enseignement par correspondance ? Elle comptait aller le lui demander ce matin, pendant que les filles feraient les bagages. Elle trouverait bien une excuse pour sortir.

Evidemment, maintenant que son père n'était plus là, les études secrètes de Victoria avaient perdu beaucoup de leur saveur. C'était afin de pouvoir l'aider dans son travail qu'elle les avait entreprises. Savoir taper à la machine aurait été pratique pour dresser le catalogue des différentes espèces de plantes. Quant à la sténographie, elle lui aurait permis de prendre des notes plus facilement quand il préparait ses conférences. Enfant, elle s'était juré de ne jamais se marier et de rester auprès de lui pour toujours afin qu'ils puissent voyager ensemble et courir le monde à la recherche de plantes exotiques. Sa décision l'avait fait rire, mais il avait accepté et n'avait soufflé mot à personne de son projet. Il connaissait son goût des secrets.

Maintenant, même si tout avait été anéanti, elle voulait persévérer. Ce projet était le dernier qu'elle ait partagé avec lui. Il faudrait juste le modifier légèrement.

Peut-être irait-elle faire des études à l'université — même si elle n'avait aucune idée de la façon dont il fallait s'y prendre pour être admise. Elle était certaine, en revanche, d'en être capable. Elle se sentait capable de tout, ou presque, d'ailleurs, malgré ce corps qui se fatiguait bien trop vite et ne respirait pas comme elle voulait.

La porte s'ouvrit sans bruit derrière elle et Katie entra avec, sur un plateau, une théière fumante et deux tasses pour Prudence et elle.

— Merci, Katie, chuchota-t-elle. Je pense que nous irons faire une petite promenade aujourd'hui.

Katie posa le plateau sur l'ottomane et servit le thé. Elle apporta sa tasse à Victoria avec un hochement de tête appuyé destiné à lui signifier qu'elle avait compris ce qu'elle voulait dire.

— C'est une bonne idée, miss.

Victoria alla s'asseoir à la coiffeuse. Comme la tête de lit, elle était de bois d'érable si bien poli que l'on se voyait presque dedans. De ses doigts agiles, Katie défit rapidement les tresses de Victoria et lui brossa les cheveux jusqu'à ce qu'ils soient parfaitement lisses.

— Merci, Katie.

— Puis-je faire autre chose pour vous, miss ?

— Ce sera tout pour l'instant, merci. Revenez tout à l'heure pour m'aider à m'habiller, s'il vous plaît. Nous pourrons aller faire un tour après le petit déjeuner.

La petite femme de chambre lui adressa un sourire de connivence avant de sortir. Intelligente et vive, elle avait appris la sténographie bien plus vite que Victoria. Elle ne resterait pas longtemps domestique.

Entendant Prudence s'étirer, elle lui apporta une tasse de thé.

— Réveille-toi, lui enjoignit-elle. Il faut que nous parlions.

Prudence s'assit en bâillant. Ses tresses s'étaient défaites dans la nuit et sa chevelure formait un léger nuage brun autour de ses épaules et de son visage. Victoria tapota les oreillers contre lesquels son amie s'appuya en respirant avec satisfaction sa tasse de thé.

— Ah, et de quoi faut-il que nous parlions, de si bon matin ?

Victoria prit sa tasse et s'assit au bord du lit.

— De Rowena. Elle nous cache quelque chose.

— Je ne vois pas de quoi du parles, lui assura Prudence.

Mais son regard vert se dérobait.

Victoria bondit d'indignation.

— Oh ! mais si ! s'exclama-t-elle.

— Attention ! tu vas me faire renverser ma tasse. Moi non plus, je n'ai aucune idée de ce qu'elle nous cache.

— Mais tu es d'accord, n'est-ce pas ? Elle ne nous dit pas tout, insista Victoria.

— Il est probable qu'elle ne nous ait pas rapporté tous les détails de sa conversation avec votre oncle : nous étions toutes les trois épuisées, hier soir. Cependant, cela ne signifie pas pour autant qu'elle nous dissimule délibérément des choses. Tu te sens bien ? ajouta-t-elle vivement en la regardant. Tu es toute rouge...

Victoria sauta sur ses pieds.

— Je me sens aussi bien que possible. Arrête de t'en faire pour moi. Je ne suis plus un bébé.

Franchement, comment pourrait-elle devenir plus solide si tout le monde la dorlotait comme cela ? Prudence et Rowena s'obstinaient à la traiter comme si elle était encore à la nursery alors qu'elle avait eu dix-huit ans au printemps dernier, tout de même.

— Je vais prendre un bain et m'habiller, annonça-t-elle, très digne. Non, ne te lève pas. Je peux très bien faire couler mon bain, et Katie va monter nous aider à nous habiller.

Après un petit déjeuner auquel personne ne toucha vraiment, Prudence et Rowena se dépêchèrent d'aller faire les bagages et tous les préparatifs nécessaires à leur déménagement. Personne ne lui demanda son aide, mais, pour une fois, Victoria ne fut pas mécontente d'être laissée de côté. Elle n'allait même pas avoir besoin d'une excuse pour s'éclipser.

Leur oncle était descendu dans son horrible maison de Belgravia. Victoria se trouvait donc livrée à elle-même. Avant de mettre son manteau et d'aller chercher Katie, elle se rendit dans la bibliothèque. L'avantage d'être aussi menue et pâle, c'était qu'elle passait souvent inaperçue. Grâce à cela, la maison n'avait guère de secrets pour elle. Elle en connaissait si bien les moindres recoins qu'elle épiait aisément les domestiques aussi bien que la famille.

Et donc, elle savait où son père cachait la clé du coffre-fort dissimulé derrière le drôle de tableau que lui avait offert son ami Picasso. Elle chercha à tâtons au fond du tiroir du haut du bureau le mécanisme qui permettait d'accéder au compartiment secret. Elle y prit la clé et s'arrêta pour tendre l'oreille. Pas un bruit dans le couloir. Parfait. Elle décrocha le tableau et ouvrit le coffre. Son père y conservait un dossier plein de vieux papiers ainsi qu'une provision d'argent liquide. Après avoir pris les billets, elle hésita un instant. Ne vaudrait-il pas mieux ôter aussi les documents si la maison devait être fermée ? Bah, elle verrait cela plus tard. Elle referma soigneusement le coffre, remit le tableau à sa place, glissa l'argent dans son sac à main et rangea la clé dans sa cachette. Puis elle remonta dans sa chambre sur la pointe des pieds, sortit de l'armoire son manteau de laine tout neuf de chez Lucile et redescendit chercher Katie.

Un pâle soleil d'automne brillait sur Brook Street. La rue était encombrée de passants qui profitaient des derniers jours de douceur avant l'arrivée des pluies. Des petites filles coiffées d'un gros nœud dans les cheveux et des petits garçons en culottes courtes gambadaient sur les trottoirs, ralentis seulement par des nurses amidonnées jusqu'au menton. Des gouvernantes et des femmes de chambre à l'air préoccupé se pressaient de faire leurs courses. Les cabs, les coupés, les victorias disputaient la chaussée aux automobiles de plus en plus nombreuses. Désormais, la fumée âcre des gaz d'échappement se mêlait à la bonne odeur du crottin de cheval.

Un temps aussi radieux avait quelque chose d'indécent en ce jour de deuil. Victoria et Katie se rendirent au cours de miss Fister en silence. Ce n'était pas très loin, elles avaient marché lentement, mais, comme chaque fois, Victoria haletait quand elles arrivèrent à destination. Elles s'assirent sur un banc proche de l'école le temps qu'elle reprenne son souffle.

— Ça va, miss Victoria ?

Elle répondit d'un sourire à Katie tout en s'appliquant à inspirer et expirer lentement comme le lui avait enseigné le médecin.

— Ça va aller, finit-elle par lui assurer en continuant de respirer avec précaution.

— Je suis terriblement peinée pour votre père, miss. C'était un homme très bon. Voyez comme il a payé mes études, et tout le reste.

Le visage semé de taches de rousseur de Katie se fronça. Elle semblait au bord des larmes.

La gorge de Victoria se serra, ce qui n'était pas bon pour son souffle. Elle tapota la main de la jeune fille.

Quand elle eut récupéré, elle pria Katie de l'attendre et pénétra dans le vieil immeuble de brique qui abritait l'école de miss Fister. Cette dernière était absente, hélas. Victoria n'aurait pas l'occasion de lui dire au revoir. Elle lui écrivit néanmoins un mot pour lui expliquer la situation. Elle laissa son adresse à la secrétaire à qui elle paya également la fin de la formation de Katie.

— Tout va bien, miss ? s'inquiéta celle-ci en voyant ressortir Victoria.

— Oui. Je voulais m'assurer que l'on continuerait à

s'occuper de vous après mon départ. J'ai payé nos cours à toutes les deux jusqu'à la fin de l'année.

C'est d'un pas rendu plus allègre par ce geste qu'elle entreprit le trajet du retour. Il n'était pas étonnant que son père ait été aussi généreux : c'était fou le bien que cela faisait.

— Oh ! merci, miss !

Cédant à une impulsion, Victoria donna le bras à Katie.

— Vous vous êtes conduite en véritable amie, lui assura-t-elle. Vous avez su garder mon secret.

— Mais c'est aussi *mon* secret, fit-elle valoir en ouvrant de grands yeux étonnés. Si Hodgekins l'apprenait, il dirait que je ferais mieux de rester à ma place.

— Vous ferez une excellente secrétaire, un jour.

— Je l'espère. Et ce jour arrivera peut-être plus tôt qu'on ne croit.

— Comment cela ?

— Eh bien, si votre oncle vend la maison et tout ça… Les domestiques sont dans tous leurs états à l'idée de perdre leur travail.

Victoria s'arrêta net en se cramponnant au bras de Katie.

— Qui vous a dit cela ?

— Hodgekins, bien sûr. Votre oncle lui a annoncé que la maison serait sans doute vendue d'ici l'été prochain. Il veut que le personnel ait le temps de chercher à se replacer.

Les jambes de Victoria se dérobèrent sous elle. Katie la retint de justesse en lui passant un bras autour de la taille.

— Miss !

Des points noirs se mirent à danser devant ses yeux et elle sentit dans sa poitrine cette sensation de creux oppressante qui annonçait qu'elle n'allait plus arriver à respirer *du tout*. Elle suffoqua, à court d'air. Les points noirs se rejoignaient pour former un tunnel. Si elle ne reprenait pas très vite son souffle, elle allait s'évanouir.

Katie la fit reculer jusqu'au mur de la boutique d'une modiste contre lequel elle s'adossa avec reconnaissance. Les lèvres serrées, elle compta jusqu'à trois avant de prendre une petite inspiration.

— Miss ! Avez-vous besoin de votre nébuliseur ?

Victoria entendit la voix affolée de Katie comme si elle venait de très loin. Elle secoua la tête et continua de compter. Un, deux, trois, légère inspiration. Un, deux, trois... Peu à peu, son pouls ralentit et sa poitrine se desserra.

— Tout va bien, mademoiselle ? Cette personne vous importune-t-elle ? s'enquit un homme élégamment vêtu en pressant le pas pour s'approcher d'elles.

Victoria rouvrit grand les yeux, effarée qu'il puisse imaginer que Katie l'ait accostée !

— Pas du tout, répliqua-t-elle d'une voix haletante. Mêlez-vous de ce qui vous regarde. Comment osez-vous tirer des conclusions aussi hâtives en ne vous fondant que sur les apparences ? Vous devriez avoir honte !

Manifestement stupéfait de sa réaction, l'homme porta la main à son chapeau et s'éloigna.

— Ça va mieux, maintenant ? demanda Katie. Est-ce à cause de quelque chose que j'ai dit, miss ?

Victoria secoua la tête.

— Bien sûr que non. C'était simplement une... *crise*. Comme d'habitude.

Son nouveau médecin avait beau la qualifier d'asthmatique, Victoria détestait le mot *asthme* autant que tous ses dérivés et refusait de les employer. Cela faisait bien trop... maladif.

Katie se renfrogna mais ne dit rien. Elle aida Victoria à se redresser et elles reprirent leur chemin à petits pas.

Les doigts et les orteils de Victoria la picotaient sans qu'elle sache bien si c'était une conséquence de ce qu'elle venait de vivre ou de la colère qui montait en elle.

C'était donc cela, ce que lui cachait Rowena. Ils allaient *vendre sa maison* ! Sa si jolie maison avec toutes ses fenêtres, ses lignes pures, ses années de souvenirs si précieux ! Comment Rowena pouvait-elle permettre une chose pareille ?

Prudence gardait les yeux fermés. Chaque cahot de la voiture lui vrillait les nerfs autant que les os. En prenant la route, la veille, elle s'était sentie gagnée par une certaine excitation malgré le chagrin qui continuait de la recouvrir tel un voile. Cependant, l'interminable défilé de prairies, de champs et d'arbres aux couleurs d'automne avait fini par venir à bout de son enthousiasme. Quand ils avaient fait halte à l'auberge de Bedford, la veille au soir, elle était raide et passablement endolorie. Maintenant, elle avait le corps tout ankylosé par son immobilité forcée. Elle aurait préféré faire le trajet la semaine suivante, quand le chauffeur devait conduire l'automobile toute neuve de sir Philip à Summerset, mais le comte avait tenu à une procession de funérailles traditionnelle. Il voyageait dans la voiture qui précédait la leur, tandis que celle qui transportait le corps de sir Philip ouvrait la voie.

Chaque fois ou presque que l'on croisait une automobile, les cochers devaient arrêter les chevaux pour les calmer. Elle n'en pouvait plus. Il lui semblait que l'on n'arriverait jamais à Summerset.

Rowena et Victoria s'adressaient à peine la parole depuis leur dispute de l'autre jour. Celle-ci s'était mise dans un tel état qu'il avait fallu recourir au nébuliseur à plusieurs reprises au cours de l'après-midi. Ce silence hostile qui s'était installé entre les deux sœurs n'aidait pas Prudence à supporter ce lent périple.

Elle était encore ébranlée par la nouvelle : leur oncle

avait l'intention de *vendre la maison*. Rowena avait promis qu'elle ne le laisserait pas faire. Prudence ne voyait pas comment elle pourrait s'y prendre. Il ne restait plus qu'à lui faire confiance…

A côté d'elle, Victoria s'étira.

— Encore combien de temps, Rona ? demanda-t-elle d'une voix contrite.

— Plus trop longtemps, répondit celle-ci sur le même ton. Regarde, nous passons devant le moulin aux baisers.

— D'où vient ce nom ? s'enquit Prudence en tournant la tête en même temps que Victoria pour regarder par la vitre.

— Une légende du pays veut que, si l'on demande une fille en mariage auprès de la roue à eau, elle ne puisse pas refuser, expliqua Victoria.

Rowena s'étrangla de rire.

— Je crois surtout que les couples s'y cachent pour s'embrasser.

— Moi, je trouve ça charmant, protesta Victoria. Nous sommes donc arrivées sur les terres de Summerset, ajouta-t-elle à l'adresse de Prudence. Le manoir est de l'autre côté de la prochaine colline. Je n'en reviens pas que tu ne sois jamais venue.

— Oui, cela fait bizarre, renchérit Rowena, d'autant que Victoria et moi y avons passé presque tous nos étés.

Prudence baissa les yeux.

— Pour ma mère, les vacances à Bath que lui offrait votre père chaque année étaient déjà bien assez. Elle disait que nous aurions tout le temps de vous rendre visite plus tard.

— Sauf que vous ne l'avez jamais fait, observa Victoria.

— Non, c'est vrai.

— Pourtant, tu es née au village, non ?

Prudence confirma d'un hochement de tête.

— Alors tu pourrais avoir de la famille ici !

Elle n'y avait jamais songé ; pourtant, c'était fort possible. Dans ce cas, pourquoi sa mère n'était-elle jamais revenue voir les siens ? Alors que tant de femmes ne supportaient pas d'être séparées de leurs proches, elle ne les évoquait même jamais. Elle parlait d'ailleurs rarement de son enfance, et moins encore de Summerset Abbey. Y avait-il un rapport avec le comte, comme l'avaient laissé entendre ces deux femmes à l'enterrement ?

— Parlez-moi de Summerset, les pria-t-elle, en partie pour changer de sujet et en partie pour passer le temps.

— C'est une très belle demeure, imposante et un peu terrifiante, répondit aussitôt Victoria.

— Comment cela, terrifiante ? s'étonna Prudence.

— Eh bien, sa taille a quelque chose d'intimidant et certaines parties anciennes peuvent faire peur. Mais, avant tout, elle est magnifique.

A mesure que Victoria se laissait entraîner par son sujet, Prudence apprit que Summerset avait été bâtie au début du XVIIe siècle sur le site d'une ancienne abbaye elle-même édifiée sur les ruines d'un château du VIIIe siècle ; qu'elle était située au cœur d'un parc de plus de cinq cents hectares composé de trois jardins d'agrément, d'un potager, d'un étang et de plusieurs autres pièces d'eau ; que la maison comprenait plus de cent chambres et était tenue par une véritable petite armée de soixante domestiques dans les rangs desquels, outre les habituels valets de pied, femmes de chambre et jardiniers, l'on comptait également un charpentier, un maçon et un mécanicien chargé uniquement de veiller à l'entretien des moteurs.

— Je suis sûre que tu aimeras, même si c'est très différent de chez nous, conclut-elle. Surtout la bibliothèque, qui contient plus de cinq mille livres.

Rowena toussota nerveusement, comme quelqu'un qui aurait un aveu à faire. Prudence et Victoria se tournèrent vers elle, pressées d'entendre la suite.

— Hmm… je ne vous ai pas tout raconté de ma conversation avec oncle Conrad.

— Il y aurait donc autre chose que sa décision de vendre notre maison ? murmura Victoria avant que Prudence ne la fasse taire.

Rowena jeta un coup d'œil à celle-ci avant de se détourner. Prudence joignit les mains sur ses genoux et se força à sourire malgré le mauvais pressentiment qui la faisait frémir intérieurement.

— Allez, vas-y, dis-nous ce qu'il y a, Rona. Tu as l'air d'avoir gobé un citron.

— C'est un peu ce que je ressens, avoua l'intéressée en se mordant la lèvre d'un air gêné. Il ne voulait pas que tu viennes, tu comprends. Je ne sais pas pourquoi.

Le sourire de Prudence s'effaça et tout son corps se raidit.

— Mais si, affirma-t-elle calmement. Il vous trouve bien trop proches de la fille de l'ancienne femme de chambre devenue préceptrice.

— C'est absurde, protesta vivement Victoria.

Prudence l'ignora.

— S'il ne voulait pas que je vienne, objecta-t-elle, pourquoi suis-je ici alors ?

— Parce que je n'ai pas supporté l'idée de me séparer de toi. Surtout en ce moment. Nous avons besoin d'être ensemble, toutes les trois. Alors, poursuivit-elle d'un air suppliant, je lui ai proposé un compromis. J'ai dit que tu serais notre femme de chambre ; évidemment, il n'a pas pu refuser.

Prudence avait l'estomac de plus en plus noué.

— Bah, fit-elle néanmoins avec un rire étranglé qui tenait davantage du glapissement, ce n'est pas si mal. De toute façon, je m'occupe déjà de vous deux.

Le visage fin de Rowena se crispa encore.

— Hélas, il a souligné avec beaucoup de fermeté que

tu venais en tant que domestique et non comme invitée. Je ne sais pas exactement ce qu'il veut dire par là, mais je crains que cela ne présage rien de bon.

Prudence passa sur ses lèvres une langue soudain parcheminée.

— As-tu une raison de m'annoncer cela juste maintenant ?

Rowena baissa les yeux.

— J'avais peur que tu refuses de venir si tu étais prévenue.

Victoria lui saisit vivement la main.

— Tu nous aurais quand même accompagnées, dis, Pru ?

— Bien sûr que oui, affirma-t-elle en pressant sa main dans la sienne pour la rassurer. Ça va aller, je te promets.

— Absolument. D'ailleurs, ce n'est pas définitif. Je vais trouver quelque chose.

Sous le ton confiant de Rowena, Prudence sentit une note de doute. Elle se retourna vers la vitre. Serait-elle tout de même venue ? C'était probable. Elle avait toujours eu un pied dans chaque monde. Elle avait passé la moitié de son enfance à galoper dans toute la maison avec ses amies, à étudier avec sir Philip, à se rendre au bord de la mer avec la famille Buxton — et l'autre à aider sa mère à faire le ménage de la salle de classe ou à effectuer d'autres tâches si l'on avait besoin d'elle. Du vivant de sir Philip, tout se passait pour le mieux et tout le monde était heureux. Mais le bouleversement avait été si brutal qu'elle ne savait plus où elle en était.

— Voilà Summerset Abbey, Prudence ! Regarde ! s'écria Victoria, tout excitée, au détour d'un virage.

Prudence tendit le cou pour mieux voir et son cœur se serra. De longues flèches à l'italienne pointées vers le ciel s'élevaient d'une imposante structure plus massive qu'un pâté de maisons de Londres. Le parc qui l'entourait était si parfaitement entretenu et d'allure si sévère que pas une feuille, pas un gravier ne devait oser changer de place. On était loin de la maison confortable où de petites filles jouaient à cache-cache dans de douillettes alcôves ou dévoraient en riant de délicieuses tourtes à la viande. Dans cette austère demeure, quels poètes, quels artistes oseraient se disputer en buvant de la bière au coin du feu ? Non, vraiment, dans ce château — car c'était bien plus un château qu'un manoir — chacun connaissait sa place et s'y tenait.

Lorsque les voitures s'arrêtèrent enfin devant la grande entrée, lord Summerset sauta de la sienne et vint leur ouvrir la portière. Prudence descendit la première, les genoux engourdis par le voyage. Une femme grande et maigre vêtue d'une robe de flanelle de coton noire démodée se tenait devant elle, très raide. Prudence lui adressa un sourire hésitant. Il ne pouvait pas s'agir de lady Summerset, tout de même ? Elle sursauta quand lord Conrad la prit par le bras.

— Prudence, voici Mme Harper, notre gouvernante. Mme Harper, voici Prudence, la femme de chambre de mes nièces. Montrez-lui le logement des domestiques et aidez-la à s'installer, je vous prie. Ses affaires lui seront apportées plus tard.

— Bien, monsieur.

La femme lui empoigna le bras à son tour et l'entraîna sur le côté de la maison. Prudence tourna la tête juste à temps pour voir Victoria et Rowena la fixer du regard, bouche bée.

Un valet de pied, qui attendait pour aider les deux sœurs à descendre de voiture, suivait la scène d'un air tout aussi stupéfait. Il faillit s'élancer à la suite de Prudence, mais un coup de coude de son voisin le fit rester à son poste.

— Où Mme Harper emmène-t-elle Prudence ? demandait Victoria avec insistance au moment où on lui faisait descendre un escalier pour passer par une petite porte de côté.

L'entrée de service.

Elle qui ne savait plus où elle en était tout à l'heure venait de prendre pleinement conscience de sa situation.

3

C'est de son boudoir que lady Summerset, Charlotte Huxley Buxton, assistait à l'arrivée de ses nouvelles protégées. La fenêtre à meneaux qui donnait sur la cour d'honneur lui permettait de surveiller toutes les allées et venues des habitants et des visiteurs du domaine. Elle vit donc son mari se débarrasser avec toute la hâte qu'il convenait de l'embarrassante fille qui les accompagnait. Et heureusement. C'était lui qui les avait mis dans cette pénible situation, après tout. Elle n'avait pas pour habitude de jouer les accusatrices, mais, en l'occurrence, ce n'était que trop évident.

Elle eut beau se rapprocher de la vitre, le flou des contours de son champ de vision persista. Une joie de la vieillesse parmi tant d'autres contre laquelle personne ne l'avait mise en garde. Certes, l'on n'y pouvait rien. Le seul moyen de ne pas vieillir était de mourir jeune ; si d'aucuns jugeaient romantique de disparaître sans une ride, lady Summerset était suffisamment raisonnable pour ne pas être de leur avis.

— Hortense ! appela-t-elle. Mes lunettes !

Elle tendit la main sans détacher les yeux de la fenêtre. Elle savait qu'Hortense se tenait déjà derrière elle, prête à les lui donner dès qu'elle les demanderait. Car, bien entendu, elle avait trop de tact pour les lui proposer. C'était une des nombreuses qualités qui faisaient d'elle la perle des femmes de chambre.

Lady Summerset chaussa ses lunettes et se rembrunit aussitôt. A l'évidence, Victoria s'apprêtait à faire des histoires. Cette petite avait toujours eu un penchant pour le mélodrame. Bah, elle allait laisser son époux régler le problème. C'était bien fait pour lui, d'ailleurs.

Elle s'assit dans un petit fauteuil et tendit la main.

— Pourrais-je avoir une tasse de thé, s'il vous plaît ? Merci, Hortense.

Un sourire d'autosatisfaction troubla un instant la distinction de ses traits. Il venait de la certitude de n'être en rien responsable de la scène qui se déroulait en bas. Il y a bien des années, elle avait mis en garde, supplié, menacé, cajolé — en vain. Personne n'avait tenu compte de sa sagesse ni de sa prévoyance. On l'avait prise pour une idiote. Mais voilà que le problème resurgissait de plus belle. Le danger qui les menaçait était si grand qu'elle ne pouvait pas même savourer un instant de triomphe. Il fallait trouver au plus vite une solution.

Elle tendit le cou pour voir si Rowena était descendue de voiture. *Rowena*. En voilà une qui l'intéressait vraiment. Chaque été, elle attendait son arrivée en retenant son souffle. Sa beauté si prometteuse allait-elle avoir été gâchée par un teint brouillé, une inconvenante poussée de croissance ou l'embonpoint qui avait empoisonné l'enfance d'Elaine ? Non. Sa nièce était toujours plus ravissante. Bien placée pour savoir que la beauté était l'un des rares pouvoirs accordés aux femmes de leur monde, lady Summerset souhaitait ardemment apprendre à Rowena à se servir de cette arme. Voyant qu'il faisait fausse route, elle avait supplié son pauvre beau-frère de lui permettre de la prendre en main pour la faire entrer dans le monde. Mais il s'était dérobé et avait emmené les filles à l'étranger quand Rowena aurait dû régner sur sa première saison. L'odieux homme ! Et il avait refait la même chose avec Victoria, que sa pâleur, sa fragilité et ses remarques incongrues ou déplacées rendaient tout de même beaucoup moins présentable que sa gracieuse aînée.

Voir de si belles promesses gâchées était affreusement contrariant. Mais il était encore possible de sauver la situation. Certes, à vingt-deux ans, Rowena commençait déjà à perdre de sa fraîcheur. Toutefois, elle s'était si peu montrée dans les salons londoniens qu'elle aurait tout de même l'attrait de la nouveauté. Et puisque personne n'avait encore demandé la main de son Elaine, les deux filles pourraient assister aux mêmes bals.

Pour l'heure, Rowena se penchait vers Victoria, armée d'un nébuliseur. La petite s'était mise dans un tel état pour cette histoire de bonne qu'elle s'était donné une crise respiratoire ! Lady Summerset haussa les épaules. Les airs dramatiques de Victoria l'exaspéraient.

Elle se détourna de la fenêtre, au comble de l'agacement. C'était bien le genre de Philip, de la laisser dans un tel pétrin. Que faire de ces deux jeunes filles gâtées, élevées parmi les esthètes, les bohèmes, les marxistes et Dieu sait quoi encore ? Les marier n'allait pas être une sinécure, même pour quelqu'un de son envergure, avec des relations comme les siennes. Cela dit, si elle avait envoyé sa fille achever son éducation dans ce pensionnat suisse hors de prix, c'était dans l'espoir de la voir mariée à la fin de sa première saison. Sauf que rien ne s'était passé comme prévu : non seulement Elaine n'était pas même fiancée, mais elle professait le plus vif dégoût pour l'institution du mariage. Une philosophie qui semblait hélas partagée par beaucoup des enfants de ses amies. Elle ne s'en inquiétait pas outre mesure. Ils se croyaient bien malins, mais les jeunes galants allaient bientôt voir d'un œil neuf celles avec qui ils ne songeaient pour l'instant qu'à faire des farces. Alors, les petites Buxton — Elaine, avec sa bonne éducation et son charme rieur, Rowena, beauté sublime à la sensibilité moderne, et même Victoria, tout en délicatesse et en vivacité d'esprit — n'allaient pas manquer d'éveiller l'attention du sexe opposé. Et si le fils un peu trop gâté de Catherine Kittredge s'éprenait de Victoria ? Par chance, Colin avait beaucoup d'amis, qui séjournaient tous très volontiers à Summerset.

Les filles n'imaginaient pas l'importance d'un bon mariage. Avec la beauté, c'était peut-être le seul chemin du pouvoir ouvert aux femmes. Les suffragettes pouvaient bien s'époumoner et se battre bec et ongles pour obtenir le droit de vote, lady Summerset savait qu'être belle et bien mariée, avec un homme riche, de préférence, était le seul moyen d'échapper aux horreurs que réservait le monde à celles qui n'avaient pas cette chance.

Quoi qu'il en soit, il fallait se débarrasser de la femme de chambre au plus vite. A l'évidence, elle n'avait pas conscience du scandale qu'elle pourrait causer ; autrement, elle ne serait venue ici sous aucun prétexte. *A moins qu'elle le sache, au contraire, et qu'elle croie pouvoir en tirer parti ?* Non, conclut lady Summerset en secouant la tête. Les Buxton ne céderaient pas au chantage, quel que soit le risque de scandale.

Néanmoins, comment allait-elle pouvoir se débarrasser de cette fille sans éveiller la curiosité de ses nièces, et même de ses enfants ? Si elle marquait trop d'intérêt pour une simple servante, elle éveillerait forcément les soupçons. Ah, les hommes… Ils avaient l'art de se mettre dans des imbroglios dont ils étaient rarement capables de se tirer.

— Hortense, je vais mettre ma robe de soie bleue avec un ruché crème, pour dîner, déclara-t-elle en allant s'asseoir à sa coiffeuse.

En ne portant pas le deuil, lady Summerset envoyait un message des plus clairs à son mari. Elle se mettrait en noir le jour de la cérémonie, bien entendu, mais pas avant. Au fil des années de son mariage, elle avait appris que la vie conjugale était bien plus une campagne de tous les instants qu'un partenariat. Il existait certes des moments de complicité, quand son époux et elle souhaitaient la même chose, mais ils étaient rares. Elle prit une profonde inspiration. Au moins, s'agissant de la nécessité de se débarrasser de cette encombrante jeune personne, ils étaient d'accord.

Elle leva les bras et Hortense lui passa sa chemise.

— Les filles sont venues avec leur femme de chambre, lui annonça-t-elle. Vous ne devriez donc pas avoir trop à faire en plus. Cela dit, l'arrivée d'une nouvelle domestique dans une maison perturbe forcément un peu les choses.

Hortense la fit doucement se tourner vers le miroir pour lui mettre son corset. Lady Summerset avait une théorie à ce sujet. Si elle *voyait* le mal qu'elle avait à le lacer, elle ne serait pas tentée par la glace à la framboise ou les éclairs.

Elle observa le visage de sa femme de chambre. Il n'était pas toujours aisé de percevoir l'effet que lui faisait ce que l'on disait. Rien ne semblait pouvoir ébranler l'indifférence de ses traits si fins. A la vérité, lady Summerset était parfois un peu intimidée par cette Française si convenable et si chic. Mais elle se consolait en songeant que, bien que très demandée, elle lui restait d'une indéfectible fidélité. Ainsi, un jour, la comtesse Featherington avait profité de ce que lady Summerset jouait au bridge avec ce pauvre Bertie, en s'efforçant de perdre discrètement face à Son Altesse, pour tenter de lui subtiliser sa femme de chambre à laquelle elle avait offert un salaire si mirifique que lady Summerset elle-même en avait tressailli. Hortense avait décliné et lady Featherington lui avait fait compliment de la loyauté de sa domestique — en présence de l'intéressée, ce qui l'avait naturellement contrainte à lui accorder une augmentation !

Elle observa attentivement Hortense.

— Bien entendu, déclara-t-elle, vous me direz comment elle s'adapte et si elle fait son travail convenablement.

Hortense tira doucement sur les lacets du corset et croisa un instant le regard de lady Summerset dans le miroir.

— Je n'y manquerai pas, madame.

— Ayez-la à l'œil, je vous prie. Je ne veux pas qu'elle aille s'imaginer que, parce qu'elle est nouvelle à Summerset, l'on va attendre d'elle un travail et une conduite moins irréprochables que ceux des autres femmes de chambre de la maison.

Hortense lui adressa un sourire machinal qui, pour le plus grand déplaisir de lady Summerset, ne se refléta pas dans ses yeux. Tout de même, elle pourrait lui témoigner un peu plus de reconnaissance.

— N'ayez crainte, madame, je vérifierai que la femme de chambre de ces demoiselles a toutes les compétences requises, s'empressa-t-elle d'ajouter comme si elle avait senti son mécontentement.

Lady Summerset recouvra aussitôt sa bonne humeur.

— Vous m'êtes si précieuse, Hortense. Merci. Je ne voudrais pas que la malheureuse ne se sente pas la bienvenue ici, mais, comme je le disais, l'arrivée de nouveaux domestiques perturbe toujours un peu la maison. D'autant que celle-ci est un cas un peu particulier.

— Comment cela, madame ?

— Son éducation ne l'a pas préparée à servir. Je suis certaine qu'un autre travail en dehors de Summerset Abbey lui conviendrait mieux. Pourriez-vous veiller à ce que les autres la tiennent également à l'œil ?

— Bien, madame.

Lady Summerset suivit du regard les mains agiles de sa femme de chambre qui boutonnait sa chemise puis s'assit pour qu'elle puisse prodiguer toute la magie de son raffinement français à sa coiffure. A l'air entendu d'Hortense, elle sentit qu'elle s'était parfaitement fait comprendre sans avoir à mettre les points sur les *i*.

Il fallait rendre la vie difficile à la nouvelle venue.

Ce qu'elle ne révéla pas à Hortense, en revanche, c'était que l'avenir de la famille en dépendait. Il était urgent de se débarrasser de cette fille. Et si son mari n'en était pas capable, elle s'en chargerait.

En ingurgitant le médicament qui allait l'aider à se remettre à respirer, Victoria ne put s'empêcher de songer combien elle détestait, combien elle *haïssait* cette maladie qui la paralysait au moment où elle avait le plus besoin d'agir. Alors qu'elle avait voulu défendre Prudence, une crise l'avait terrassée et réduite à l'état d'enfant sans défense. Comment espérer devenir adulte alors qu'elle n'était pas capable de réparer une injustice élémentaire ?

Quand, enfin, elle eut repris son souffle, elle tendit le nébuliseur à Rowena.

— Très bien joué, mesdemoiselles.

Le ton caustique de son oncle fit sursauter Victoria.

— Je me suis laissé manipuler une fois et j'ai accepté que cette fille vienne ici, ajouta-t-il, mais n'allez pas croire que je sois toujours aussi facile à influencer. Victoria, vous devriez monter vous reposer en attendant le dîner. Rowena, assurez-vous, s'il vous plaît, que les malles soient portées dans les bonnes chambres.

Sur quoi, les dents serrées, il tourna les talons et s'éloigna sans un regard.

— Pourquoi l'as-tu laissé faire ? maugréa Victoria quand elle eut recouvré l'usage de la parole.

Rowena se redressa et rajusta la jupe de son costume de voyage noir.

— Tu ne comprends pas. Il contrôle tous nos biens jusqu'à mes *vingt-cinq ans*.

— Tu veux dire que nous n'aurons plus d'argent jusque-là ? demanda-t-elle d'un air d'incompréhension.

— Oh ! non. De l'argent, nous en avons beaucoup, répondit Rowena avec un sourire lugubre. Seulement, nous n'en aurons pas le contrôle. Et nous sommes *chez lui*. As-tu vraiment envie de le défier dans sa propre maison ?

— Si Prudence ne peut pas rester avec moi, j'aime autant rentrer chez nous, grommela-t-elle en prenant tout de même la main que lui tendait sa sœur.

Elle se leva avec difficulté, les muscles encore raidis par le voyage, tremblante à cause des médicaments qu'elle avait pris.

Rowena soupira.

— Oh ! Vic... Je crois sincèrement que c'est ici que nous serons le mieux pour l'instant, lui assura-t-elle avec douceur.

Les deux sœurs se tenaient main dans la main et regardaient l'imposante façade de cette demeure dans laquelle leur père avait été élevé, comme des générations de Buxton avant lui. Patinée par les ans, la pierre de Bath avait pris un ton jaune doux semblable à celui du miel qui donnait à la maison des airs de villa italienne plutôt que de manoir anglais. Des gargouilles haut perchées au-dessus de la grande porte gardaient l'entrée. Quand les filles étaient petites, leur père leur racontait que les gargouilles s'appelaient Gog et Magog et inventait des récits fantastiques de leurs aventures après le coucher du soleil, quand elles étaient relevées de leur garde.

Comme elle l'avait dit à Prudence, beaucoup de gens trouvaient la maison imposante. Victoria, elle, l'adorait.

— Peut-être..., concéda-t-elle. Mais Prudence ?

Avant que Rowena ait pu répondre, la porte d'entrée s'ouvrit sur une jeune femme à la mode, aux cheveux dorés, qu'elle eut presque de la peine à reconnaître. Elle courut légèrement vers elles et étreignit Victoria.

— Je suis désolée pour oncle Philip, dit-elle. Vous devez être folles de chagrin…

Victoria se laissa embrasser avant de reculer un peu pour mieux voir sa cousine qu'elle examina, sous le choc.

— Elaine ! Mais que tu es chic ! Et belle !

L'intéressée se mit à rire.

— J'ai peine à croire que nous ne nous soyons pas vues depuis plus d'un an ! s'exclama-t-elle.

Victoria ne pouvait plus détacher les yeux de sa cousine. Elaine avait toujours eu un charme poupin, avec ses rondeurs, ses jolis yeux bleus et son sourire adorable ; mais, autrefois, sa timidité la rendait pratiquement invisible. Or cette jeune femme raffinée, aux boucles blondes savamment arrangées autour de son visage, sa silhouette amincie mise en valeur par une robe rayée à la taille pincée, ne ressemblait guère à la petite fille avec qui elle jouait à cache-cache autrefois.

— Viens, enjoignit-elle à Victoria en lui prenant le bras. Tu dois être épuisée. Je ne comprends pas pourquoi mon père n'a pas pris l'automobile. Ce qu'il peut être vieux jeu…

Rowena ne les suivit pas.

— Je vais rester ici pour surveiller le déchargement de nos bagages, leur annonça-t-elle. Je vous rejoins tout à l'heure.

La gorge de Victoria se serra. Elle savait que sa sœur allait séparer les affaires de Prudence des leurs et les faire envoyer dans les chambres des domestiques. Egarée, la mort dans l'âme, elle suivit malgré tout sa cousine dans la maison.

Comme chaque fois, elle fut saisie par la rotonde de la grande entrée. Elle traversait le centre de la maison, vestige d'une époque féodale où les seigneurs et les dames accueillaient leurs hôtes tout au fond. Plus leur rang était élevé, plus l'entrée, qui donnait sur le grand salon, était longue et richement décorée. Celle de Summerset était surmontée d'un dôme orné de rosaces dorées, qui culminait au point le plus haut de toute la maison. Il s'achevait par une verrière par laquelle la lumière entrait pour danser sur les colonnes de marbre qui bordaient la pièce. D'immenses fresques représentant des anges qui survolaient des scènes de violence et de guerre couvraient le haut des murs.

— Ma mère se repose pour l'instant, annonça Elaine. Elle vous fait dire qu'elle vous verra à dîner. Tu es dans la chambre des roses, comme d'habitude. Je me suis installée dans la chambre princesse, juste à côté de la tienne.

Victoria la laissa poursuivre son bavardage. Le long voyage, sa crise et le souci qu'elle se faisait pour Prudence l'avaient épuisée. Elle n'écoutait que d'une oreille distraite — quand elle entendit Elaine prononcer le prénom de Prudence.

— Pardon ?

— Je te suggérais de demander à ta femme de chambre de te faire couler un bain avant le dîner. C'est bien cette fille, Prudence, non ? Celle qui vivait avec vous ? Je ne savais pas que c'était votre femme de chambre.

Victoria se raidit devant la curiosité de sa cousine. Elle n'avait aucune envie de parler de cela, sauf qu'Elaine attendait manifestement une réponse.

— Pas du tout, dit-elle. Elle nous aide en ce moment, c'est tout.

— Hmm. Mais si ce n'est pas votre femme de chambre, qui est-ce ?

Elle n'avait pas envie d'en dire davantage.

— Oh ! Mais vous avez l'électricité ! s'exclama soudain Victoria en désignant une rangée de lampes le long du grand escalier au fond de l'entrée.

— Eh bien, oui, fit Elaine, un instant déstabilisée par

ce brusque changement de sujet. Papa l'a fait installer l'été dernier en bas. Mais pas encore à l'étage.

Elles montèrent au premier et tournèrent à gauche pour s'éloigner des chambres d'amis qui donnaient sur la grande entrée et se diriger vers l'aile sud qui abritait celles de la famille. Un immense portrait du huitième duc de Summerset, leur grand-père, assombrissait le long couloir de son air lugubre. A sa vue, Victoria s'arrêta net et frémit.

— Ah, oui, fit Elaine en voyant ce qu'elle regardait. Mon père l'a fait monter de la salle à manger. Il a dit que le regarder suffisait à lui donner une indigestion.

Victoria ouvrit de grands yeux stupéfaits. Sa cousine hocha la tête.

— Lorsque je me plaignais de mon père à ma mère, elle me répondait que je ferais mieux de me réjouir. Il est mille fois mieux que son père à lui.

— Inquiétant, murmura Victoria, ce qui fit rire Elaine.

Ce n'était pourtant pas l'aptitude de son oncle pour le rôle de père qu'elle avait voulu commenter, mais le portrait. Comme la plupart des Buxton, le duc avait d'épais cheveux noirs, des traits plutôt forts et les yeux verts. Cependant, au lieu du regard changeant comme la mer des Buxton actuels, l'artiste avait saisi celui de son grand-père exactement tel qu'elle se le rappelait : aussi froid que celui d'un lézard, sans la moindre émotion.

— Je ne l'ai vu que quelquefois, quand j'étais petite ; je me souviens à peine de lui, confia-t-elle à Elaine. Etait-il aussi terrifiant que dans ma mémoire ?

Elaine s'était rapprochée d'elle tandis qu'elles examinaient le tableau. Elle se pencha pour lui murmurer :

— Plus encore. Après qu'il est devenu infirme, ma mère m'emmenait lui rendre visite dans sa chambre. Ce qui est drôle, c'est qu'elle ne confiait jamais à ma nurse ni à ma préceptrice le soin de m'accompagner. Elle s'en chargeait toujours elle-même et restait juste à côté de nous tout le temps de la visite. Il n'avait que faire de nous, et c'était réciproque, mais ma mère tenait à faire son devoir. Je pense qu'elle ne montait jamais le voir en dehors de ces moments, ce qui est curieux quand on sait combien elle était ambitieuse.

Elaine glissa le bras sous celui de Victoria pour l'entraîner vers la chambre des roses avant d'ajouter :

— Ne le dis à personne, mais ce vieux satyre pinçait le derrière de ma mère quand elle s'approchait trop de lui.

Surprise par cette révélation, Victoria partit d'un éclat de rire et chassa l'angoissant portrait de son esprit au moment d'entrer dans sa chambre. C'était en fait une petite suite composée d'abord d'un salon, puis d'un grand vestiaire avec une salle de bains d'un côté et une chambre de l'autre. La chambre des roses devait son nom à la frise de roses bleues peinte juste en dessous de la moulure du plafond. Une coiffeuse Empire et un miroir ouvragé étaient placés entre les deux immenses fenêtres du mur du fond tandis qu'une paire de méridiennes à rayures bleues et blanches encadrait la cheminée blanche. Un tapis d'Axminster adoucissait le parquet, et des bouquets de fleurs fraîches des serres avaient été disposés sur les tables.

Victoria ôta son chapeau qu'elle porta dans la chambre. Le thème bleu et blanc y était repris jusqu'au dessus-de-lit bleu de France et aux coussins brodés d'un blanc éclatant. Combien d'étés avait-elle passés dans ce décor si délicatement féminin à paresser, à rêver, à lire ? Hormis sa chambre à elle, dans leur maison de Londres, c'était le lieu qu'elle aimait le plus.

— Puis-je faire autre chose pour toi ? Je peux te faire monter du thé, si tu veux, suggéra sa cousine.

Victoria posa son chapeau avant de se retourner vers elle.

— Ce serait avec plaisir, mais j'aimerais d'abord que tu me conduises chez les domestiques.

— Chez les domestiques ? répéta Elaine en clignant des yeux, surprise. Mais pour quoi faire ?

Sous le feu du regard de Victoria, elle eut le bon goût de rougir. Vic avait donc vu juste. Elaine en savait plus long sur la situation de Prudence qu'elle ne voulait bien le dire. Son oncle avait-il donc envoyé un télégramme à ce sujet ? Victoria ignorait ce qui se passait à Summerset, mais elle comptait bien le découvrir.

4

Prudence suivit le dos osseux et réprobateur de Mme Harper à travers un labyrinthe de couloirs.

— Voilà l'office, indiqua celle-ci en lui montrant une longue pièce étroite éclairée seulement par de petites fenêtres juste en dessous du plafond. La cuisine se trouve de l'autre côté.

Un fracas de casseroles et de plats auquel se mêlaient des éclats de voix leur parvenait.

— Je vous la montrerai plus tard. Pour l'instant, on s'active à la préparation du dîner. Voici la salle de couture.

Elle ouvrit une autre porte à leur droite. La pièce, sans fenêtre, était meublée d'une grande table au milieu, d'une machine à coudre sur le côté et, le long d'un mur, d'étagères garnies de rouleaux de tissu.

— Vous trouverez là tout ce qu'il vous faudra pour repriser les toilettes et le linge de ces demoiselles.

Surprise, Prudence répondit sans réfléchir :

— Oh ! mais je ne sais pas coudre.

Mme Harper la regarda de haut.

— Alors vous feriez bien d'apprendre. Hortense a trop à faire avec lady Summerset et lady Elaine pour se charger en plus de votre travail.

Ainsi réprimandée, Prudence suivit la gouvernante dans un petit escalier raide éclairé par des lampes à gaz. Les marches étaient usées par les allées et venues.

Combien de domestiques avaient passé toute leur vie à les monter et les descendre ?

Après une ascension de plusieurs étages qui lui parut durer une éternité, elles empruntèrent un couloir étroit et sombre entre deux rangées de portes. Cela sentait le moisi, la transpiration et, bizarrement, la vanille.

— Voici ce que nous appelons le « couloir des jupons ». Il est réservé aux femmes. Les hommes sont logés de l'autre côté de cette aile et n'ont pas le droit de venir par ici. Si vous êtes surprise à frayer avec le sexe opposé, vous serez renvoyée sans préavis. Vous recevrez trente-deux livres par an. Vos gages vous seront versés tous les mois.

Mme Harper s'arrêta devant une porte et tira de sa vaste poche un gros porte-clés de cuivre. Il lui fallut un peu de temps pour trouver la bonne clé. Enfin, elle ouvrit la porte et s'effaça pour laisser passer Prudence.

La gorge nouée, celle-ci entra dans une chambre qui devait faire moins de trois mètres sur trois. Par contraste avec la ravissante maison qu'elle venait de quitter, son austérité lui fit l'effet d'un coup de poing. La peinture verte du lit s'écaillait et les couvertures trop fines ne parvenaient pas à dissimuler l'affaissement du matelas. L'unique petite fenêtre était obscurcie par une grossière toile jaune. Il manquait plusieurs boutons aux tiroirs de la commode branlante en dessous. La table assortie avait été poussée à côté du lit et supportait une cuvette et un broc blancs ébréchés pour la toilette. Un miroir fêlé complétait le décor. Il n'y avait pas de placard.

Deux corsages de calicot à rayures noires et blanches et deux jupes noires très simples en alépine étaient disposés sur le lit.

— Le prix des uniformes sera bien entendu retenu sur vos gages. Voici le règlement de la maison. Lisez-le au plus vite. M. Cairns et moi-même nous enorgueillissons de la bonne organisation du service. Or il y a toujours un risque avec les nouveaux domestiques.

Le frisson qui courut dans le dos de Prudence n'était pas causé par le courant d'air qui venait de la fenêtre. Que faisait-elle dans cette pièce minuscule et sordide avec cette femme revêche ? *Ce n'était pas sa vie.* Sa vie était avec Vic, Rona et sir Philip, dans une maison où il faisait bon vivre, où l'on jouait de la musique, où l'on riait. Sauf que sir Philip n'était plus là et que, pour elle, la vie d'avant était terminée. Elle en prenait soudain conscience très clairement.

Mme Harper fouilla de nouveau dans ses poches et lui tendit une feuille de papier et une clé pendue à une longue chaîne.

— C'est la clé de votre chambre, précisa-t-elle. Portez-la au cou. Je conseille toujours aux jeunes filles qui passent leur temps à se regarder dans la glace de fixer le règlement à côté de leur miroir tant qu'elles ne l'ont pas mémorisé.

Prudence prit la clé et le papier d'une main engourdie. Dans le couloir, des pas et des voix masculines qui maugréaient se firent entendre.

— Ce sont ses affaires ? demanda Mme Harper en se retournant.

Prudence ne l'aurait jamais cru capable d'exprimer autre chose que de la désapprobation. Pourtant, là, c'était bien de l'étonnement que l'on sentait dans son ton.

Elles durent se plaquer contre le mur pour permettre aux quatre hommes, dont deux en livrée de valet de pied, de faire entrer les malles dans la petite chambre. Prudence reconnut l'un des porteurs ; c'était celui qui s'était ému de la façon dont on l'avait tirée de la voiture. C'était un beau garçon à l'air simple et au regard vert empreint de gentillesse.

Les malles de chêne ciré étaient de loin les plus beaux

objets dans la chambre. Les hommes les considérèrent d'un air narquois jusqu'à ce que Mme Harper les congédie. Le valet de pied adressa à Prudence un large sourire avant de s'en aller.

Elle attendit un peu, avant de se rendre compte que Mme Harper ne partirait pas tant qu'elle n'aurait pas vu ce qu'il y avait dans les malles. Elle s'agenouilla donc à contrecœur pour ouvrir la première sous l'œil critique de la gouvernante. Sachant qu'elles allaient séjourner assez longtemps à Summerset, elle avait emporté les souvenirs dont elle ne pouvait se séparer : des livres de son enfance, la belle boîte à bijoux rutilante que lui avait offerte sir Philip pour ses vingt ans, ainsi que le peigne et la brosse à cheveux en argent qui avaient appartenu à sa mère. La désapprobation de Mme Harper était presque palpable quand elle posa les livres et le coffret sur la commode et le nécessaire de coiffure à côté de la cuvette. Ils détonnaient autant dans cette pièce nue et sinistre que des orchidées dans un champ d'orties. Elle ajouta une petite photographie de sa mère dans un cadre en argent, qui avait été prise lorsqu'elle était plus jeune que Prudence aujourd'hui. Mme Harper la prit d'un air contrarié.

— Qui est cette femme ? voulut-elle savoir.

— C'est ma mère.

La gouvernante releva vivement les yeux vers elle, les lèvres pincées.

Prudence regarda les vêtements qu'elle avait emportés. Comme Rowena et Victoria, elle s'était fait faire plusieurs toilettes de deuil. Cependant, quoique noirs, ils étaient trop modernes et coupés dans des étoffes de trop bonne qualité pour convenir à son nouvel emploi. Elle prit ensuite ses dessous, une combinaison princesse en batiste et dentelle de Valenciennes, plusieurs chemises gansées de soie bleue et une chemise de nuit de batiste également, à la bordure festonnée et brodée.

Mme Harper eut un reniflement de mépris.

— Je n'ai jamais rien vu d'aussi absurde, lâcha-t-elle. Je ne sais pas ce que vous faisiez avant de venir ici, mais ce n'est pas à Summerset que vous recevrez de tels cadeaux.

Sur quoi elle tourna les talons et sortit de la chambre, laissant là Prudence les joues brûlantes de honte. Apparemment, Mme Harper la prenait pour la maîtresse gâtée d'un homme riche. Elle ne devait pas se douter que, il y a quelques heures encore, Prudence était traitée à l'égal de Rowena et Victoria. Elle claqua la porte un bon coup et se sentit mieux. Mais une nouvelle vague de désespoir de se sentir si seule ne tarda pas à la frapper.

Elle s'assit lourdement sur le lit en froissant dans sa main le papier que lui avait donné la gouvernante. Elle le déplia, le lissa et lut :

Faites en sorte que les dames et les messieurs de la maison n'entendent jamais le son de votre voix.

Répondez poliment quand on vous adresse la parole mais ne prenez jamais l'initiative de parler.

Effacez-vous si vous croisez vos maîtres ou vos supérieurs dans l'escalier ; n'oubliez pas de baisser les yeux sur leur passage.

Ne parlez jamais à un autre domestique en présence de votre maîtresse.

N'appelez jamais d'une pièce à l'autre.

Seul le majordome peut répondre à la sonnette.

Chaque domestique doit se débrouiller pour prendre ses repas aux heures prévues ; la cuisinière ne vous servira rien à la place d'un repas manqué, quelle qu'en soit la raison.

Les domestiques n'ont pas le droit de prendre des couverts, ni aucun autre article ou provision.

Les femmes n'ont pas le droit de fumer.

Les domestiques ne peuvent recevoir aucune visite à la maison.

Tout ce que vous pourrez briser ou abîmer dans la maison sera retenu sur vos gages.

A mesure qu'elle lisait, elle avait l'impression d'entendre se fermer une à une les portes de son ancienne vie. En quoi cet horrible règlement la concernait-il ? Elle regarda autour d'elle, les yeux gonflés de larmes. Que faisait-elle ici ? Elle aurait eu tant besoin de la présence et du réconfort de Rona et Vic… Mais elle ne pouvait pas leur faire connaître la profondeur de sa détresse. Elles avaient suffisamment de peine comme cela. Elle replia les bras autour d'elle et se répéta qu'elle n'était pas vraiment seule, même si ce règlement semblait spécialement rédigé pour la séparer de celles qu'elle considérait comme ses sœurs.

C'est alors qu'on frappa un coup timide à sa porte. Elle se frotta les yeux avant d'ouvrir et faillit tomber à la renverse quand Victoria se jeta dans ses bras et l'étreignit farouchement. Une élégante jeune femme qu'elle ne connaissait pas était restée en retrait dans le couloir.

— Oh ! Prudence ! Je suis désolée… Ce n'est pas du tout ce que voulait Rowena, je le sais.

Mais le doute affleurait sous les larmes de Victoria, Prudence n'était pas dupe. Elle posa la joue dans les cheveux brillants de son amie.

— Ne t'en fais pas. Ne pleure pas comme cela, Vic. Et je ne veux pas que tu remontes ici. Cet escalier va te tuer.

Victoria s'écarta avec humeur avant de regarder autour d'elle.

— C'est là qu'on t'a mise ? Mais cette pièce ne fait même pas la taille de notre salle de bains de Mayfair !

Habituée qu'était Prudence à l'apaiser, elle s'interdit de se plaindre.

— Franchement, crois-tu que j'aie besoin de plus de place ? Certes, je suis plus grande que toi, mais je tiens largement dans cette pièce.

Elle regarda l'autre jeune fille.

— Vous devez être Elaine, dit-elle avant de se mordre la lèvre.

Il ne lui avait pas fallu longtemps pour enfreindre le règlement de Mme Harper…

Ne prenez jamais l'initiative de parler.

Elaine se tourna vers Victoria, visiblement partagée entre éducation et politesse.

Ce moment d'embarras se prolongea tandis que cette dernière attendait avec une patience qui confinait à l'obstination que sa cousine adopte à son tour sa sensibilité et ses manières modernes. Elaine hésita encore un instant, puis, avec ce sourire éclatant qui signait le savoir-vivre des Buxton, elle lui tendit la main.

Victoria profita habilement de ce premier pas.

— Elaine, voici ma deuxième sœur adorée, Prudence. Prudence, je te présente ma cousine Elaine.

Cela faisait des années que Rowena et Victoria parlaient d'Elaine à Prudence — toujours sur un ton mitigé. Loin de sa mère, semblait-il, c'était la plus charmante des filles. En sa présence, en revanche, elle devenait une insupportable gourde.

Prudence la salua tout de même d'un sourire. Elle était bien mal placée pour porter un jugement ; surtout maintenant.

Victoria se retourna vers elle.

— C'est inacceptable, déclara-t-elle. Tu ne peux pas rester ici. Ce taudis ne serait même pas digne d'un animal. Alors de ma sœur…

Par-dessus l'épaule de Victoria, Prudence vit Elaine tiquer. Elle ne pouvait donner raison à Vic sans insulter la fille de la maison. De toute façon, que pourrait-elle y faire ? Elle lui tapota l'épaule.

— Cela me va très bien pour le moment, lui assura-t-elle. Ce n'est pas comme si c'était pour toujours. D'ailleurs, j'y serai très peu.

— C'est exact, renchérit Elaine. Elle sera le plus souvent avec Rowena et toi. La femme de chambre de ma mère a tant à faire qu'elle passe elle aussi très peu de temps ici.

Victoria foudroya sa cousine du regard. Elaine fit comme si de rien n'était et visita la chambre comme si elle la voyait pour la première fois. Du reste, c'était sans doute le cas. Elle s'arrêta devant la commode de Prudence.

— Est-ce votre mère ? s'enquit-elle en prenant la photo pour l'examiner, manifestement perplexe. Elle est ravissante.

— Oui. Merci. Elle est morte il y a plusieurs années.

— Oh ! je suis désolée, fit la jeune femme en reposant le cadre.

A la façon dont elle le dit, Prudence eut la curieuse impression qu'elle savait parfaitement qui le portrait représentait.

— Nous ferions mieux de partir, reprit-elle à l'adresse de Victoria. Il va être l'heure de nous habiller pour dîner et ma mère sera furieuse si elle découvre que nous sommes montées ici.

Voyant trembler les lèvres de Victoria, Prudence lui donna une tendre bourrade de réconfort.

— Allez, file, lui enjoignit-elle. Le temps de faire un brin de toilette et de me changer, et je te rejoins.

— Promis ?

— Promis. Explique-moi seulement où se trouve ta chambre.

Après le départ des filles, Prudence se changea et se

recoiffa à la hâte. Tout était bon pour oublier combien elle se sentait abandonnée. A ses yeux, c'était le pire des sorts. Si elle ne s'était pas sentie seule après la mort de sa mère, c'était parce que sa famille l'entourait. Bien qu'il n'y ait pas entre eux de liens du sang, elle savait pouvoir compter sur les Buxton. Aujourd'hui, depuis le décès de sir Philip, elle n'avait plus que Rowena et Victoria. Cette dernière était presque encore une enfant, et fragile, par-dessus le marché, tandis que son aînée s'était toujours montrée inconstante et irrésolue. L'angoisse l'envahit à mesure que la réalité s'imposait à elle. Il fallait être bien téméraire pour s'en remettre à Rowena.

Mais avait-elle le choix, désormais ?

Allons, il ne fallait plus songer à cela. Elle examina tour à tour la photographie de sa mère et son reflet dans le miroir. Elle ne ressemblait guère à la toute petite femme à l'air si bon qu'elle se rappelait. Sa mère avait les cheveux d'un châtain lumineux, les yeux bleu ciel, le visage arrondi et doux, alors qu'elle-même était brune aux yeux verts avec des traits délicatement ciselés.

Prudence regarda autour d'elle. Et si sa mère avait vécu dans cette chambre austère et froide ? songea-t-elle soudain. Il se pouvait fort bien qu'elle ait travaillé sous les ordres de Mme Harper, couru du matin au soir dans l'escalier de service — et rêvé du jour où elle quitterait Summerset.

Elle avait certainement connu le comte et sir Philip plus jeunes. Elle se rembrunit. Comment se faisait-il que ce dernier lui ait offert, à elle, simple femme de chambre, un emploi de préceptrice ? se demanda-t-elle encore une fois. Quoique intelligente et cultivée, sa mère était loin d'avoir le niveau d'instruction des autres institutrices.

Soudain, elle lui manquait terriblement. Au moins, ici, peut-être allait-elle parvenir à en apprendre davantage sur elle. Car son passé était toujours resté enveloppé d'un voile de mystère. Avec de la chance, elle pourrait même retrouver sa vraie famille.

Car, si elle avait jamais eu besoin d'une famille, c'était bien maintenant.

5

Rowena faisait les cent pas dans sa chambre, en peignoir, sans même admirer le tapis William Morris vert et or qui avait été posé tout récemment. La chambre avait été entièrement refaite depuis son dernier séjour. Un papier peint à motif de lierre, également dans les tons de vert, avait remplacé les roses d'autrefois, et le mobilier ancien, sombre et trop recherché, avait cédé la place à des meubles de pin ciré beaucoup plus clairs.

Toutefois, la beauté du décor ne lui faisait pas oublier qu'elle était prise au piège. Ses responsabilités, son statut social, le fait qu'elle soit une femme la tenaient aux abois telle une meute. Son oncle détenait tous les pouvoirs, et elle, pas le moindre. Prudence, Victoria et elle n'étaient plus que des pantins dont un marionnettiste tirait les ficelles à son gré.

Pendant qu'elle prenait son bain, Victoria était venue la voir avant de regagner sa chambre. D'un ton lourd de reproches, elle lui avait décrit par le menu le logement de Prudence. Comme si elle y pouvait quoi que ce soit…

La vérité, c'était qu'elle ne pouvait *rien à rien*.

Au comble de la frustration, elle ouvrit sa malle d'un geste rageur, en quête d'une tenue pour dîner. Pourquoi les bagages n'étaient-ils pas encore défaits ? Que faisait la femme de chambre ?

Elle se figea, une grosse boule dans la gorge. C'était *Prudence*, sa femme de chambre.

— Bazar du diable, maugréa-t-elle en choisissant une robe de charmeuse de soie noire avec une surjupe de dentelle assortie.

On frappa discrètement à la porte. Elle jeta la robe sur son lit et alla ouvrir en peignoir. Elle n'était pas d'humeur à recevoir de la visite. Mais elle découvrit Prudence sur le seuil, une blouse rayée toute simple tendue sur sa poitrine alors que sa jupe noire pendait sur ses hanches minces. Toutes deux restèrent un moment à se jauger sans bouger. Tant de choses avaient changé depuis qu'elles s'étaient quittées tout à l'heure...

— Puis-je entrer ? demanda Prudence qui se tenait très droite et digne, mais avait les yeux rougis comme si elle avait pleuré.

Le cœur de Rowena se serra et son hésitation se dissipa.

— Oh ! que tu es bête... Bien sûr, entre !

Elle referma la porte derrière elle avant de la serrer dans ses bras.

— Si tu savais comme je suis désolée. Je n'imaginais pas que cela se passerait ainsi.

Prudence lui rendit un instant son étreinte avant de se libérer.

— Cela ne va pas durer éternellement, lui assura-t-elle.

Rowena hocha la tête, mais quelque chose dans la voix de Prudence sonnait faux.

— Je vais trouver une solution ; je te le promets.

En prononçant ces mots, elle sentait le piège se refermer sur elle.

— Ce qu'il y a, ajouta-t-elle dans un souffle en serrant les bras autour de sa poitrine, c'est que, pour l'instant, je ne vois pas comment faire.

Prudence s'éloigna en hochant la tête et Rowena l'entendit prendre une profonde inspiration. Quand elle se retourna, elle affichait un sourire hésitant.

— Tes affaires sont dans un désordre indescriptible,

dit-elle. Il va falloir que je dise deux mots à ta femme de chambre. C'est fou ce qu'il peut être difficile de trouver des domestiques capables.

Elle sortit de la malle une pile de vêtements qu'elle se mit en devoir de suspendre.

Rowena lui rendit son sourire, bien que la boule qu'elle avait dans la gorge ne cessât de grossir.

— Je n'ai pas de femme de chambre, affirma-t-elle. J'ai une *sœur.*

Prudence eut un geste gauche en essayant de nouer une ceinture. Mais le sourire qu'elle fit ensuite semblait plus sincère.

— Dans ce cas, tu veux bien laisser ta sœur ranger un peu tes affaires pendant que tu t'habilles pour dîner ?

Prudence lui lança une chemise de coton blanc toute simple qu'elle venait de sortir de la malle et Rowena laissa glisser à terre son peignoir. Elle passa la chemise, puis saisit au vol les bas de soie qu'elle lui envoya ensuite.

— J'ai fait la connaissance de ta cousine, raconta Prudence en continuant son travail.

— Qu'as-tu pensé d'elle ?

Rowena enfila adroitement les bas l'un après l'autre. Elle se leva pour permettre à Prudence d'ajuster son corset léger. Elles avaient toutes les trois renoncé depuis longtemps au carcan du corset classique, auquel elles préféraient le modèle fait pour monter à cheval, qui permettait une plus grande liberté de mouvement. Cela les avait amenées à faire relâcher presque toutes leurs toilettes à la taille. Elles considéraient qu'il était préférable de pouvoir un peu mieux respirer. Légèrement baleiné, il était fermé, sur le devant, par un long busc droit que Prudence agrafa avant de le rajuster et de le lacer dans le dos.

— Elle n'a pas beaucoup parlé, si ce n'est de la photographie de ma mère.

Elle tira sur les lacets pendant que Rowena retenait son souffle.

— Qu'en a-t-elle dit ? demanda ensuite cette dernière en fixant ses jarretelles à ses bas.

— Oh ! elle m'a simplement demandé si c'était ma mère, rien d'autre.

Prudence fouilla dans la malle d'où elle sortit une paire de chaussures noires à talons Louis XV.

— Ce qui est curieux, ajouta-t-elle dans un deuxième temps, c'est qu'on aurait pu croire qu'elle *savait* qui était ma mère…

Prudence disposa un jupon léger en cercle sur le sol pendant que Rowena se chaussait. Celle-ci se plaça alors au centre du jupon que Prudence remonta autour d'elle. Cela faisait des années que les trois filles s'aidaient mutuellement à s'habiller. Le rituel était donc parfaitement rodé.

— En quoi est-ce curieux ? Ta mère a travaillé ici avant son mariage, non ? Elaine pourrait avoir entendu parler d'elle.

Rowena leva les deux bras et Prudence lui enfila la robe, puis la surjupe en dentelle.

— C'est précisément cela qui est bizarre. Pourquoi Elaine aurait-elle entendu parler d'une simple femme de chambre qui a travaillé ici avant sa naissance ?

Rowena fronça les sourcils.

— En effet. Je n'y avais pas pensé, mais tu as raison. Ce n'est pas comme chez nous, où nous connaissions si bien tous les domestiques. Ici, j'ai l'impression que, la moitié du temps, ils ne reconnaissent même pas le visage des gens qui travaillent pour eux.

— C'est bien ce qu'il m'a semblé. Veux-tu que je te coiffe ? demanda Prudence en inclinant la tête sur le côté d'un air critique.

Rowena fit signe que non et s'assit à la petite coiffeuse.

— Je vais simplement m'attacher les cheveux en arrière et me faire un chignon bas.

Elle jeta un coup d'œil au reflet de Prudence dans le miroir et ajouta :

— Cela me fait drôle que tu m'aides à m'habiller sans que j'en fasse autant pour toi, avoua-t-elle.

— Quoi ? repartit l'intéressée avec un demi-sourire. Tu crois qu'ils ne vont pas apprécier ma robe de dîner ?

Elle tournoya sur place. Rowena rit sans enthousiasme.

Un demi-sourire suffisait à éclairer le joli visage de Prudence. Comment pouvait-on être aussi ravissante et ne pas s'en rendre compte ?

— Je te trouve très belle, quoi que tu portes, lui assura-t-elle.

Le sourire de Prudence s'effaça.

— Mais ce n'est pas ma robe, le problème, n'est-ce pas ? Même si j'étais en Poiret[1] de la tête aux pieds, ils ne voudraient pas de moi à leur table.

Rowena se mit à tripoter sa brosse pour éviter le regard de Prudence.

— Je suis désolée, Pru.

Ce fut tout ce qu'elle trouva à dire. Elle n'avait jamais vu sa famille sous cet angle. Soudain, elle comprit à quel point leur père les avait protégées des réalités de la vie à Summerset. Lui qui n'avait jamais hésité à dire la vérité à ses filles sur n'importe quel autre sujet, pourquoi leur avait-il caché la rigidité des principes et l'ampleur des préjugés qui avaient cours dans les maisons comme celle de leur famille ? *Parce qu'il aimait ce lieu*, comprit-elle. Il en percevait les zones d'ombre, et il savait que cet état de fait ne pourrait durer éternellement, mais il voulait que ses filles puissent apprécier la grâce, la dignité et

1. Paul Poiret était un grand couturier français du début du XXe siècle connu pour ses audaces.

l'élégance de ce domaine qu'il aimait tant. Elle songea de nouveau à l'intolérance dont même sa frivole cousine Elaine ferait preuve à l'égard de Prudence et grimaça.

— Je suis désolée, Pru, répéta-t-elle.

— Je sais.

Un silence lourd de tout ce qu'elles ne disaient pas envahit la pièce.

— Je vais aider Victoria à s'habiller, ajouta Prudence.

Rowena hocha la tête et se retourna vers le miroir. Elle tordit sa longue chevelure en un chignon qu'elle fixa en y piquant au hasard des peignes d'ivoire et de nacre. Si sa coiffure ne plaisait pas, eh bien, tant pis. Ce n'était pas comme si c'était elle qui avait choisi de se trouver dans cette situation. Non, elle n'avait pas choisi de voir mourir son père. Et, non, elle n'avait pas choisi d'avoir une famille horriblement snob.

— Alors comment se fait-il que tu te sentes si coupable ? demanda-t-elle à mi-voix à son reflet.

Elle faillit mettre son collier de perles ras du cou mais lui préféra finalement le simple médaillon d'or que lui avait offert son père. Pour tromper l'agitation qui la gagnait, elle décida de descendre dans le salon bien qu'il fût encore un peu tôt.

En passant devant la chambre de Victoria, elle entendit rire Prudence. Les absurdités si pleines de vivacité de sa petite sœur, qui pouvait se mettre à réciter de la poésie en changeant les mots, par exemple, avaient le don de remonter le moral de n'importe qui. Elle eut envie d'entrer mais se ravisa. Même si c'était injuste, il lui semblait que les deux filles la tenaient pour responsable de leur situation actuelle et elle ne voulait pas assombrir leur bonne humeur. Dieu sait qu'elles avaient besoin de se détendre.

Elaine était déjà dans le salon quand Rowena entra.

— Eh bien, commenta cette dernière, ta mère n'a

pas chômé. C'est la deuxième pièce que je vois dont la décoration a été entièrement refaite depuis notre dernier séjour.

Tous les meubles avaient été recouverts d'un tissu imprimé rose et crème très orné, qui contrastait avec le tapis grenat uni. Un papier peint à motifs dorés couvrait les murs et un énorme lustre de cristal était accroché au centre du plafond aux moulures extrêmement travaillées.

Elaine gloussa.

— Franchement, qu'a-t-elle d'autre à faire ? Veux-tu goûter un cocktail américain avant que mes parents descendent ? suggéra-t-elle en s'approchant du dressoir.

— Toi, que bois-tu ? s'enquit Rowena en haussant un sourcil curieux.

— As-tu déjà goûté au gin-fizz ?

Rowena fit non de la tête.

— Colin m'a appris à le préparer la dernière fois qu'il est rentré d'Oxford. C'est assez bon, et ça rend gaiement idiot, ce qui est fort agréable.

— Bah, pourquoi pas ?

Un peu de gaieté ne lui ferait certes pas de mal. Elle observa Elaine qui mélangeait des liquides contenus dans différentes carafes de cristal. Manifestement, ce n'était pas la première fois.

— Comment va Colin, d'ailleurs ?

Sa cousine lui sourit et, une fois encore, Rowena fut frappée par sa métamorphose. Sa robe de soie noire mettait en valeur son teint d'albâtre. Grandie par des talons de quelques centimètres, elle paraissait voluptueuse plutôt que grassouillette.

— Veux-tu la version pour les parents ou la vérité ?

— Je préfère toujours la vérité, lui assura Rowena en prenant le verre qu'elle lui tendait.

— Il a horreur de l'université presque autant que de venir ici. Enfin, comprends-moi bien : il adore Summerset, comme nous tous, mais il n'a aucune envie de voir sa vie tourner autour du prix du blé, de la laine et des loyers. Il aime beaucoup mieux s'amuser avec ses voitures. Mais a-t-on jamais entendu parler d'un « comte des Moteurs » ?

Rowena but une petite gorgée prudente. Malgré cela, la brûlure de l'alcool dans sa gorge la fit frissonner.

— Alors que va-t-il faire ?

— Que veux-tu qu'il fasse ? répondit Elaine en haussant les épaules. Que veux-tu que nous fassions, tous autant que nous sommes ? Nous allons faire exactement ce que l'on attend de nous, bien sûr.

Une douce chaleur emplit la poitrine de Rowena. Son cou et ses épaules se détendaient. Elle prit une seconde gorgée qu'elle apprécia davantage.

— Il va donc renoncer à la mécanique pour endosser son rôle de comte ?

— Qui va renoncer à la mécanique ? s'enquit Victoria en entrant dans le salon derrière elles.

— Le roi George, repartit vivement Elaine en coulant un regard d'avertissement à Rowena.

— Là, tu fais l'imbécile, dit Victoria en se laissant tomber sur la chaise longue. Mais allez-y. Gardez vos petits secrets : moi aussi, j'ai les miens.

— Ah, et lesquels ?

Rowena vida son verre qu'elle rendit à Elaine. Celle-ci finit également son cocktail et cacha les deux gobelets derrière une Artémis en marbre.

— Oh ! vous le saurez bien assez tôt, affirma Victoria en agitant une main mystérieuse.

— Mesdemoiselles ! Mes pauvres nièces chéries. Comment supportez-vous la perte tragique de votre père bien-aimé ?

Rowena frémit en entendant la voix froide et aristocratique de sa tante.

— Je ne peux parler au nom de Victoria, bien sûr,

répondit-elle. Mais, en ce qui me concerne, je vais aussi bien que possible en pareilles circonstances.

— Je suis horriblement malheureuse, ma tante, déclara Victoria en se levant et en joignant les mains devant elle. Je me sens comme dans ce poème d'Elizabeth Barrett Browning que j'aime tant, vous savez, celui qui parle d'un chagrin et d'un désespoir que rien ne pourra jamais consoler et qui commence par...

— J'imagine, ma pauvre petite, coupa tante Charlotte.

Victoria comprit le message et alla l'embrasser sur la joue en leur faisant grâce des vers qu'elle semblait toute prête à déclamer[1].

Rowena prit une profonde inspiration avant de la suivre.

Leur tante Charlotte avait été la plus belle des débutantes de sa saison, peut-être même de toutes les années 1880. Les douairières parlaient encore de sa beauté et de l'aisance dont elle faisait preuve pour son jeune âge, même au sein du groupe terriblement sélect du prince de Galles. Elle avait couronné cette entrée dans le monde très réussie par un mariage non moins brillant. Très vite, elle avait commencé à donner de fabuleuses réceptions auxquelles se pressait la crème de la société anglaise. Pendant des années, on avait vanté sa beauté autant que son esprit. Aujourd'hui encore, il fallait y regarder de très près pour se rendre compte que ses traits ravissants commençaient à devenir plus flous. Son esprit, en revanche, semblait perdu pour de bon.

Elle supporta l'accolade de Victoria avant de se tourner vers Rowena.

— Je suis de tout cœur avec vous, ma chère enfant.

1. « Je te le dis, la vraie douleur est muette. Eux, seuls, qui ne croient pas au désespoir, / Ignorants, hurlent leur angoisse dans la nuit noire / Et lancent contre le trône céleste / De grands cris perçants de reproche... »

Je sais que mon pauvre Conrad est désespéré. Votre père était un homme merveilleux.

Rowena le savait, par un accord tacite : son père et sa tante s'évitaient autant que possible. Cependant, si les rôles avaient été inversés, il aurait lui aussi prononcé les mêmes paroles d'une politesse creuse.

— Merci, tante Charlotte. Comment allez-vous ? Je suis navrée que vous n'ayez pu assister aux obsèques.

Elle se pencha pour l'embrasser à son tour et ne comprit son erreur que quand sa tante renifla d'un air soupçonneux : elle devait empester le gin.

Sa tante la jaugea de son regard bleu, mais Rowena devina qu'elle n'allait rien dire. *Pour l'instant.*

— Je me sens beaucoup mieux, merci. Et puis nous aurons notre petit service privé ici, demain, n'est-ce pas ? Ah, Conrad. Vous voilà. Passons à table, voulez-vous ?

Rowena s'effaça pour laisser son oncle donner le bras à sa tante.

Il y avait deux salles à manger, à Summerset. Une grande, pour recevoir, et une plus petite, pour dîner en famille. C'est vers celle-ci, l'une des pièces favorites de Rowena, qu'ils se dirigèrent. Avec ses poutres un peu basses et ses placards à vaisselle, c'était le cadre idéal pour les repas d'une famille heureuse.

Sauf que bien entendu, chez les Buxton, même en petit comité, l'on restait très formel. Et il n'y avait jamais moins de sept plats.

On pouvait confortablement tenir à douze autour de la longue table rectangulaire de bois foncé très brillant. Leur tante Charlotte et leur oncle Conrad présidaient, chacun à un bout. Les filles se rassemblèrent au milieu. Se plaçaient-ils ainsi quand ils n'étaient que tous les trois ? Sans doute. Elaine s'assit à côté d'elle et Victoria en face.

Rowena considéra sa sœur avec inquiétude. Depuis sa crise de cet après-midi, elle restait pâle. Son regard agité ne cessait d'aller et venir entre leur tante et leur oncle. Que mijotait-elle, encore ?

Elle le découvrit un peu plus tard, après que l'on eut servi le saumon poché, quand Victoria déclara :

— Il faut que je vous dise que je n'apprécie pas du tout la façon dont vous traitez vos hôtes.

Elaine en lâcha sa fourchette qui, en tombant dans son assiette, projeta des éclaboussures de crème tout autour d'elle. Rowena retint son souffle et regarda tour à tour son oncle, que le choc semblait avoir figé, et sa tante, qui n'avait même pas bronché.

D'abord, personne ne dit rien. Puis leur tante Charlotte sourit doucement.

— Que trouvez-vous donc à redire à notre hospitalité ? Votre chambre n'était-elle pas prête ? Je peux faire une remarque à la gouvernante, si vous le souhaitez.

— Oh ! non, ma tante. J'ai une chambre merveilleuse, comme toujours.

Cette déclaration faite, Victoria ne sembla pas pressée de continuer. Elle beurra un morceau de pain avec une nonchalance étudiée, le mangea et but un peu d'eau. Alors seulement, elle se retourna vers leur tante, avec qui elle espérait manifestement pouvoir aller plus loin qu'avec leur oncle Conrad.

— Comme vous le savez, expliqua-t-elle, nous sommes venues avec une amie. Je m'attendais à ce qu'elle soit accueillie comme telle. Au lieu de cela, je m'aperçois qu'elle a été mise dans une chambre beaucoup plus petite, tout en haut.

— Vous avez amené une amie ? dit tante Charlotte avec un mouvement de tête qui fit scintiller les diamants en poire qu'elle portait aux oreilles. Mais on ne m'a jamais parlé d'une amie. Simplement, de vous, Rowena, et votre femme de chambre.

La voix de tante Charlotte était empreinte d'une

telle sollicitude qu'un léger doute passa sur le visage de Victoria. Mais elle n'était pas du genre à se laisser démonter si facilement.

— *Prudence*, déclara-t-elle. Prudence est mon amie et j'aimerais que vous la changiez de chambre, s'il vous plaît. Si ce n'est pas possible, elle peut très bien dormir avec moi. Cela nous arrivait souvent, à la maison. C'est tout simple.

Elaine s'étrangla de stupeur. Le cœur de Rowena battait la chamade. Elle risqua un coup d'œil en direction de leur tante pour jauger sa réaction, mais celle-ci resta de marbre.

— Oh ! que vous êtes gentille. Je comprends votre confusion. Cependant, cette fille est votre femme de chambre, *pas* votre amie. Vous pouvez certes vous montrer aimable avec les domestiques — il le faut, d'ailleurs —, mais sachez qu'ils se croient tout permis dès lors qu'on les traite comme des égaux. Même ma bonne Hortense, que j'adore, se permet certaines libertés si je lui témoigne trop de familiarité.

Victoria resta un instant abasourdie.

— Mais les temps changent, ma tante, essaya-t-elle de protester.

— Pas pour le mieux, la coupa celle-ci. Nous avons tous des responsabilités. Nos domestiques ont les leurs, nous les nôtres. L'une des miennes est de m'assurer que mes pauvres nièces orphelines soient élevées convenablement et fassent un bon mariage. Ce que j'ignore, c'est pourquoi le ciel m'a confié trois filles à marier.

Rowena n'y tint plus.

— Justement, tante Charlotte. Victoria et moi vous sommes très reconnaissantes, à oncle Conrad et vous. Cependant, il me semble que nous avons déjà été « élevées convenablement » par notre père.

Leur tante la regarda droit dans les yeux.

— Je n'aurai de repos que vous ne soyez bien mariées l'une et l'autre. Alors, seulement, j'aurai le sentiment d'avoir accompli mon devoir. N'est-ce pas, Conrad ?

— Force m'est d'en convenir, répondit-il en hochant la tête.

Victoria les regardait tour à tour, ébahie. Rowena voulut la faire taire d'un regard noir, sans succès.

— Excusez-moi, mais je ne vois pas en quoi cela empêche Prudence de s'installer dans ma chambre, objecta-t-elle.

— Précisément, mon enfant. Vous êtes jeune, et naturellement idéaliste. Notre responsabilité d'aînés, à votre oncle et à moi-même, est de vous protéger de ceux qui pourraient abuser de votre bonté. Allons, n'en parlons plus.

Victoria jeta sa serviette d'un geste exaspéré.

— Me protéger de Prudence ? C'est absurde !

— Il suffit ! tonna leur oncle.

Tout le monde s'immobilisa dans des postures de surprise variées. Cairns lui-même, pourtant majordome à Summerset depuis vingt ans, fit un faux pas en servant le lièvre rôti. Jamais Rowena n'avait entendu son oncle élever la voix. C'était inutile : il obtenait toujours ce qu'il voulait sans avoir à le faire.

Elle baissa la tête mais l'observa du coin de l'œil. Il haletait presque. Deux taches rouges marquaient ses pommettes. Pourtant, il n'avait pas l'air en colère. Non, il semblait simplement… peiné.

Victoria la supplia du regard. Mais il serait vain d'insister. Alors Rowena garda le silence.

Et elle s'en voulut.

6

Cela n'allait pas du tout.

La crypte de la famille était distante de plus de un kilomètre de la maison. Elle se trouvait derrière l'ancienne chapelle qui avait été laissée à l'abandon après que l'arrière-grand-père de Victoria en avait construit une autre plus près de la maison. Creusée dans une berme, la crypte n'avait pas été déplacée. On avait édifié un grand mur de marbre sur lequel on pouvait lire le nom des hommes de la famille Buxton décédés. Quant aux femmes, elles étaient enterrées dans des tombeaux tout autour.

La famille entière se tenait là. Le nom de Philip Alexander Buxton avait été ajouté à la liste.

Victoria se ravisa. Non, *pas* la famille entière. Il manquait Prudence.

Elle l'avait fait remarquer tout bas à Rowena au moment de quitter la maison, mais cela ne lui avait valu qu'un regard noir. Encore un. Rowena ne voulait pas faire de vagues. Elle avait trop peur d'être submergée et de se noyer.

Victoria, elle, n'avait pas peur.

Elle se mit à remuer nerveusement les épaules et à taper des pieds pour les réchauffer. Rowena, Elaine et elle étaient venues à pied à la crypte plutôt que dans le cabriolet avec les autres. Tailleur en tweed, écharpe de laine et chaussures de marche auraient dû les protéger du froid, mais il était trop pénétrant. Si seulement le pasteur voulait bien cesser de pontifier et en finir... Hélas, il parlait, parlait, parlait pour ne rien dire. Or, comme elle l'avait appris à ses dépens hier soir à table, il ne servait *à rien* de parler.

Cela ne lui rendrait pas son père.

On avait posé une brassée de lis au pied du mur. Victoria se rapprocha de Rowena pour lui dire :

— Tu sais, il aimait beaucoup mieux les scilles — *Scilla mutans* — que les lis — *Lilium orientalis*.

Elle avait cru chuchoter mais, d'évidence, elle n'avait pas été suffisamment discrète car tante Charlotte lui fit signe de se taire et le pasteur s'interrompit un instant avant de reprendre.

— C'est vrai, marmonna tout de même Victoria avec obstination.

Pour se distraire, elle s'absorba dans la contemplation de la chapelle en pierre presque complètement engloutie par le lierre — *Hedera helix*. A cause des énormes châtaigniers qui se dressaient à l'arrière-plan, tout le jardin était à l'ombre. Les carreaux en losange de presque toutes les fenêtres étaient brisés. L'ensemble dégageait une impression de solitude, de vide et de froid.

En soupirant, elle se retourna vers le pasteur. Soudain, elle crut voir bouger quelque chose derrière une fenêtre de la chapelle. Elle se retourna encore pour regarder plus attentivement. Rien. Etait-ce un visage, qu'elle avait aperçu ? Un animal ? Un frisson lui glaça l'échine. Et si c'était un fantôme ?

Assez, se reprit-elle, elle divaguait. Elle se força à fixer son attention sur la cérémonie. Le pasteur avait enfin cessé de discourir. Les porteurs de cercueil s'affairaient. Bientôt, ils le soulevèrent et, d'un pas lent, prirent le petit chemin qui menait du monument au sommet de la berme et à l'entrée de la crypte de l'autre côté.

Le cœur de Victoria se mit à battre plus vite. C'était irrévocable. Elle venait d'en prendre conscience.

Papa !

Brusquement, incapable de supporter le bruit de la porte de fer qui allait se refermer sur son père pour le priver à tout jamais de lumière, elle tourna les talons et partit vers les bois de l'autre côté de la chapelle.

— Je vous retrouve à la maison, lança-t-elle par-dessus son épaule.

— Victoria, attends ! s'écria Rowena.

Elle l'ignora et se mit à dévaler la colline.

Elle aurait voulu courir. Hélas, si elle ne voulait pas être arrêtée par ses poumons, elle allait devoir se contenter de marcher d'un pas vif. En espérant que personne ne la suive.

Une fois dans les bois, elle se sentit enfin en sécurité. Machinalement, elle se mit à réciter le genre et l'espèce des arbres aux couleurs d'automne devant lesquels elle passait. Bouleau blanc — *Betula pendula* —, bouleau pubescent — *Betula pubescens* —, pommier sauvage — *Malus sylvestris* —, orme blanc — *Ulmus glabra*…

Elle avait appris ces noms autrefois en se promenant avec son père dans des bois semblables à celui-ci et en l'écoutant répéter ses conférences. Il lui avait communiqué sa passion pour la botanique ; elle n'aimait rien tant qu'étudier les plantes, les cultiver, les cataloguer. Voir une graine germer pour donner une plante qui allait fleurir et se ressemer, c'était être témoin d'un cycle infini qui la rassurait et la ravissait tout à la fois. Y avait-il des femmes botanistes ? se demanda-t-elle soudain. Elle aurait dû poser la question à son père.

Son rêve lui semblait si loin, aujourd'hui…

Au bord d'un ruisseau, elle trouva un gros rocher moussu sur lequel elle s'assit. Ah, si seulement Prudence était là ! Sa présence ne manquait jamais de la réconforter

— beaucoup plus que celle de Rowena. Surtout maintenant. Depuis leur arrivée à Summerset, sa sœur lui avait à peine dit deux mots. Elle ne faisait que la regarder, ses yeux verts emplis d'une insondable tristesse. Pourquoi ne se battait-elle pas pour Prudence ? Toute cette histoire était épouvantable.

Elle serra les bras autour d'elle. Elle aurait dû se couvrir davantage. Une veste de tweed ne suffisait pas. Soudain, un craquement se fit entendre à sa gauche. Elle tourna vivement la tête et scruta les bois pour apercevoir l'animal qui avait fait ce bruit. Rien. Il y eut un second craquement, et, cette fois, elle crut distinguer un mouvement derrière un orme.

— Qui va là ? cria-t-elle en espérant que sa voix ne trahissait pas trop sa jeunesse ni son inquiétude.

Une vieille femme se montra. Elle portait une longue robe noire d'un autre âge et un châle sur la tête et les épaules. Elle avait le visage aussi ridé qu'une vieille pomme.

— Etes-vous une sorcière ? demanda Victoria. Parce que, je vous préviens, je ne dois pas avoir très bon goût.

La femme se mit à rire.

— Je me suis déjà fait traiter de sorcière, et bien pire, par les enfants dont je me suis occupée, mais je n'en ai jamais mangé aucun.

Elle avait une voix étonnamment jeune, ce qui ne rassura nullement Victoria.

— Alors qui êtes-vous ? voulut-elle savoir.

— Et vous, qui êtes-vous ?

— Répondez-vous toujours aux questions que l'on vous pose par une autre question ?

Le sourire de la femme ne fit que la rider davantage.

— Evitez-vous toujours de dire qui vous êtes ?

Victoria rit à son tour et s'assit plus à son aise sur le rocher.

— Je pourrais vous faire arrêter pour être entrée sans

autorisation dans une propriété privée, vous savez. Vous êtes sur les terres de mon oncle.

— Vraiment ? Mais alors, vous devez être une des filles de Philip. Toutes mes condoléances, mon enfant.

Victoria hocha la tête. La grosse boule qui lui était soudain montée dans la gorge l'empêchait de parler.

La femme se rapprocha et lui montra un sac de grosse toile.

— Je cueille des mauves, expliqua-t-elle. C'est pour faire une tisane à ma nièce qui tousse un peu.

— Vous êtes donc bien une sorcière, mais une gentille sorcière, conclut Victoria en se levant du rocher. *Althaea officinalis*, de la famille des malvacées. J'en ai vu en venant par ici. Suivez-moi, je vais vous montrer.

— Oh ! vous êtes bien la fille de votre père, commenta la vieille femme en gloussant.

Elles prirent en sens inverse le chemin qui avait conduit Victoria jusqu'à la pierre.

— Comment connaissez-vous mon père ?

— Je l'ai langé, je lui ai donné des fessées et je lui ai appris l'alphabet.

Victoria pila.

— Vous êtes... nanny Iris !

— Eh oui, confirma l'intéressée en hochant la tête d'un air solennel.

— Mais ce n'est pas possible ! s'exclama Victoria, incrédule. Nanny Iris était une beaut...

Elle s'interrompit en plaquant une main sur sa bouche, mais la vieille femme se mit à rire.

— Une beauté ? Ah, quel beau parleur, votre père... Quoi qu'il en soit, c'est peut-être difficile à croire aujourd'hui, mais je n'étais pas vilaine, dans mon jeune temps.

Elles se remirent en marche. Une foule de pensées se bousculait dans l'esprit de Victoria.

— Mais que faites-vous ici ? demanda-t-elle. Selon

mon père, vous aviez disparu après que ses parents avaient engagé un précepteur.

— Mais non, je n'ai pas disparu. J'ai touché ma retraite et je me suis mise à voyager. J'avais toujours rêvé de voir les pyramides et les îles grecques. Pendant vingt ans, j'ai donc mené une vie nomade. Je me suis mariée un certain nombre de fois et j'ai vécu de belles aventures.

— Vous avez dû toucher une retraite conséquente !

Nanny Iris s'étrangla de rire.

— J'étais économe. Quand l'argent venait à manquer, je donnais des leçons d'anglais à qui pouvait me payer. Et je partais quand j'en ressentais le besoin.

Ce récit fascinait Victoria.

— Mais alors, qu'est-ce qui vous a ramenée ici ?

— J'ai eu envie de revenir finir mes jours dans un endroit où je pouvais être entourée des miens.

— Ah, fit Victoria en relevant la tête et en pointant le doigt devant elle. Voilà des *Althaea officinalis*.

— Parfait. Vous voulez bien récolter des graines, que je puisse les semer dans mon jardin ?

Victoria fit oui de la tête et s'agenouilla à côté de la vieille dame sans égard pour son tailleur de tweed tout neuf.

— Comment savez-vous que la mauve soigne les refroidissements ? Comment agit-elle, au juste ?

— Elle adoucit la gorge et dégage le nez. Je le sais par ma mère qui le tenait de la sienne. J'ai appris beaucoup d'autres choses sur les plantes au cours de mes voyages. Je me plais à croire que c'est moi qui ai donné le goût de la botanique à votre père. Je lui ai appris à jardiner bien avant de lui apprendre à lire et à compter.

— Et à mon oncle aussi ? demanda Victoria, fascinée.

Nanny Iris s'esclaffa.

— Celui-là, je n'ai jamais rien pu lui enseigner. Il a toujours été bien trop snob pour écouter les gens comme moi. Il estimait que je n'avais rien à lui apprendre et sa mère cédait à tous ses caprices. Votre père, lui, était extrêmement avide de connaissance : une véritable éponge.

La gorge de Victoria se serra.

— Cela suffit, dit la vieille dame en lui tapotant la main. Il ne faut pas tout prendre.

Victoria se releva et aida nanny Iris à en faire autant.

— Voulez-vous que je vous raccompagne chez vous ? lui demanda-t-elle.

— Mon Dieu, non, mon enfant. Je connais le chemin. Du reste, je crois savoir que, si vous tardez, toute la maison va s'inquiéter de ne pas vous voir rentrer.

Victoria soupira. *C'était vrai.*

— Rowena va s'en faire, en tout cas, admit-elle. Et Prudence aussi.

— Ce sont les jeunes filles qui étaient à côté de vous ?

— Rowena est ma sœur. C'était la jolie brune avec un chapeau cloche. L'autre, c'était ma cousine Elaine.

— Et Prudence, où était-elle ?

Assaillie par le ressentiment, Victoria se rembrunit.

— Elle n'a pas eu le droit de venir.

— Ah !

Nanny Iris ne l'interrogea pas davantage et Victoria ne donna pas de détails.

— En tout cas, vous êtes très mignonne et cela me ferait plaisir que vous veniez me voir à l'occasion. J'aimais beaucoup votre père.

— J'en serai ravie. Où habitez-vous ?

— Dans un petit cottage de ce côté-ci de Buxton. Vous pouvez demander le chemin à n'importe qui : tout le monde sait où me trouver.

Cédant à une impulsion, Victoria serra la vieille femme dans ses bras.

— Merci. Je viendrai dès que possible, promit-elle.

— Je vous attends. Mais, Victoria ?…

Son ton semblait soudain si sérieux que celle-ci releva la tête.

— Oui ?

— Ne vous promenez pas seule dans ces bois. Ils ne sont guère hospitaliers pour les jeunes filles comme vous.

Sans lui laisser le temps de demander pourquoi, nanny Iris tourna lestement les talons et s'éloigna en trottinant.

— Tout le monde travaille, ici, déclara la cuisinière en jetant un chiffon à Prudence. Allez donc aider Susie à briquer les cuivres.

Prudence resta interdite. Si elle était descendue dans la cuisine, c'était pour prendre une tasse de thé. La matinée s'était déroulée comme un cauchemar. Mme Harper l'avait réveillée à l'aube alors que Prudence savait fort bien que Rowena et Victoria n'auraient pas besoin d'elle avant plusieurs heures. On lui avait ordonné d'aider Susie à peler les carottes et les oignons pour le bouillon qui allait mijoter toute la journée sur la cuisinière, avant de servir à préparer le consommé de ce soir. Puis elle avait à peine eu le temps d'avaler trois gorgées de thé avant que la gouvernante l'expédie au premier faire du feu dans les chambres de Victoria et Rowena. Ensuite, elle était redescendue à toute allure manger quelque chose à l'office.

Le contraste entre les salles à manger de la famille et l'office était si saisissant qu'il était difficile de croire que ces pièces soient destinées au même usage. Les domestiques n'avaient droit qu'à un vieux linoléum marron sur le sol, des chaises branlantes et une table qui l'était tout autant dans un espace réduit et minable. La cuisine, pourtant, était moderne et bien agencée, avec un sol dallé toujours parfaitement récuré, de grands éviers de pierre et une immense cuisinière qui occupait toute la longueur d'un mur. Au-dessus de la cuisinière, une énorme cuve de cuivre munie d'un robinet fournissait de l'eau chaude à volonté.

Seul le moment où elle était montée aider Rowena et Victoria à s'habiller avait éclairé sa journée. Mais d'une bien faible lueur, car elles allaient faire un dernier adieu à leur père et, malgré son incommensurable chagrin, elle n'avait pas eu le droit d'accompagner ses *sœurs*.

Maintenant, elle regardait son chiffon d'un air perplexe sans trop comprendre ce qu'il s'agissait d'en faire. Jamais elle n'avait astiqué de casseroles ! C'était toujours Katie qui s'en chargeait. Susie la prit par le bras et l'entraîna dans la petite arrière-cuisine prévue à cet effet, un réduit miteux dépourvu de fenêtre mais équipé lui aussi de deux grands éviers.

— Venez, lui enjoignit-elle. Je vais vous montrer. Nous irons beaucoup plus vite à deux.

Susie portait ses cheveux châtains un peu ternes en un chignon bien serré. Les manches retroussées de sa blouse à rayures bleues et blanches révélaient des bras musclés malgré sa petite taille. Elle n'était même pas aussi grande que Victoria et ne devait avoir guère plus de quinze ans, ce qui ne l'empêchait pas d'avoir des gestes vifs et efficaces.

Elle s'empara d'un petit bol dans lequel elle mélangea de la poudre d'argent, du sel, du vinaigre et un peu de farine de façon à obtenir une pâte.

— Voilà comment il faut frotter, expliqua-t-elle en appliquant vigoureusement une portion de pâte sur le fond d'une casserole.

En fronçant le nez, Prudence prit à son tour une petite poignée de pâte.

— C'est bien, l'encouragea Susie en hochant la tête. Comme cela. Et maintenant, récurez.

Le sel et le vinaigre la brûlaient, mais elle s'y mit,

d'abord hésitante. Susie intervint pour lui appuyer fortement sur la main.

— Il faut y aller plus fort, expliqua-t-elle. C'est pour cela que, avec un chiffon, ça ne marche pas. Vous comprenez ?

Alors, Prudence nettoya.

Les casseroles étaient tellement noircies qu'il lui semblait impossible de leur rendre leur éclat. C'est donc avec une certaine satisfaction qu'elle parvint finalement à les refaire briller.

— Faut-il que vous fassiez cela tous les jours ? demanda-t-elle.

— Eh oui. Tous les jours que Dieu fait, répondit Susie d'un air sombre. Regardez mes mains.

Elle les tendit pour les montrer à Prudence. C'était de petites mains habiles, mais rougies par les gerçures et les crevasses, aux jointures déjà gonflées.

— Au travail ! cria la cuisinière depuis la cuisine.

Susie leva les yeux au ciel, mais se remit à frotter.

— Votre travail vous plaît ? s'enquit Prudence.

Cette fois, la jeune fille s'étrangla de rire.

— Qu'est-ce que vous croyez ? Je suis fille de cuisine, tout en bas de l'échelle. Mais, ajouta-t-elle tout bas en se rapprochant, j'espère bien devenir cuisinière un jour.

Prudence ne parvenait pas à imaginer une vie dans laquelle devenir cuisinière serait la plus grande ambition. Pourtant, les siennes valaient-elles davantage ? Tout ce qu'elle souhaitait, c'était prendre soin de ceux qu'elle aimait. Peut-être fonder une famille, un jour. Au fond, ce qu'elle voulait ne comptait pas tant que ce qu'elle ne voulait *surtout pas* : tout affronter seule. Susie, elle, ne semblait pas intimidée par la perspective d'une vie solitaire — car c'était bien connu, les cuisinières ne se mariaient jamais.

— En quoi est-ce si formidable, d'être cuisinière ? voulut savoir Prudence.

— C'est beaucoup mieux payé. Et puis on commande à des gens toute la journée !

Elle avait lancé cette dernière phrase à tue-tête par-dessus son épaule.

— J'ai entendu ! répliqua la cuisinière sur le même ton.

Prudence et Susie gloussèrent.

— Cela fait à peu près huit mois que je travaille ici, poursuivit-elle. Ce n'est pas une mauvaise place. On mange bien, j'ai un toit au-dessus de la tête et je travaille pour un comte. Ça fait que je peux prendre mes sœurs de haut — et je ne parle pas de mes jours de congé. Parce que, elles, elles ont seulement un travail ordinaire en ville.

— Et le comte, vous l'aimez bien ?

— Oh ! je ne l'ai jamais rencontré. J'ai vu la comtesse, une fois, quand elle m'a engagée. Elle a dit que j'avais l'air de faire l'affaire et j'ai eu la place. Si vous saviez comme j'étais inquiète !

Prudence fronça les sourcils et se remit à astiquer de plus belle. Comment pouvait-on être aussi fier d'être au service d'un comte qui ne se donnait même pas la peine de rencontrer une fois les gens qui travaillaient chez lui ?

Susie avait eu beau dire qu'elles iraient plus vite à deux, cette corvée semblait interminable. C'est alors que les sonnettes du tableau d'office se mirent à tinter. Tout le monde dressa l'oreille.

— Ils sont revenus du service, commenta la cuisinière en prenant des plateaux d'argent dans le placard à vaisselle. Il va falloir servir le thé.

Hortense dévala l'étroit escalier de service. Prudence ne l'avait vue qu'une fois, en passant. *Tiens*, remarqua-t-elle, *elle était dispensée de porter l'affreux uniforme*. Au lieu de cela, cette Française aux cheveux bruns et à la silhouette sculpturale arborait un tailleur de serge pied-de-poule qui faisait très haute couture.

— Miss Rowena vous demande, annonça-t-elle. Elle est dans sa chambre. *Et en vitesse*, ajouta-t-elle en français en claquant des mains.

Prudence s'essuya les mains sur le tablier que lui avait prêté Susie et commença à monter.

— *Non!* Portez-lui du thé, espèce d'idiote!

Prudence se retourna. La cuisinière lui tendit un plateau avec une théière et des tasses. Puis elle reprit son ascension tandis qu'Hortense continuait de marmonner dans sa langue maternelle.

L'escalier de service communiquait avec chaque étage par une porte discrète qui permettait aux domestiques d'aller et venir sans se faire remarquer. Mais n'était-ce pas bien étrange, cette petite armée de fourmis silencieuses et invisibles qui faisaient tourner la maison sans que personne les remarque jamais ? Elaine se demandait-elle jamais par quel miracle il y avait du feu dans sa chambre tous les matins quand elle se réveillait et des biscuits en permanence dans la boîte sur sa table de chevet, ou comment ses pantoufles et son peignoir étaient tous chauds lorsqu'elle les enfilait en sortant de son bain ? Prudence n'était même pas certaine, pour sa part, qu'un tel luxe lui plairait.

Même si le règlement n'avait pas stipulé expressément qu'il ne fallait jamais faire de bruit, elle aurait marché sur la pointe des pieds. Avec ses œuvres d'art, ses épais tapis et son grand escalier rutilant qui semblait ne jamais finir, Summerset Abbey exigeait un certain décorum. Mais elle tenait surtout à éviter d'éveiller la colère de Mme Harper qui semblait l'avoir prise en grippe d'emblée.

Elle trouva effectivement Rowena dans sa chambre, en train de regarder dehors. Le lierre qui encadrait la fenêtre à meneaux donnait l'impression qu'elle contemplait un jardin secret.

— Je t'ai monté du thé, annonça Prudence avec une certaine froideur.

Elle avait beau adorer celle qu'elle considérait comme sa sœur, elle ne pouvait s'empêcher de lui en vouloir de l'avoir mise dans cette situation.

— Merci, Pru.

Quand elle se retourna, la tristesse qui marquait son beau visage fit fondre le cœur de Prudence.

Elle posa le plateau sur un guéridon près de la fenêtre et prit Rowena dans ses bras.

— C'était d'une telle tristesse… Il aimait énormément Summerset, mais je n'arrêtais pas de me dire qu'il n'aurait pas voulu passer l'éternité ici. Il aimait notre maison tout autant, si ce n'est davantage, et aussi les voyages…

— Ne l'imagine pas enfermé ici, lui conseilla Prudence en l'étreignant avec force. Il est parti pour un monde meilleur, tu le sais.

— Oui, concéda Rowena dans un soupir. Victoria est rentrée ?

— Comment cela ? Elle n'était pas avec toi ?

— Si. Mais elle n'a pas tenu jusqu'au bout. Elle est partie marcher. J'ai voulu la rappeler, mais tu sais comment elle est. Et il m'a paru déplacé de crier ou de lui courir après. Il fallait tout de même qu'une de nous soit présente.

— Mais il fait froid, fit valoir Prudence, soudain très inquiète. Ne risque t elle pas de se perdre ?

Rowena secoua la tête.

— N'oublie pas que Vic est venue ici tous les étés depuis sa naissance. Du moment qu'elle rentre avant la nuit, il n'y a pas à s'en faire.

— Nous devrions partir à sa recherche, protesta Prudence en se détournant de la fenêtre.

Rowena la retint par le bras.

— Mais non. Regarde : la voilà.

Elle avisa la frêle silhouette de Victoria sur le chemin qui traversait la roseraie, bien triste maintenant que les rosiers avaient été rabattus pour l'hiver.

Un coup discret frappé à la porte fit sursauter les deux filles.

— Entrez, dit Rowena.

La gorge de Prudence se serra en voyant lady Summerset passer la porte. La comtesse hésita une fraction de seconde en l'apercevant mais continua d'avancer avec élégance vers Rowena. Elle portait une robe d'intérieur de dentelle et de tulle ivoire avec une simple tunique et des manches légèrement resserrées aux coudes. Des fils d'argent se mêlaient çà et là à son épaisse chevelure brune qu'il aurait fallu être bien cruel pour qualifier de grise. A mesure qu'elle approchait, Prudence perçut un léger parfum de talc et de fleurs. On aurait dit que la comtesse cachait sur elle un bouquet de roses poudrées.

Faute de savoir si elle devait faire la révérence ou disparaître derrière les rideaux, Prudence resta parfaitement immobile en évitant de dévisager lady Summerset.

— Je viens m'assurer que vous allez bien, mon enfant, annonça-t-elle. Victoria est-elle rentrée ?

— Elle arrive à l'instant, tante Charlotte.

— Ah, très bien. J'aimerais vous parler seule à seule.

Elle se tut et les deux filles comprirent le message.

Prudence voulut s'éclipser, mais Rowena la retint.

— Ma tante, je ne crois pas que vous connaissiez ma chère amie Prudence. Elle vit avec nous depuis notre enfance. Prudence, voici ma tante Charlotte, lady Summerset.

Il sembla un instant que l'élégance et la parfaite éducation dont la comtesse s'enveloppait en toute circonstance comme d'une cape allaient tomber. Mais, au dernier moment, elle fit un léger mouvement de tête qui pouvait passer pour un salut.

Pour ne pas être en reste, Prudence esquissa un rictus et fit la révérence.

— Je suis très honorée de faire votre connaissance, madame. Je vais voir Victoria, ajouta-t-elle à l'adresse de Rowena en lui posant brièvement la main sur l'épaule. Elle doit avoir froid. Une tasse de thé chaud lui fera du bien.

En sortant, elle saisit le regard que lui décocha la comtesse juste avant de baisser les paupières. Contrairement au comte, qui semblait ne même pas la voir, lady Summerset la considérait avec dans ses yeux bleus de la malveillance, et Prudence se sentit visée très, très personnellement.

7

— Cela ne fait qu'une semaine, et oncle Conrad vient de partir à Londres. Qu'aurais-tu voulu que je fasse, en une semaine ?

Rowena se contraignait à conserver un ton léger. N'empêche qu'elle se sentait perdre patience. Victoria ne cessait de la harceler au sujet de Prudence, de leur retour chez elles, de la maison, de *tout*. Mais qu'y pouvait-elle ?

— Enfin, tu n'as rien fait ! protesta Victoria qui se tenait debout au milieu de sa chambre, les poings sur les hanches. Il est *intolérable* que Prudence dorme dans le grenier, qu'elle soit contrainte de porter cet affreux uniforme et qu'elle n'ait même pas le droit de lire dans la bibliothèque ! Je suis obligée de lui procurer des livres en cachette !

Son regard brillant et sa mine fiévreuse inquiétèrent Rowena. A s'énerver de la sorte, elle risquait d'avoir une nouvelle crise.

— Je ne sais pas quoi faire dans l'immédiat, fit-elle valoir. Et je te rappelle que nous venons d'enterrer notre père. Ce n'est pas le moment de piquer des colères. Tu veux bien te calmer, s'il te plaît ?

— Je *sais* que nous venons d'enterrer notre père ! Ce que je sais aussi, c'est qu'il n'aurait jamais toléré cela. Et je ne me calmerai pas tant que tu ne m'auras pas expliqué comment tu comptes réagir.

Rowena n'en avait aucune idée — ce qui décuplait

la colère de sa sœur. Elle savait combien Prudence était malheureuse, et elle se savait responsable de la situation. *Mais elle ne pouvait pas défier son oncle.* Chaque fois qu'elle tentait d'aborder le sujet, il prenait un air taciturne et sévère face auquel elle ne pouvait que reculer.

Et chaque fois, elle s'en voulait énormément.

Victoria continua de lui retourner le couteau dans la plaie.

— Ah, tu n'as rien à répondre, on dirait. C'est toujours la même chose, avec toi ! Tu attends que quelqu'un prenne les décisions à ta place.

Elle s'assit d'un bloc sur le lit et croisa les bras.

Pour la première fois de sa vie, Rowena eut envie de gifler sa petite sœur. Elle ne parvint à contrôler sa voix qu'au prix d'un effort considérable.

— Je ne vais même pas m'abaisser à réagir à cela. Je vais monter à cheval pour pouvoir réfléchir sans personne pour me sermonner.

Prudence entra sur ses entrefaites. Elle ouvrait de grands yeux horrifiés.

— Que se passe-t-il ? Je vous ai entendues du couloir.

La voir ne fit qu'aiguiser la culpabilité de Rowena.

— Va me chercher ma tenue de cheval ; je sors.

On aurait cru sa tante s'adressant à une de ses bonnes. En voyant combien elle venait de blesser Prudence, elle eut envie de rentrer sous terre. Elle n'avait pas voulu… Bah, tant pis, c'était ainsi. Honteuse mais incapable de faire machine arrière, Rowena s'en alla dans la salle de bains, les yeux brûlants des larmes qu'elle retenait.

La voilette qu'elle portait ne suffisait pas à protéger le visage de Rowena du vent qui soufflait des collines, mais elle n'en avait cure. Le froid qui lui gerçait les lèvres et lui piquait les joues n'était rien comparé aux souffrances que lui causait le tumulte de ses émotions.

Pourquoi fallait-il que tout cela lui arrive à elle ? A quel moment était-elle devenue responsable de tout ?

A la mort de son père.

Elle dirigea son cheval vers le cimetière familial. En ayant soin de rester avec sa monture dans les allées parfaitement entretenues, elle lut le nom de toutes les femmes Buxton qui avaient vécu ou séjourné à Summerset. Elle s'arrêta devant la tombe de sa mère et les larmes lui montèrent aux yeux. Il ne lui restait que des souvenirs flous de cette petite femme aux cheveux dorés qu'elle avait presque toujours connue alitée. Cependant, elle n'oublierait jamais l'amour qui brillait dans son regard ni la douceur du sourire qui éclairait son visage lorsque la mère de Prudence la posait, toute petite, sur le lit maternel.

A côté de la tombe de sa mère, une statue de chérubin marquait celle d'Halpernia. Halpernia, le bébé du retour d'âge qui était morte à l'âge de trois ans l'année de la naissance de Rowena. La petite fille dont la perte avait tellement bouleversé toute la famille que l'on ne parlait jamais d'elle, comme si elle n'avait pas existé.

Rowena regarda au-delà des tombes, vers la berme, là où était enterré son père. La douleur lui fit un coup au plexus et elle se détourna. Qu'est-ce qui lui avait pris de s'exposer à une telle souffrance ? Elle s'élança au galop sur un chemin qui remontait Briar Hill. Sans forcer l'allure, elle contourna les haies, les affleurements rocheux, les épais buissons qui parsemaient la colline. Elle adorait monter à cheval. Elle n'en était pas privée, à Londres. Toutefois, les promenades tranquilles dans Hyde Park ne valaient pas ses longues chevauchées dans les bois et les champs du Suffolk.

Arrivée au sommet, elle repassa au pas et suivit la crête

qui dominait la vallée. La petite ville de Summerset était nichée entre les collines et la rivière Lark. Elle s'était nettement développée depuis son enfance. Autrefois, c'était un bourg rural où les domaines des environs pouvaient se procurer les biens et les services dont ils avaient besoin. Aujourd'hui, il s'était enrichi d'une fabrique de gants qui fournissait des emplois bien nécessaires, d'une tannerie, de nombreux magasins et même d'un garage pour les véhicules à moteur.

Elle perçut soudain comme un vrombissement derrière elle. Comme le bruit devenait de plus en plus fort, elle se retourna sur sa selle pour voir de quoi il s'agissait. On aurait dit une automobile, en plus bruyant, et qui semblait venir d'au-dessus d'elle. Son cheval prit peur et elle dut lui accorder toute son attention. C'est alors que, comme venu de nulle part, un aéroplane la survola, si près que le souffle aplatit les herbes et faillit lui ôter son chapeau. Son cheval bondit de frayeur et fit cent mètres au galop avant qu'elle ne puisse l'arrêter.

Elle avait déjà vu des aéroplanes, bien entendu, mais jamais aussi dangereusement près du sol. Le moteur crachotait. Et soudain ce fut l'horreur. Une aile heurta un arbre tandis que le fuselage basculait sur le côté avant de s'écraser, dans un enchevêtrement de toile, de bois et de métal, à mi-hauteur de la colline.

Elle resta un moment en état de choc, à fixer l'épave, avant d'engager son cheval encore tremblant dans la descente. A la moitié, il s'arrêta et refusa d'aller plus loin. Il souffla et s'ébroua en signe de protestation, tant et si bien qu'elle finit par mettre pied à terre et l'attacher par les rênes à une branche. Sa jupe se prenait dans les broussailles et les pierres, de sorte qu'elle avait du mal à avancer. Elle la releva d'une main et se remit à descendre. A mesure qu'elle s'approchait, son cœur cognait de plus en plus fort, comme s'il lui battait dans les oreilles, tant elle était inquiète de ce qu'elle allait découvrir.

En s'approchant de la partie principale de l'aéroplane, elle découvrit un bras d'homme qui dépassait de sous l'aile.

— Oh ! mon Dieu, faites qu'il ne soit pas arraché, pria-t-elle tout haut.

Sur quoi elle saisit le bord de l'aile et le souleva de façon à voir le reste du corps auquel appartenait ce bras. C'était celui d'un jeune homme, supposa-t-elle. Mais son casque de cuir et ses lunettes qui mangeaient ses traits l'empêchaient d'en voir davantage.

Il ne bougeait pas.

A force de tirer et de pousser, elle parvint à l'extirper de sous l'aile. Elle remonta ses lunettes sur son front et vérifia qu'il respirait toujours. Une fois rassurée sur ce point, elle l'examina plus en détail pour déceler un éventuel saignement. Elle ne trouva rien d'autre qu'une entaille sur le côté de la tête. Le plus inquiétant était encore la bosse rouge et bleu qui enflait au-dessus de son œil droit.

Elle ôta sa veste de cheval et la roula pour la lui glisser sous la nuque. Puis elle s'accroupit en s'en voulant de ne pas savoir comment l'aider davantage.

Il gémit. Elle l'observa avec une attention redoublée, guettant les signes de son réveil. Ses paupières frémirent, mais il n'ouvrit pas les yeux. Que faire ? Pour aller chercher de l'aide, il aurait fallu le laisser seul ; elle ne pouvait s'y résoudre. Avec de la chance, quelqu'un d'autre l'avait vu s'écraser et allait venir à sa recherche. Ou ceux qui l'attendaient à l'arrivée allaient donner l'alarme.

Quand il gémit de nouveau, elle lui prit la main.

— Làà à, fit-elle doucement. Ça va aller.

Elle s'installa auprès de lui en ayant soin de ne pas le déranger. Mais que faire ? se demanda-t-elle de nouveau.

Il ne semblait guère plus vieux qu'elle. Des mèches de

cheveux d'un blond cuivré s'échappaient de son casque de cuir. Il devait les porter assez longs, à la manière des esthètes, en conclut-elle. Sauf que les esthètes qu'elle connaissait n'étaient pas du genre à piloter un avion. Ils s'intéressaient davantage à la poésie et aux beaux-arts. L'inconnu avait les lèvres minces mais bien dessinées et le menton viril, nota-t-elle encore. Il fallait être bien casse-cou pour voler dans le ciel bleu à bord de ces inventions ultramodernes qu'étaient les aéroplanes. Que ressentait-on lorsque l'on ne touchait plus terre ?

Il laissa échapper un grognement un peu plus fort et, cette fois, ouvrit les yeux. Ils étaient d'un bleu très clair qui ressortait dans son teint hâlé. Il regarda autour de lui, l'air égaré, avant de fixer le regard sur elle.

Il cligna des yeux, sans les détacher d'elle.

— Vous n'êtes pas Douglas, observa-t-il d'une voix à peine audible.

— Non, dit-elle en secouant la tête.

— Vous devez être mon ange gardien, alors, fit-il en la dévisageant. Vous n'imaginez pas à quel point j'ai besoin d'un ange gardien. Je vous en supplie, ne me quittez pas.

Elle retint son souffle quand il chercha sa main. Elle la glissa dans la sienne et il s'y cramponna comme s'il voulait ne plus jamais la lâcher. C'était idiot, mais leurs paumes, leurs doigts s'épousaient si naturellement qu'il sembla à Rowena que cette main était celle que la sienne attendait depuis toujours. Elle secoua la tête pour se reprendre.

Et pourtant… Dès qu'il détourna le regard, elle eut une étrange sensation de vide dans la poitrine, comme si elle venait de perdre une chose à laquelle elle tenait énormément. Il jeta des coups d'œil de droite et de gauche sans bouger. Il devait avoir compris la situation en voyant les arbres, les morceaux de l'aéroplane brisé, la lumière qui déclinait. Il se concentra de nouveau sur elle. Avait-il très mal à la tête, pour éviter ainsi de la remuer ?

— Où suis-je ? voulut-il savoir.

— Près de Briar Hill.

Il hocha la tête, et grimaça aussitôt de douleur.

Elle se pencha sur lui, affolée.

— Oh ! non, je vous en prie. Je crois qu'il ne faut pas bouger du tout, lui enjoignit-elle.

— Alors vous envisagez de passer la nuit ici ? repartit-il avec un rictus.

Elle regarda autour d'elle. Sauf si quelqu'un savait où les chercher, on ne risquait pas de les trouver.

— On va bien partir à votre recherche, non ?

De nouveau, il hocha la tête, et, de nouveau, il grimaça.

— Oui. Et vous ?

Oui, supposa-t-elle après réflexion. *Mais pas avant la nuit*. Victoria s'en voudrait-elle de s'être disputée avec elle en ne la voyant pas rentrer ?

— Sans doute. Mais pas tout de suite.

Il l'observa d'une façon qui l'enveloppa d'une très douce chaleur.

— Pas tout de suite…, répéta-t-il dans un murmure avant de refermer les yeux.

Rowena se pencha sur lui en se posant encore et encore la même question : que faire ?

— Ça va aller ? demanda-t-elle.

Il rouvrit les yeux et le bleu du ciel ne fut qu'à quelques centimètres du visage de Rowena.

— Oui, répondit-il juste avant de les refermer. Mais ne me quittez pas…

Pour le rassurer, elle serra sa main qu'elle tenait toujours puis, prise d'une impulsion, déposa un léger baiser juste au-dessus du bleu qu'il avait au coin de la tempe.

Il rouvrit grand les yeux et la regarda un instant, rayonnant, avant de se laisser reprendre par le sommeil.

Qu'allait-elle faire si personne ne venait ? Ce n'était pas en restant toute la nuit à geler auprès de lui qu'elle l'aiderait. Surtout s'il se mettait à pleuvoir. Elle resta tout de même une bonne heure assise là, impuissante. Le temps, en tout cas, que le pâle soleil d'automne disparaisse à l'horizon. Elle allait se décider à manquer à sa parole pour aller chercher de l'aide quand elle entendit quelqu'un au-dessus d'eux.

— Tu es là ? appelait une voix masculine. Ça va ?

Elle se leva, titubant un peu d'être restée si longtemps sans bouger.

— Par ici ! répondit-elle. Le pilote a perdu connaissance.

Un craquement de branches mortes accompagné de jurons maugréés à mi-voix lui signala que l'homme dévalait la colline sans beaucoup de grâce. De fait, quelques instants plus tard, un véritable géant déboulait d'entre les arbres. Il portait un blouson d'aviateur en cuir et des bottes lacées assorties. Sa casquette dissimulait mal une masse de cheveux d'un roux éclatant. Il ouvrit de grands yeux stupéfaits en la voyant et vint s'agenouiller à côté d'elle avec difficulté.

— Est-ce que le petit est encore en vie ?

A son accent, elle devina qu'il venait du Nord. Peut-être même d'Ecosse.

— Oui, mais il s'est réveillé et a perdu connaissance à plusieurs reprises. Faute de pouvoir le remonter en haut de la colline, je suis restée avec lui.

Il posa la main sur la joue du pilote, puis sur son front.

— Il vaudrait mieux ne pas le déplacer au cas où il aurait des blessures internes. Mais le laisser là ne lui fera pas de bien non plus. Est-ce votre cheval, que j'ai vu attaché à un arbre ? ajouta-t-il en fronçant les sourcils.

Elle fit signe que oui.

— Pensez-vous pouvoir l'amener ici ?

— Je peux essayer. Il est adroit, mais l'accident lui a fait peur.

— Si vous y arrivez, nous pourrons le mettre sur son dos pour l'amener à mon automobile.

Elle hocha la tête et gravit la colline. Il faisait presque nuit, dans le bois, et le terrain accidenté ne lui facilitait pas l'ascension. Mais elle retrouva sa monture exactement où elle l'avait laissée. La sueur avait séché sur son encolure. L'animal hennit doucement en la voyant.

— Tu auras une bonne ration, ce soir, mon vieux, lui promit-elle en lui caressant le bout du museau.

Elle le prit en main pour le faire descendre jusqu'à l'avion. Il avait le pied plus sûr qu'elle et la descente se fit aisément.

Le pilote n'avait toujours pas repris connaissance quand elle arriva. Le géant était penché sur lui, l'air inquiet.

— Je n'aime pas cela, confia-t-il. Je n'aime pas cela du tout. Il devrait être revenu à lui, maintenant.

D'autant qu'il était conscient, tout à l'heure, songea-t-elle avec angoisse. Il ne fallait pas qu'il meure ! Elle ignorait pourquoi elle s'inquiétait tant pour un inconnu, mais elle voulait de toutes ses forces qu'il se remette. Elle tint son cheval immobile pendant que l'homme soulevait le pilote aussi facilement que si ç'avait été un enfant. Ce dernier gémit.

— Nom d'un chien, Douglas, vous allez finir par me tuer, marmonna-t-il.

Visiblement soulagé, le géant fit un grand sourire.

— Ça t'apprendra à casser mes avions, répliqua-t-il en l'installant avec précaution en travers de la selle d'amazone, avant d'ajouter à l'intention de Rowena : Je ne sais pas comment vous faites pour monter comme cela, mesdames.

— C'est de naissance, répondit-elle. Vous êtes amis ?

— Oui. Je l'ai connu tout enfant. Maintenant, il travaille pour moi.

— Que faites-vous ? s'enquit-elle par politesse, alors qu'elle se souciait bien davantage du sort du pilote blessé.

— Je possède une usine de construction d'automobiles dans le Kent et je m'essaie aussi à la fabrication d'aéroplanes. Jon est d'ici. Nous avons donc fait venir quelques engins pour les essayer. Les champs sont très plats, vous comprenez.

Ainsi, il s'appelait Jon. Elle se répéta mentalement son prénom. *Jon.* C'était aussi agréable, aussi naturel que quand il lui avait pris la main.

Douglas se tut pour économiser son souffle. Ils atteignirent le sommet de la colline au moment où le soleil se couchait.

Le transport avait dû faire perdre de nouveau connaissance au jeune homme car il ne bougea pas tandis que le géant l'installait à l'arrière d'une longue et élégante Silver Ghost.

— Allez-vous être capable de rentrer chez vous sans encombre ? demanda Douglas.

Elle hocha la tête.

— Summerset n'est pas bien loin et le cheval connaît le chemin, lui assura-t-elle.

— Vous vivez à Summerset ?

— Oui. Je m'appelle Rowena Buxton. Pourrez-vous me faire savoir comment il va ?

Il fit signe que oui avant de mettre le moteur en marche d'un coup de manivelle.

— Douglas Dirkes, se présenta-t-il. Bien entendu, je n'y manquerai pas. Merci encore pour votre aide, mademoiselle.

Elle regarda la voiture filer en tressautant sur le chemin caillouteux non sans regretter de n'avoir pu faire davantage pour lui. Elle avait presque envie de les suivre pour être certaine qu'il aille bien. Au fond d'elle, elle sentait avec certitude qu'il ne fallait pas que ce jeune homme disparaisse de sa vie. Néanmoins, elle avait une famille. Une famille qui devait commencer à s'en faire pour elle. Alors, elle remonta à cheval et prit la direction de la maison. Mais en songeant à Victoria, à Prudence et aux mille problèmes qui l'attendaient à Summerset, elle se prit à regretter de ne pouvoir s'en aller à cheval pour toujours.

— Les scones sont prêts à être sortis du four, si cela ne vous ennuie pas, mon enfant. Le torchon est là, ajouta nanny Iris en le désignant d'un mouvement de tête.

Victoria se dépêcha d'obtempérer.

C'était la seconde fois qu'elle rendait visite à nanny Iris chez elle. Elle aimait presque autant le cottage que la vieille dame. Il était bâti au milieu d'une petite prairie un peu triste et dénudée en cette saison, mais qui devait se couvrir de fleurs sauvages au printemps et en été. Les tons de miel du toit de chaume contrastaient joliment avec le rouge de la vigne vierge. Deux larges fenêtres montaient la garde de part et d'autre de la porte d'entrée. Une clôture protégeait le petit jardin potager dans lequel nanny Iris faisait pousser simples et légumes en abondance. On aurait dit une maisonnette de fée ou la chaumière dans laquelle une princesse bannie attendrait son prince charmant. Elle l'avait dit à nanny Iris lors de sa première visite et ne s'était pas laissé démonter par le grand éclat de rire qu'avait déclenché sa remarque.

Victoria huma le riche parfum de beurre des scones avant de mettre la plaque à refroidir sur le bord de l'évier en pierre, puis elle revint auprès de nanny Iris qui préparait une infusion d'origan.

— Quelle huile utilisez-vous ? s'enquit-elle en la

regardant tremper à plusieurs reprises un sachet de gaze contenant de l'origan frais dans un pot d'huile chauffée.

— De l'huile d'olive ou de pépins de raisin. Je me sers plutôt de la première parce qu'il est plus facile de s'en procurer.

Après avoir pressé le sachet à plusieurs reprises, elle le replongea dans le pot, ajouta de l'huile et vissa le couvercle.

— Vous voulez bien me rappeler pourquoi on utilise cette préparation ?

Nanny Iris sourit.

— Moi, elle me sert à prendre de l'argent au pharmacien du village. Autrement, on l'emploie communément pour traiter les maux de gorge et, parfois, certains troubles digestifs. D'aucuns la disent aussi efficace pour soulager les douleurs musculaires.

Elle essuya le pot avec un chiffon propre et le rangea dans un placard à côté d'une série d'autres.

— Elle sera prête à être vendue d'ici deux semaines.

Victoria mit le couvert pour le thé pendant que nanny Iris rangeait ses plantes et ses préparations. Travailler auprès d'elle dans sa cuisine bien chaude et agréable l'emplissait de la même satisfaction simple que quand elle aidait son père dans son bureau. Il lui avait enseigné le genre, l'espèce et les propriétés chimiques des plantes. Aujourd'hui, auprès de la vieille dame, elle apprenait les mythes et légendes auxquelles elles étaient associées et leurs vertus. Parfois, lorsqu'elles mélangeaient des plantes ou préparaient des décoctions, il lui semblait presque sentir la présence de son père auprès d'elles.

Nanny Iris mit la bouilloire sur le feu.

— Comment respirez-vous, ces temps-ci ? voulut-elle savoir. L'infusion que je vous ai donnée vous a-t-elle fait du bien ?

Victoria hocha la tête.

— Je crois. J'ai moins de peine à monter l'escalier et je suis plus rarement essoufflée. Mais c'est difficile à dire parce que mes crises sont souvent plus espacées et moins fortes à Summerset.

— Je n'en doute pas : l'air y est bien meilleur qu'en ville. Mais constatez-vous une aggravation en juin ou juillet ?

— Oui. Et, dans ce cas, c'est pire ici qu'en ville.

— Vos grands docteurs vous ont-ils jamais parlé du rhume des foins ?

— Un médecin allemand l'a évoqué quand nous étions en vacances à Davos. Mais il a dit que l'aggravation de mon état pouvait également être due à la raréfaction de l'air en montagne.

— Vous êtes un cas particulier, c'est certain. Je travaille à la composition d'une autre décoction qui pourrait vous être encore plus bénéfique. Maintenant, dites-moi, comment va votre sœur ?

Victoria servit le thé pendant que nanny Iris sortait la crème et la confiture. Elles s'assirent enfin et elle ferma les yeux pendant que la vieille dame prononçait un rapide bénédicité.

Elle étala une épaisse couche de crème et de confiture sur un scone dans lequel elle mordit à belles dents. Même la cuisinière de Summerset ne pouvait rivaliser avec les scones de nanny Iris.

— Ma sœur se conduit comme une somnambule, dit-elle en réprimant un soupir. Prudence est traitée de façon abominable et Rowena ne réagit même pas.

— N'oubliez pas, mon enfant, qu'elle a autant de chagrin que vous. Et le chagrin pousse parfois les êtres à se conduire de manière étrange.

Victoria hocha la tête, la gorge serrée.

— J'en suis consciente. Mais nous ne pouvons pas assister à cela sans rien faire ! Et ce qui est sûr, c'est que, moi, ils ne m'écouteront pas.

— Qui cela ?

— Mon oncle et ma tante.

— Qu'est-ce qui vous fait croire qu'ils écouteront davantage Rowena ?

Victoria but une gorgée de thé avant de hausser les épaules.

— Je ne sais pas. Mais j'enrage de voir que Rowena n'essaie même pas. Prudence fait tout de même partie de notre famille !

Nanny Iris leur resservit du thé.

— Pourquoi ne rentrez-vous pas tout simplement à Londres ?

— Parce que mon oncle veut que nous restions avec lui. Il ne souhaite pas que nous soyons toutes seules à Londres. Il doit avoir peur que nous nous conduisions de façon gênante pour lui.

— Ce garçon s'est toujours bien trop soucié du qu'en-dira-t-on, dit nanny Iris.

Victoria se retint de rire en imaginant son oncle en petit garçon gâté.

— Ce n'est pas comme si je ne me plaisais pas à Summerset, déclara-t-elle. Au contraire. Si Prudence était traitée comme un membre de la famille, je serais même ravie de rester. Mais on la considère comme une domestique simplement parce que sa mère était notre préceptrice. Ce n'est pas une femme de chambre, pour nous elle est comme notre sœur. Et, le pire, c'est que je ne peux rien faire pour elle. Je me sens complètement impuissante : c'est affreux.

— J'en ai bien l'impression. Ce que je ne comprends pas, c'est ce que cela peut bien faire à votre famille. Enfin, si ; votre tante, je comprends : elle s'est toujours prise pour une reine, celle-là. Et vous dites que la mère de cette jeune fille est morte ?

— Oui, il y a plusieurs années. Pru est restée avec

nous. Mon père était très attaché à elle. Et nous aussi. Et voilà qu'elle se retrouve obligée de porter cet affreux uniforme et de jouer les femmes de chambre auprès de nous — et encore, Dieu sait ce qu'ils lui font faire le reste du temps. Au fait, vous avez peut-être connu la mère de Prudence, ajouta-t-elle. Elle travaillait au château, jeune fille.

— Ah oui ? fit nanny Iris en posant sa tasse. Elle était du pays ? Comment s'appelait-elle ?

— Alice Tate.

Nanny Iris se figea et la surprise se peignit un court instant sur son visage ridé avant de s'effacer tout à fait.

Victoria se raidit.

— Quoi ? demanda-t-elle. Vous la connaissez ?

— Non, affirma la vieille dame en secouant la tête. Je n'ai jamais entendu parler d'elle.

— Son nom ne vous dit même pas quelque chose ? fit Victoria avec insistance.

— Il y a beaucoup de gens qui ont travaillé à Summerset et que je n'ai jamais rencontrés, lui répliqua nanny Iris un peu trop vivement. Il n'est pas étonnant que je ne la connaisse pas. Vous avez terminé ?

La vieille dame se leva pour débarrasser. Victoria comprit qu'il était temps qu'elle prenne congé. Elle aida à ranger et s'en alla non sans avoir chaleureusement embrassé nanny Iris et lui avoir promis de revenir la voir très vite.

Dehors, elle resserra son écharpe autour de son cou. L'herbe gelée crissait sous ses pieds quand elle traversa la prairie pour gagner la route qui ramenait à Summerset.

Pourquoi nanny Iris avait-elle fait cette tête-là ? Le soleil déclinait rapidement ; Victoria pressa l'allure. La vieille dame savait *forcément* qui était la mère de Prudence. Elle avait quitté Summerset juste après que la petite Halpernia, leur tante, était morte accidentellement en bas âge. Victoria sentait que nanny Iris ne voulait pas parler d'Halpernia. Mais son père non plus. Personne ne l'évoquait jamais.

Elle se mit à s'interroger sur la mère de Prudence. Pourquoi Elaine avait-elle semblé la reconnaître, quand elle avait vu sa photographie ? Pourquoi nanny Iris mentait-elle en prétendant ne pas savoir qui elle était ? Y avait-il eu un quelconque scandale ? Le cœur de Victoria se mit à battre plus vite. Encore un secret ? La miss Tate qu'elle avait connue était une préceptrice cultivée et douce. Cependant, à la différence de son père qui traitait Prudence comme sa fille, miss Tate conservait une certaine retenue qui faisait que l'affection qu'elle lui témoignait n'était pas tout à fait maternelle.

La crainte d'une crise retenait Victoria de se dépêcher davantage pour rentrer avant la nuit. Quand apprendrait-elle qu'il fallait qu'elle emporte partout avec elle cette détestable boîte noire ? Toute son enfance, Rowena et Prudence avaient veillé sur elle telles deux mères poules sans jamais la laisser faire ce qu'elle voulait. Zut, à la fin ! Si elle ne sortait pas un peu de la maison, elle allait devenir folle, comme les héroïnes de ces vieux romans français. De toute façon, Prudence devait être prise par les tâches que lui imposait Mme Harper et Rowena en train de se morfondre dans sa chambre, comme d'habitude. Sa sœur passait presque tout son temps à rêvasser ou à monter à cheval.

Quant à Victoria, elle occupait l'essentiel de ses journées à lire jusqu'à en avoir mal aux yeux, ou à faire des commérages avec Elaine sur le compte de gens qu'elle connaissait à peine. Miss Fister lui avait renvoyé son argent accompagné d'un mot dans lequel elle s'excusait de ne pouvoir lui enseigner le métier de secrétaire par correspondance. Il ne lui restait donc même plus cela.

Toutefois, elle avait une idée qui pourrait marcher… et qui ferait également un secret très amusant.

La vérité, c'était que son père lui manquait. Que sa vie lui manquait. Ici, personne ne faisait rien. Chez eux, à Londres, Victoria aidait son père dans son travail, étudiait ses leçons de sténographie et de dactylographie, dessinait. Rowena, Prudence et elle allaient au théâtre ou dînaient dehors. Et le lundi et le mercredi, elle se rendait à pied au centre d'œuvres sociales de Mme Humphry Ward pour aider à s'occuper des petits dont les mères travaillaient.

Les journées de ses sœurs étaient d'ailleurs tout aussi bien remplies. Prudence écrivait, jouait du piano, donnait de son temps à l'hôpital ou visitait des musées, tandis que Rowena assistait à des réunions pour le droit de vote des femmes, lisait elle aussi et faisait de longues promenades à pied ou à cheval dans Hyde Park et Kensington Gardens, à moins qu'elle ne s'adonnât à son sport favori du moment.

Ici, on ne faisait que se changer. Il fallait des tenues différentes pour le matin, l'après-midi et le soir, pour marcher, pour monter à cheval… Le reste du temps, affirmait Elaine non sans ironie, on réfléchissait à ce qu'on allait mettre plus tard.

Elle enjamba le muret de pierre et reprit sa marche sur la route.

Elle aurait pu couper par les bois, mais nanny Iris lui avait fait promettre de ne pas s'en approcher le soir et de se faire accompagner si elle s'y rendait dans la journée. Ces précautions semblaient un peu excessives à Victoria, mais les vieilles dames avaient peur de tout, c'était bien connu.

Un vrombissement se fit entendre derrière elle et le Klaxon d'une automobile retentit. Elle fit un bond de côté pour éviter la voiture qui la dépassa avant de ralentir.

A son bord, plusieurs jeunes hommes riaient. Inquiète, Victoria s'immobilisa, prête à fuir si nécessaire.

— Victoria ! Ma cousine ! Que faites-vous par ici, toute seule ? Ma mère va avoir une attaque, c'est sûr.

— Colin ? C'est vous ? demanda-t-elle en scrutant l'obscurité grandissante.

— Eh oui, le seul, l'unique. Pousse-toi, Sebastian. Fais-lui de la place, espèce de mufle. Montez, Vic. Je vous emmène.

Imperturbable, un grand jeune homme descendit de voiture pour monter à l'arrière avec leur compagnon, cédant sa place à Victoria. Elle reconnut aussitôt lord Billingsly. Elle n'avait jamais vu le troisième larron, par contre.

Elle prit donc place à l'avant de la confortable voiture de tourisme, à côté de son cousin.

— Je ne savais même pas que vous veniez, dit-elle. Vos parents vous attendent-ils ?

— Non, je leur fais la surprise. Nous sommes là pour un long week-end, avec Sebastian et Kit, que voici. A vrai dire, je viens pour Elaine.

— Elaine ?

— Ma pauvre petite sœur dit qu'on s'ennuie à périr, ici, en rase campagne. Alors, chaque fois que je peux m'échapper de l'école, je viens l'égayer un peu. Et vous, vous ne vous ennuyez pas ?

Elle se tut pour ne pas être blessante. Devinant la raison de son hésitation, il se mit à rire.

— Oh ! vous pouvez me dire la vérité : je sais ce que c'est.

— Eh bien, il faut avouer que l'on a énormément de temps libre…

Il rejeta la tête en arrière en riant de plus belle. Elle avait toujours trouvé que son cousin était un garçon séduisant. Depuis deux ans qu'elle ne l'avait pas vu, c'était devenu un homme. Comme Elaine, il avait les cheveux d'une belle nuance de châtain et les yeux bleus. Cependant, ce qu'il y avait de mieux, chez lui, c'était son sourire qui adoucissait les traits virils caractéristiques des hommes de la famille Buxton. Il lui rappelait un personnage de conte de fées — non pas le héros qui conquiert la princesse, mais son ami et confident grâce à qui l'heureux dénouement est possible.

— Très bien dit, ma chère cousine. N'avez-vous pas eu dix-huit ans l'année dernière ? Comment se fait-il qu'il n'y ait pas eu de grand bal pour votre entrée dans le monde ?

Elle haussa les épaules.

— Ni Rowena ni moi n'y tenions, et notre père ne nous a pas poussées.

— Voilà un homme sensé. De toute façon, ces traditions sont sur le déclin. Je suis sincèrement désolé pour votre père, Vic, ajouta-t-il en se tournant vers elle d'un air triste. C'était un homme exceptionnel.

Elle hocha la tête, incapable de répondre à cause de cette grosse boule qu'elle avait tout le temps dans la gorge.

Lord Billingsly se pencha en avant et passa la tête entre eux deux.

— Tu ferais mieux de te taire et de rouler, suggéra-t-il. La nuit tombe vite. Evitons d'avoir à nous arrêter pour allumer les lanternes : tu sais quelle partie de plaisir c'est.

— Tu as raison !

Victoria se cramponna à la portière comme son cousin accélérait, prenant les virages sur les chapeaux de roues. Il faillit même percuter un troupeau de moutons ! Les invectives du berger la firent partir d'un rire haletant qui lui fit craindre une crise. Elle ferma aussitôt les yeux et se concentra sur sa respiration jusqu'à l'arrivée.

— Vous pouvez rouvrir les yeux, chère cousine, dit Colin. Nous voilà à bon port, et en un seul morceau.

— Il s'en est fallu de peu, commenta Sebastian. Et ce pauvre berger a failli mourir de peur.

La grande porte d'entrée s'ouvrit, déversant une vive lumière sur le perron. Prudence se précipita dehors, un châle sur les épaules.

— Où étais-tu passée ? Sais-tu quel sang d'encre nous nous sommes fait ?

Victoria descendit de voiture en se préparant à se faire copieusement sermonner.

Mais Prudence s'était comme changée en statue. Elle fixait quelque chose ou quelqu'un derrière Victoria d'un regard que celle-ci ne lui avait jamais vu. En se retournant, elle découvrit que Sebastian dévisageait son amie avec la même intensité. Un instant, elle crut qu'ils allaient se précipiter l'un vers l'autre tant le courant qui circulait entre eux semblait puissant.

Comme il ne se passait rien, elle commença à se sentir mal à l'aise.

— Puisque vous voilà tous les deux frappés de stupeur, dit-elle, je vais faire les présentations. Prudence, voici lord Billingsly ; je crois que tu l'as rencontré aux obsèques de papa. Lord Billingsly, ma très chère amie, Prudence Tate.

Elle les observa tour à tour. Ils restaient paralysés sur place, les yeux dans les yeux.

— Mais enfin, dites quelque chose ! s'exclama-t-elle.

8

Prudence rougit et se détourna. Visiblement, il l'avait reconnue aussi vite qu'elle l'avait reconnu. Elle baissa les yeux, gênée de l'allure qu'elle devait avoir, mais reconnaissante à Victoria de l'avoir présentée comme son amie plutôt que sa femme de chambre. Elle se risqua à le regarder de nouveau — il avait rougi.

Il était donc aussi troublé qu'elle.

Un autre jeune homme descendit de l'automobile et se joignit à eux.

— Ah, je sais que vous n'êtes pas ma cousine Rowena, bien que vous ayez le même teint qu'elle. Vous ne m'aviez pas dit que vous n'étiez pas venue seule, Victoria.

Elle les regarda tour à tour.

— Oh ! pardon, Colin. Voici ma chère amie et dame de compagnie Prudence Tate. Prudence, mon cousin, lord Cliveon, et ses amis, lord Billingsly, donc et…

Victoria se mit à bredouiller tandis que le deuxième ami de Colin sortait de la voiture et les rejoignait.

— Je suis désolée, reprit-elle, je ne sais pas…

Il lui tendit la main.

— Charles Kittredge, dit-il. Mais vous pouvez m'appeler Kit.

Colin et lord Billingsly se mirent à rire comme s'il n'y avait pas au monde de nom plus drôle. Tout le monde entreprit de se saluer et d'échanger des poignées de main, y compris les trois hommes, ce que Victoria trouva désopilant. Prudence profita de ce que les voyageurs faisaient décharger leurs bagages par des valets de pied pour l'entraîner à l'écart.

— Où étais-tu passée ? demanda-t-elle. Tu m'as fait une de ces peurs !

— Je suis allée rendre visite à une vieille amie, expliqua Victoria. Je ne voulais pas t'inquiéter.

Prudence la considéra d'un air pensif. Bien qu'il y ait dans sa voix une note de contrition, elle sentit chez elle quelque chose de plus gai que quand elle l'avait aidée à s'habiller tout à l'heure. Un peu comme si un poids s'était ôté de ses épaules.

Avait-elle besoin de compagnie ? Celle de ces jeunes hommes rieurs devait être plus stimulante que celle de Rowena et la sienne ces dernières semaines… Prudence risqua un autre coup d'œil en direction de lord Billingsly. Voyant qu'il la regardait lui aussi, elle rougit de nouveau et, pour se détourner, s'empressa de faire rentrer Victoria dans la maison. Elle actionna au passage la sonnette de l'entrée pour faire venir M. Cairns. Il se chargerait des hommes et de leurs affaires. Elle voulait s'occuper au plus vite de Victoria dont elle sentait la lassitude malgré l'éclat de son regard.

Dans le hall, elles croisèrent Elaine, déjà vêtue pour dîner d'une robe de charmeuse de soie rose et d'une tunique plissée assortie, à l'encolure et au bas bordés d'hermine. Prudence pensait n'avoir jamais rien vu d'aussi charmant.

— Où étais-tu passée, Victoria ? Ma mère est dans tous ses états et passe son énervement sur nous autres, merci beaucoup. Dépêche-toi de te changer avant qu'elle pique une vraie crise.

Les voix qui leur parvenaient de la porte d'entrée la firent sauter de joie.

— Colin ! s'écria-t-elle en courant à sa rencontre. J'espérais tant que tu rentrerais à la maison ce week-end !

— Montons te préparer pour dîner avant que tu aies des ennuis, suggéra Prudence à Victoria en lui prenant le bras.

— Ne t'arrive-t-il pas d'avoir l'impression que nous passons la journée entière à nous changer ? remarqua cette dernière tandis qu'elles montaient l'escalier.

Comme Prudence ne disait rien, Victoria se tourna vers elle d'un air consterné.

— Oh ! excuse-moi, Pru... Je n'ai pas réfléchi.

— Ne t'en fais pas. Je crois que j'aime presque mieux porter cet affreux uniforme que m'habiller trois ou quatre fois par jour.

Elle se garda de l'avouer, mais ce n'était pas vrai. Elle avait des robes ravissantes, dans sa malle, presque toutes neuves parce qu'elle s'était fait faire plusieurs toilettes de deuil avant les obsèques. La plupart étaient noires, mais elle avait également choisi de belles couleurs sombres — du prune, du bordeaux, un ravissant bleu nuit... Elle n'avait pas eu une seule occasion de les porter. Souvent, elle ouvrait la malle pour passer les mains sur les soies, les dentelles, le tulle... Mais ses doigts étaient tellement crevassés à force d'aider Susie à briquer les cuivres le matin qu'ils accrochaient les fines étoffes.

Elle réprima un soupir et aida Victoria à quitter son tailleur de marche dès qu'elles furent dans la chambre des roses. Puis elle l'envoya dans la salle de bains faire sa toilette. Pendant ce temps, elle sortit une robe plissée bleu foncé et une tunique de dentelle à pois avec une large ceinture bleue nouée à la taille. A dix-huit ans seulement, Victoria n'était pas obligée d'être tout le temps en noir, d'autant que le décès de son père remontait à plusieurs semaines, maintenant. Si la présence de ces séduisants messieurs pouvait alléger un peu sa peine, Prudence souhaitait l'aider autant qu'elle le pouvait.

Elle rougit en se revoyant face à lord Billingsly, dans sa jupe et sa blouse informes. Qu'allait-il penser d'elle ?

Ah, s'il était possible de remonter le temps…, songea-t-elle pour la énième fois. Mais cela changerait-il quelque chose ? Même dans ses plus beaux atours, même avec la coiffure la plus élégante, elle restait la fille d'une préceptrice. *D'une ancienne domestique.* Rien ne changerait jamais cela. Et lord Billingsly était l'héritier d'un mode de vie qui n'était pas le sien. Rowena et Victoria le rejetaient pour le moment, mais elles pourraient aisément s'y glisser si l'envie leur en prenait. C'était leur milieu. Il suffisait de voir comme elles s'étaient vite adaptées à Summerset. Elle, en revanche, la très ordinaire Prudence Tate, n'y avait pas sa place.

Elle aida Victoria à passer la tenue qu'elle lui avait sortie. Elle avait craint sa réaction devant cette couleur que n'autorisait pas le grand deuil, mais Victoria était tout sourires.

— Mon père adorait ce bleu, commenta-t-elle.

Prudence lui rendit son sourire et retira vivement les épingles de la chevelure dorée de son amie avant de la brosser. Elle la sépara en deux par une raie au milieu et torsada les deux longues mèches qui lui arrivaient à la taille jusqu'à ce qu'elles remontent d'elles-mêmes. Elle les fixa par des épingles avant de poser un double rang de perles bleues qui formait une manière de serre-tête un peu lâche dans lequel elle piqua, sur le côté, une plume bleu sombre. Les petites mouettes d'ivoire qu'elle portait aux oreilles avaient appartenu à sa mère.

Victoria inclina la tête sur le côté tel un oiseau, avec cette adorable expression qui ne manquait jamais de faire sourire Prudence.

— Je ne suis pas vilaine… Merci beaucoup, Pru.

Un léger coup frappé à la porte les avertit qu'il était temps que Victoria descende.

— Tu es prête ? s'enquit Rowena en passant la tête dans la chambre.

Son regard s'adoucit dès qu'elle vit sa cadette.

— Oh ! tu es ravissante, Vic.

Victoria lui fit un sourire tremblant qui s'effaça bientôt. Elles restèrent toutes les trois immobiles, c'était la première fois que leur séparation se faisait sentir aussi nettement. Victoria et Rowena s'étaient faites belles pour descendre dîner avec leur famille et leurs amis tandis que Prudence, dans son affreux uniforme, allait emprunter l'escalier de service pour retourner à l'office. Ce fut elle qui rompit le silence.

— Filez, toutes les deux, leur enjoignit-elle. N'allez pas faire attendre votre tante Charlotte !

Victoria lui pressa affectueusement la main en passant à côté d'elle. Rowena, elle, évita soigneusement son regard.

Après le départ des filles, Prudence regarda autour d'elle. Elle se sentait plus seule que jamais. Elle rangea rapidement la chambre de Victoria et prit le couloir pour rejoindre l'escalier de service. Elle s'arrêta un instant devant la porte de Rowena puis haussa les épaules. Bah, elle n'avait qu'à ramasser elle-même ses affaires. Ce n'était pas juste, elle en avait conscience, mais elle ne pouvait pas s'empêcher de la tenir pour responsable de ce qui arrivait.

Elle voulut ouvrir la porte de l'escalier de service mais la trouva bloquée. Elle essaya de nouveau : impossible de l'ouvrir. Se pouvait-il que quelqu'un l'ait verrouillée ? Mais pourquoi ? Elle fronça les sourcils et regarda le grand escalier. Les domestiques n'étaient censés l'emprunter que pour y faire le ménage. Sauf que, là, Prudence ne voyait pas d'autre solution. Surtout si elle voulait dîner, ce qui était le cas. Bah, de toute façon, la famille était soit dans le salon, soit dans la salle à manger, et M. Cairns et Mme Harper avaient trop à faire pour la remarquer. Après s'être assurée que la voie était libre, elle dévala l'escalier, laissant sa main courir sur la rampe satinée.

— Oh ! excusez-moi.

Surprise, elle trébucha sur la dernière marche et se sentit retenue de justesse par une poigne ferme et assurée.

Devant le sourire de lord Billingsly, son cœur fit un bond dans sa poitrine. C'était comme si de ses mains — l'une posée légèrement sur son épaule et l'autre sur son coude — partait un courant chaud qui se répandait dans tout son corps.

— C'est Prudence, n'est-ce pas ? Venez-vous dîner ? Puis-je me permettre de vous accompagner ?

Il y avait quelque chose de si fascinant et irrésistible dans son regard sombre qu'elle mit un moment à comprendre ce qu'il disait. Alors, ce fut comme si on lui avait déversé un seau d'eau glacée sur la tête.

Elle s'écarta d'un bond, le feu de la colère et de l'humiliation aux joues.

— Vous moquez-vous, lord Billingsly ? Parce que cela ne m'amuse pas du tout.

Il eut un mouvement de recul aussi vif que si elle l'avait giflé.

— Pardon ?

Des larmes de rage lui piquaient les yeux.

— Ai-je l'air prête à venir dîner ? objecta-t-elle.

Il écarquilla les yeux en se rendant compte de la façon dont elle était vêtue. Elle serra les poings le long du corps. Bien. Il avait compris, maintenant. Elle fit volte-face et s'enfuit par la porte de service sous l'escalier. Par miracle, celle-ci n'était pas bloquée. Malheureuse, elle nota que, cette fois, il n'essayait pas de la retenir, qu'il ne lui demandait pas qui elle était.

Parce que, maintenant, *il le savait.*

Susie s'affairait dans la cuisine lorsque Prudence arriva en bas. La cuisinière et ses aides, les valets de pied et le majordome prenaient leurs repas après la famille alors que les femmes de chambre et les valets de chambre les prenaient en même temps. Ainsi, il y avait toujours quelqu'un pour répondre quand on sonnait. Et puis c'était plus pratique puisque tous les domestiques ne tenaient pas en même temps autour de la table de l'office.

Susie fit un petit signe à Prudence quand elle alla se servir du potage à la volaille et aux poireaux destiné aux domestiques qui attendait dans une grande marmite sur le feu. En haut, on servait un dîner de neuf plats qui commençait par un consommé de légumes servi avec une cuillerée de crème et se poursuivait par des huîtres en croûte feuilletée, de l'oie rôtie, une tourte aux rognons, du fenouil et du céleri braisés accompagnés de pommes sautées en tranches, de la tarte aux cerises, du sorbet à la framboise, des fruits et du fromage.

Elle emplit son bol de soupe tout en regardant la cuisinière sortir du four l'oie toute dorée qu'elle disposa sur un plat d'argent avec quelques fleurettes de pomme de terre rôtie pour décorer. Elle grésillait encore quand la cuisinière, qui se dirigeait vers le monte-plats, passa à côté de Prudence en laissant dans son sillage un merveilleux parfum de viande rissolée. Elle s'en détourna pour se couper une tranche de pain qu'elle posa en équilibre sur son assiette pour se rendre à l'office. Quand elle arriva, tout le monde arrêta de manger pour la regarder. D'ordinaire, elle avalait son repas dans la cuisine ou s'installait dans un coin plus tranquille. Mais elle en avait assez de la solitude. Un peu hésitante, elle s'assit sur la chaise libre à côté d'Hortense et fit un sourire timide à la cantonade.

— Tiens, tiens, voyez un peu qui daigne se joindre à nous, ironisa une femme de chambre.

— Voilà que les dames de la haute se mélangent avec le peuple, renchérit une autre en ricanant.

Prudence baissa les yeux vers son assiette, la gorge serrée. *Peut-être avait-elle été mal inspirée.*

— Assez, mesdemoiselles, intervint Mme Harper. Pas de discorde entre nous.

Elle posa sur Prudence un regard réprobateur qui signifiait qu'elle la tenait pour responsable du trouble même si elle n'avait pas dit un mot.

— J'imagine que vous avez lu le règlement qui vous interdit d'emprunter le grand escalier et que votre manquement de ce soir est un égarement qui ne se reproduira pas ?

Prudence avala sa salive avec peine. Elle aurait voulu pouvoir répondre à la gouvernante que la porte de service était coincée, mais le regard de défi des autres femmes de chambre éveilla ses soupçons. Elle se mordit la lèvre et baissa les yeux.

— Oui, madame.

Mme Harper acquiesça d'un signe de tête et s'éloigna.

— Vous n'êtes qu'une bande de pies, lança Hortense aux autres femmes de chambre. Ne faites pas attention, mon petit, ajouta-t-elle à l'adresse de Prudence. Elles sont jalouses parce que vous avez une meilleure place.

Prudence regarda la Française, tandis qu'un fou rire nerveux la gagnait. Meilleure ? Sa place ? Mais elle se ravisa aussitôt. Sans doute valait-il beaucoup mieux, en effet, s'occuper des beaux vêtements d'une dame, lui faire couler des bains et la coiffer, que récurer des casseroles toute la journée comme Susie ou des sols comme d'autres. Alors, au lieu de rire, elle adressa à Hortense un petit sourire.

Du coin de l'œil, elle vit les deux filles qui l'avaient apostrophée lever les yeux au ciel. Elle aurait voulu rentrer sous terre. S'en aller. Mais c'était impossible. Elles la prenaient déjà pour une snob…

Elle s'adressa à Hortense :

— Depuis combien de temps êtes-vous au service de lady Summerset ?

— Sept ans environ, répondit-elle avec une certaine hauteur. Auparavant, j'étais la femme de chambre de la marquise du Henault, jusqu'à sa mort.

Les deux autres filles roulèrent encore des yeux moqueurs. Prudence dissimula un sourire. Hortense avait raison : on aurait dit deux pies dans leurs uniformes noir et blanc.

La Française ôta ses lunettes et posa son journal.

— Et vous, s'enquit-elle, que faisiez-vous avant d'entrer au service de Mlles Buxton ?

A table, tout le monde se tut. Même si personne ne la regardait ouvertement, Prudence comprit que l'on guettait sa réponse. Elle sentit d'instinct qu'il valait mieux ne pas révéler l'exacte vérité, bien qu'elle eût désespérément envie de leur faire savoir qu'elle n'était pas, comme eux, une domestique.

— J'ai toujours vécu chez elles, répondit-elle d'une petite voix. Ma mère était leur préceptrice.

— Ah oui ? fit Hortense en haussant les sourcils d'un air étonné.

Ils auraient tous aimé en savoir davantage, Prudence s'en rendait compte, mais elle préféra se concentrer sur sa soupe. Les conversations finirent par reprendre. Elle termina son repas et alla laver son couvert pour que Susie n'ait pas à le faire. Cette dernière, qui était encore en train d'astiquer la vaisselle du dîner, lui adressa un sourire reconnaissant.

— Ne vous en allez pas, lui dit-elle. Restez donc un peu avec nous. Ces demoiselles ne vont pas avoir besoin de vous avant plusieurs heures. Autant vous mettre à l'aise.

Prudence hésita un peu, puis se laissa convaincre. Le seul moyen de combattre la solitude dont elle souffrait était de lier connaissance avec d'autres gens, non ? Elle se rassit à côté d'Hortense, et Susie lui apporta une tasse de thé.

Dès qu'elle fut installée, les deux autres femmes de chambre échangèrent un regard complice et s'en allèrent. Prudence les regarda faire, mi-perplexe, mi-ennuyée, mais Hortense ne tarda pas à capter son attention.

— Voulez-vous que je vous raconte mes premières places ? Je parie que vous vous sentirez mieux, après, déclara-t-elle en lui prenant la main.

C'était un geste amical, à n'en pas douter. Pourtant, à mesure que la Française lui déroulait son histoire, sans la lâcher, Prudence avait l'impression de plus en plus nette que sa main était une menotte qui enserrait la sienne. Elle l'écouta évoquer sa première patronne, en France, qui faisait si peu de cas de son personnel qu'elle ne s'était même jamais donné la peine d'apprendre son prénom.

Certes, Prudence était malheureuse. Mais elle se rendait compte que la situation aurait pu être pire encore. Quand elle se leva enfin pour prendre congé, Hortense en fit autant.

— Vous montez vous coucher bien tôt, observa-t-elle un peu vivement.

Prudence secoua la tête.

— Non. Il faut d'abord que j'aille ranger la chambre de Rowena. Pourquoi ?

— Oh ! comme cela. Je trouvais qu'il était un peu tôt, c'est tout. Mais si vous avez du travail…

C'est perdue dans ses pensées que Prudence remit de l'ordre dans les affaires de Rowena. Pourquoi était-elle si satisfaite que les autres domestiques la jugent supérieure à eux ? Malgré tout ce que sir Philip lui avait inculqué au sujet de l'égalité de tous les hommes et de toutes les femmes, elle n'avait pas envie de passer pour une simple servante. Pourtant, elle appartenait bien plus à ce monde qu'à celui de Rowena et Victoria. Ou de lord Billingsly. Sa mère avait commencé femme de chambre. Elle ignorait ce que faisait son père, et sa mère ne parlait jamais de lui ; en revanche, elle savait qu'elle avait de la famille au village. Beaucoup des siens avaient dû travailler chez les Buxton ou d'autres aristocrates des environs.

Existait-il réellement une différence fondamentale entre les classes inférieures et les classes supérieures, hormis la naissance, à laquelle on ne pouvait rien ? Comment se faisait-il que ceux qui appartenaient à la classe populaire se laissent traiter comme des êtres de deuxième ordre ? Elle comprenait que l'on cherche à se décharger sur d'autres des basses besognes, évidemment. Elle se massa les tempes. Il n'était pas étonnant que les choses changent aussi lentement, tout compte fait. Il n'existait pas de solution simple.

Comme Rowena ne remontait pas prendre son bain, elle se rendit dans la chambre de Victoria. Où l'aurait-on installée, si elle avait été considérée comme une invitée ? Elle n'avait pas vu grand-chose de la maison, hormis la partie réservée aux domestiques, les chambres des filles et le grand hall. C'était tout juste si elle avait mis le nez dehors, depuis son arrivée. Elle passait son temps libre à lire les livres que Victoria prenait pour elle dans la bibliothèque.

Ereintée, elle grimpa l'interminable escalier de service pour regagner sa chambre. Rowena et Victoria n'auraient qu'à se débrouiller pour se coucher, ce soir. Malgré les apparences, elle n'était pas tout à fait leur femme de chambre. Sa rencontre avec lord Billingsly et la scène à l'office avec les autres domestiques l'avaient fragilisée.

Ce soir, elle avait l'impression qu'il suffirait d'un rien pour la faire voler en éclats.

Dans le « couloir des jupons », les lampes à gaz étaient très espacées et réglées au minimum.

— Mais oui, à quoi bon éclairer les domestiques ? marmonna-t-elle.

Elle laissa la porte de sa chambre ouverte le temps d'allumer sa petite lampe à gaz à elle. Puis, après s'être enfermée, elle se déshabilla sans même se donner la peine de pendre ses vêtements. Elle claquait des dents quand elle enfila sa chemise de nuit de batiste. Le tissu était d'une merveilleuse douceur, mais de la laine lui aurait tenu plus chaud dans cette pièce qui faisait plus glacière que chambre.

Elle se hâta de la traverser pour se fourrer au lit. Mais elle avait à peine glissé les pieds entre les draps qu'ils furent arrêtés par quelque chose. Elle commença par insister, pousser plus fort. Puis elle comprit. *On lui avait fait un lit en portefeuille.* Quelqu'un s'était introduit dans sa chambre pour lui jouer ce mauvais tour. Sans pouvoir se retenir, elle éclata en sanglots et enfouit le visage dans ses mains. Non, elle ne leur donnerait pas la satisfaction de leur montrer qu'ils avaient réussi à l'atteindre. Elle passa quelques minutes assise sur son lit, les genoux remontés contre la poitrine, à essayer de se dominer. Elle n'avait pour ainsi dire pas d'amis, ici, songea-t-elle. Elle ne pouvait compter sur personne d'autre que Susie. Elle serait bien avisée de ne pas l'oublier.

En attendant, il fallait refaire son lit. Elle n'avait pas le choix. Elle se leva avec lassitude. Malgré ses pieds gelés et ses muscles endoloris par la fatigue, elle se mit à la tâche.

Quand elle fut enfin sous les couvertures et que les larmes eurent séché sur ses joues, elle prit une décision. Son prochain jour de congé tombait le lendemain. Elle allait en profiter pour se rendre au village et essayer de retrouver sa famille. Tout valait mieux que de rester enfermée ici, isolée, suspendue entre les deux mondes qui coexistaient à Summerset sans vraiment appartenir à aucun.

Le lendemain matin, elle sortit donc son nouveau tailleur de marche en serge rouille et le brossa en faisant spécialement attention au galon noir dont il était gansé et aux boutons de tissu. Puis elle enfila la jupe qui lui arrivait juste au-dessus des chevilles, glissa dedans les pans de son chemisier crème et passa la veste assortie à la jupe. Elle adorait la façon dont les manches du chemisier dépassaient en bouffant de celles de la veste. Ensuite, elle se coiffa du mieux qu'elle put en se regardant dans le miroir fendu et compléta sa tenue par un grand béret de velours noir. Elle se chaussa de bottines de marche lacées noir et marron. Aujourd'hui, personne ne risquait de la prendre pour une femme de chambre.

Elle descendit dans la cuisine se servir une tasse de thé en ignorant les regards.

Hortense ouvrit de grands yeux stupéfaits.

— *Jolie fille*, commenta-t-elle simplement en français.

Prudence se doutait qu'elle n'allait pas se faire des amis parmi les domestiques, mais peu lui importait. Désormais, elle se rendait compte qu'ils la jugeaient tout aussi durement que lord Summerset.

Susie passa une tête ébahie par la porte. L'estomac trop noué pour avaler du porridge, Prudence décida de se contenter d'une tasse de thé.

— Vous avez congé, aujourd'hui, n'est-ce pas ? Des projets ? voulut savoir Hortense.

— Je pensais me rendre en ville.

— En voilà, une idée ! répliqua-t-elle avec une moue

méprisante. D'ailleurs, ce n'est même pas une ville : tout au plus un village.

— Depuis quand n'y êtes-vous pas allée ? objecta un valet de pied. Il y a eu du changement, ces deux dernières années. L'industrie se développe énormément.

Il adressa à Prudence un grand sourire qui découvrit ses dents blanches et régulières.

— Je m'appelle Andrew, au fait. Andrew Wilkes.

Elle lui rendit son sourire, reconnaissant le jeune homme à l'air gentil de son premier jour à Summerset. Elle l'avait croisé, depuis, bien entendu. Cependant, comme il était rare qu'ils prennent leurs repas au même moment, ils n'avaient pas eu l'occasion de se présenter.

— Prudence Tate, lui répondit-elle.

Elle se sentit un peu bête. Evidemment, tout le monde savait qui elle était !

L'une des femmes de chambre ramassa sa tasse et son bol avec un reniflement de mépris et quitta la table.

— Je n'ai pas le temps d'écouter ces idioties, lança-t-elle. Il y en a qui ont du travail.

Andrew ne se départait pas de son sourire.

— Ne faites pas attention, dit-il à Prudence. Elle est jalouse, c'est tout. Cela saute aux yeux de tout le monde, ici, que vous avez l'allure d'une vraie lady.

— Assez, Andrew. Je suis sûr que vous avez à faire, vous aussi, le morigéna M. Cairns sur le seuil.

— Mais…

— *Tout de suite*, le coupa le majordome.

Andrew lança un clin d'œil complice à Prudence avant de débarrasser son couvert et de quitter lui aussi l'office.

Sous le regard cinglant de M. Cairns, elle se détourna, les joues en feu.

— Vous feriez mieux de filer avant que Mme Harper vous voie, jeune fille, lui suggéra Hortense. Autrement, ça va barder.

— Mais ces vêtements sont à moi et c'est mon jour de congé, protesta-t-elle. Elle ne peut tout de même pas m'interdire de mettre mes habits quand je ne travaille pas !

— Oh ! elle trouvera un moyen, soyez tranquille. Allez, filez. Et passez une bonne journée, même si je ne vois pas ce que vous allez trouver à faire dans un trou boueux comme Summerset.

Prudence emporta sa tasse pour la laver.

— Je m'en occupe, dit Susie d'un ton bourru sans la regarder. N'allez pas tacher votre robe.

— Merci, Susie. Je vous rapporterai une surprise de la ville.

Il lui sembla déceler l'ombre d'un sourire sur le visage de la fille de cuisine, mais elle n'en était pas sûre. Par esprit de contrariété, Prudence avait évité Rowena et Victoria ce matin. Elle ne leur avait même pas demandé avant de partir si elles avaient envie ou besoin qu'elle leur rapporte quelque chose. De toute façon, l'une comme l'autre, elles s'étaient éclipsées à plusieurs reprises depuis leur arrivée à Summerset sans lui dire où elles allaient non plus.

Comment rester liée avec ses amies quand il était si mal vu qu'elles passent du temps ensemble ? Certes, il leur arrivait de lire toutes les trois au coin du feu, mais Rona et Vic ne pouvaient pas trop rester dans leur chambre. Ce n'étaient pas elles, les prisonnières, songea Prudence avec amertume.

C'était elle.

Elle chassa ces idées noires et eut soin de sortir par la porte de service pour éviter de passer devant la maison. Elle n'avait aucune envie de passer pour une bêcheuse. Hélas, après la scène de ce matin, elle se rendait bien compte qu'elle allait faire une cible facile. Elle rougit de honte. Qu'est-ce qui lui avait pris de descendre prendre son petit déjeuner dans une tenue qui coûtait plus d'un an de gages ?

N'empêche. Hors de la maison, elle avait l'impression de pouvoir enfin respirer. Malgré les nuages gris et bas, le temps ne semblait pas menaçant. Ses bottines de marche étaient solides et confortables. Les arbres dénudés qui bordaient l'allée semblaient monter la garde telles des sentinelles.

Au bout de l'allée, elle s'arrêta. Elle se sentait un peu bête. Pourquoi n'avait-elle pas songé à demander le chemin de la ville ? Entendant le bruit d'un moteur d'automobile, elle se décala sur le côté tandis que le véhicule ralentissait.

— Bonjour, miss Tate, dit lord Billingsly en portant la main à son chapeau.

— Bonjour, lord Billingsly, répondit-elle en rougissant et en jetant un coup d'œil inquiet en direction de la maison.

— Personne ne peut nous voir, d'ici, si c'est ce que vous craignez.

Elle avala sa salive.

— Bien sûr que non, affirma-t-elle.

— Vous rendez-vous en ville ? s'enquit-il après un long silence. Puis-je vous conduire ?

Elle était au supplice. La dernière fois qu'elle l'avait vu, elle s'était enfuie par la porte de service. Et puis le trouble qu'il éveillait en elle la contrariait. Enfin, elle sortait de la maison, et voilà qu'elle tombait sur lui, si beau qu'elle en était mal à l'aise…

— Oui, je vais en ville, mais je suis parfaitement capable de faire le trajet à pied. D'ailleurs, un peu d'exercice me fera du bien. Bonne journée, monsieur.

Elle se remit en marche d'un pas résolu et, arrivée à la route, tourna à gauche.

— Miss Tate ?

Elle s'arrêta et ferma un instant les yeux. Elle aurait dû se douter que ce n'était pas fini.

— Oui, lord Billingsly ? répondit-elle sans se retourner.

— Comptez-vous marcher jusqu'à Londres ? Parce que, Summerset, c'est de l'autre côté.

Evidemment. Frappée par l'absurdité de la situation, elle se mit à rire sans pouvoir s'arrêter. C'était la première fois qu'elle riait librement depuis la mort de sir Philip. Cette pensée la peina mais ne coupa en rien son hilarité. Quand il se mit à rire à son tour, d'un rire clair et enjoué, elle se décida à se retourner. Bah, que risquait-elle à monter dans sa voiture ? Son côté raisonnable le savait : vu sa situation, le risque était tout de même assez élevé. Mais, imprudente, elle choisit de l'ignorer.

— Lord Billingsly, je vous serais très reconnaissante de me conduire en ville.

Il sauta de son automobile pour lui ouvrir la portière. Quand elle fut installée, il prit à l'arrière une couverture qu'il lui donna pour qu'elle se protège de la poussière.

— Il serait dommage de salir votre belle toilette, commenta-t-il.

Elle s'enveloppa dans la couverture et ils s'élancèrent dans la direction du village.

— Alors, miss Tate, vous êtes une personne bien mystérieuse, n'est-ce pas ? remarqua-t-il d'un ton léger.

Elle lui coula un regard oblique.

Son chapeau melon était légèrement incliné et ses cheveux bruns bouclaient à l'arrière, sur le col de sa veste. De profil, elle se rendait compte qu'il avait les lèvres un peu retroussées aux commissures, comme s'il trouvait un côté amusant à toute chose.

— Croyez-moi, lord Billingsly, il n'y a chez moi absolument rien de mystérieux.

— Permettez-moi de ne pas être de votre avis. La première fois que je vous ai vue, je n'ai pas pu vous tirer deux mots, ce qui était compréhensible vu les circonstances. Lorsque je vous ai revue, hier soir, vous portiez un uniforme et vous vous êtes montrée quelque peu… comment dire… agressive. Et voilà que ce matin, je vous découvre encore différente. Vous voyez ? Mystérieuse, vous dis-je.

Devant son sourire qui faisait pétiller ses yeux, Prudence se détendit. Quelque chose de bon, dans son expression, la mettait à l'aise.

— Tout cela s'explique facilement, lord Billingsly.

— Dans ce cas, je vous serais reconnaissant d'éclairer ma lanterne, miss Tate.

Un sourire flottait sur les lèvres de Prudence. Qu'il était agréable de rouler en automobile avec un beau jeune homme qui la taquinait gentiment… Comme une jeune fille normale. Prudence n'imaginait que trop bien la scène qui éclaterait si Mme Harper ou, pire, lady Summerset le découvrait. Mais, pour l'instant, elle s'en moquait.

— J'aime mieux faire durer le mystère encore un peu, répondit-elle. C'est la première fois que l'on me trouve mystérieuse, et j'avoue que cela me plaît bien.

— Comme vous voudrez. Mais aurez-vous la bonté de répondre au moins à une seule question ? Pour me remercier de vous avoir conduite ?

Ils arrivaient aux abords de la ville. Prudence lui coula un regard de côté.

— Tout dépend de la question, lord Billingsly.

— Où donc avez-vous trouvé ce chapeau ?

Elle en resta un instant bouche bée avant d'éclater de rire.

— Il vous fait envie ? Je ne vous imaginais pas du genre à porter un béret de velours, repartit-elle. Toutefois, si vous tenez à le savoir, il vient de la nouvelle boutique de Caroline Reboux, dans Bond Street.

— Ma *petite sœur* vous remercie, fit-il d'un ton plein

de sous-entendus. Bien, pensez-vous qu'il y ait dans cette ville un salon de thé où nous puissions boire une tasse de thé ? Enfin, si vous acceptez d'en prendre une avec moi.

Il gara l'automobile et fixa Prudence d'un regard dans lequel elle lisait une question à laquelle elle n'osait pas répondre.

Son cœur se mit à battre plus fort. Mais, très vite, elle se ressaisit. Malgré l'envie soudaine qu'elle avait de passer plus de temps en sa compagnie, elle sentait que prendre le thé avec lord Billingsly ne lui vaudrait rien de bon.

— Je ne sais pas s'il y a ou non un salon de thé, lord Billingsly, mais je ne puis me joindre à vous. Non seulement parce que j'ai beaucoup de courses à faire avant de rentrer, mais également parce que je ne vois pas ce que cela nous apportera d'autre que des ennuis.

Elle ôta la couverture de ses genoux et la plia.

— Mais quel mal y a-t-il à prendre une simple tasse de thé, miss Tate ?

Elle lui fit un demi-sourire.

— Je crois que vous le savez parfaitement. Merci beaucoup de m'avoir conduite. J'espère que votre sœur sera contente de son béret.

— En réalité, je n'ai pas de sœur, avoua-t-il vivement en lui ouvrant la portière.

Elle descendit de voiture et le regarda. Il avait l'air bien sérieux, soudain.

— Mais alors, pourquoi m'avoir demandé d'où venait mon chapeau ?

Il lui sourit. Il avait les dents très blanches.

— Parce que je savais que vous ne répondriez à aucune autre question.

Elle ne put se retenir de sourire à son tour, mais s'efforça de le dissimuler au plus vite.

— Très astucieux. Merci encore de m'avoir conduite, conclut-elle d'un ton qui se voulait neutre.

Elle tourna les talons et partit du pas décidé de celle qui savait où elle allait — alors qu'elle n'en avait pas la moindre idée. Elle regrettait presque de ne pas avoir accepté de prendre cette tasse de thé avec lui. Mais non. Pourquoi chercher les problèmes ? Elle porta résolument son attention sur ce qui l'entourait.

Le valet de pied, Andrew, avait dit vrai. Bien qu'elle n'y fût jamais venue, elle se rendait compte que Summerset bourgeonnait, se gonflait de fierté de sa nouvelle importance. Hélas, on était loin du petit village de deux rues qu'elle avait espéré trouver : il lui aurait été tellement plus facile de retrouver sa famille, ou au moins d'en apprendre un peu sur elle. Elle aurait certes pu interroger les domestiques, mais elle avait honte d'avouer qu'elle ne connaissait pas les siens.

Elle chercha du regard une épicerie, ou à la rigueur un magasin de vêtements, où il ne se serait pas trop déplacé de demander si quelqu'un connaissait des Tate.

Apparemment, la partie ancienne de la ville était au nord et les nouveaux quartiers s'étalaient au sud et à l'ouest, vers les collines. Elle se dirigea donc vers le nord, estimant que les Tate devaient être installés depuis assez longtemps. Evidemment, ne connaître que ce nom constituait un obstacle supplémentaire parmi beaucoup d'autres.

Elle regarda les passants. Des femmes dans des robes sans forme et d'un autre temps côtoyaient de jeunes élégantes à la mode, dont la jupe atteignait à peine les chevilles. Dans cette partie de la ville, il y avait encore davantage de voitures à cheval que d'automobiles.

Au détour d'une rue, elle avisa une petite bibliothèque un peu miteuse flanquée d'une pension de famille et d'une laverie. L'odeur âcre de la lessive se mêlait à celle du crottin. Cette bibliothèque était certainement la seule de Summerset. Il y avait toutes les chances que sa mère, qui aimait tant lire, l'ait fréquentée.

Prudence se hâta de traverser la rue. La porte de bois grinça quand elle la poussa. Combien pouvait-il venir de visiteurs ici chaque jour ? Il faisait sombre, à l'intérieur, malgré les quelques lampes à gaz et la vitrine poussiéreuse qui laissait entrer un peu de lumière. Néanmoins, elle trouva les rayons étonnamment bien rangés, les livres parfaitement alignés. Une porte posée sur des caisses de bois faisait office de bureau, au fond de la pièce. Un homme assis derrière la regardait avec l'air d'attendre quelque chose.

Il ne portait pas de chapeau et son crâne chauve brillait d'un éclat rosé. Ses sourcils broussailleux très blancs faisaient comme deux chenilles au-dessus de ses yeux. Il posa le doigt sur le grand livre qu'il avait calé devant lui et sourit.

— Puis-je vous être utile ?

— A vrai dire, oui.

Ça y était, elle allait pouvoir se renseigner sur sa famille, songea-t-elle, gagnée par la nervosité.

— Ah, répondit-il avec un sourire radieux. Quel genre de livre cherchez-vous ?

— En fait, je ne viens pas pour un livre. Ce que je souhaite, c'est un renseignement.

Il se rembrunit.

— Si c'est votre chemin que vous cherchez, n'importe qui aurait pu vous l'indiquer, dans la rue.

— Non, ce qu'il me faut, ce sont des informations sur une personne.

— Ah !

Bien que légèrement adouci par cette demande inhabituelle, il ajouta :

— Je ne suis pas certain de pouvoir vous aider.

Elle lui fit un sourire contrit.

— Voyez-vous, il m'a toujours semblé que les bibliothécaires étaient idéalement placés pour être à l'écoute de tout ce qui se passait dans une ville.

Le visage du vieil homme s'éclaira un court instant, mais s'assombrit presque aussitôt.

— Hélas… c'était vrai autrefois, mademoiselle, mais plus aujourd'hui. On dirait que les jeunes gens ne s'intéressent plus aux livres. Il n'est plus question que d'automobiles, d'aéroplanes et de téléphones. Je tiens cette bibliothèque depuis son ouverture, il y a trente-cinq ans, et je n'ai jamais eu aussi peu de clients.

Il se tut, l'air soucieux.

Prudence, elle, se sentit gagnée par l'excitation. S'il était là depuis aussi longtemps, il avait *forcément* connu sa mère.

— J'adore les livres, assura-t-elle. La prochaine fois que je viendrai, je regarderai ce que vous avez. Mais, aujourd'hui, je cherche quelqu'un.

Il soupira.

— Dites toujours, je verrai ce que je peux faire.

— Je suis en quête de renseignements sur une famille du nom de Tate.

Il était dommage qu'elle ne connaisse ni le nom de jeune fille de sa mère ni le prénom de son père. Elle se rendit compte que, sans ces éléments pourtant simples, elle avait très peu de chances d'aboutir. Son cœur se serra.

— Ou, alors, poursuivit-elle, sur une jeune fille qui vivait sans doute ici il y a vingt ou vingt-cinq ans ; elle se prénommait Alice…

La métamorphose du vieil homme fut stupéfiante. Son visage se ferma d'un coup.

— Navré, je ne connais personne de ce nom, déclara-t-il en évitant son regard.

— Vous en êtes bien certain ? fit-elle avec insistance. Je sais que…

— Sûr et certain. Maintenant, si vous voulez bien m'excuser, je vais fermer. Il faut bien que je déjeune, n'est-ce pas ?

Il se leva de son siège et lui prit le bras d'une poigne ferme pour la raccompagner à la porte.

Un instant plus tard, elle se retrouvait dans la rue et il tirait le rideau de la vitrine.

9

Rowena s'appuya au dossier de la chaise longue en attendant que le thé soit servi. Vraiment, la visite de Colin et ses amis tombait à point nommé. Sa tante ne cessait de faire des allusions à sa disparition de l'autre jour, or Rowena ne voulait parler de ce qui lui était arrivé qu'à Victoria. Il lui semblait que raconter qu'elle avait failli être heurtée par un aéroplane et qu'elle avait sauvé la vie du pilote ne rentrait pas dans le cadre des conversations de dîner convenables. Du reste, sa réticence allait au-delà des convenances. Le temps qu'elle avait passé auprès du pilote blessé sur le flanc de la colline lui semblait plus réel que tout ce qu'elle avait vécu depuis la mort de son père. Tout le reste de son séjour à Summerset était comme flou, grisâtre, alors que le temps qui s'était écoulé entre l'accident d'avion et le moment où ils avaient ramené le pilote en haut de la colline lui apparaissait comme très vivement coloré. Elle ne souhaitait partager cela avec personne, parce que personne ne la comprendrait.

A l'autre bout du salon, sa tante était entourée d'une petite cour dont faisaient partie sa fille et son fils. Parti le matin inspecter des terres, oncle Conrad n'était pas encore rentré.

Et lord Billingsly…, songea-t-elle en l'observant discrètement. Il semblait sous le charme de Prudence. Il était exceptionnellement beau, cela ne faisait aucun doute, avec ses cheveux bruns ondulés et ses yeux sombres. Mais Rowena n'avait jamais eu confiance dans les hommes trop séduisants, surtout quand ils appartenaient à l'aristocratie. Elle les trouvait souvent trop imbus d'eux-mêmes. Et c'était sans doute la faute de leurs mères, observa-t-elle *in petto* en voyant de quel regard adorateur sa tante couvait son fils. Pourtant, rien, dans les manières de lord Billingsly, ne trahissait la moindre vanité. Au contraire, on lui devinait un grand sens de l'humour et il se conduisait très poliment avec tout le monde, y compris les domestiques.

On ne pouvait en dire autant de l'autre ami qu'avait amené Colin. Kip ? Kit ? Bah, peu importait. Lui aussi était très beau garçon, grand, bien bâti, avec des cheveux cuivrés et des yeux bleus. Il avait le nez un peu de travers et semblait plus âgé que les deux autres ; toutefois, ce n'était pas ce que lui reprochait Rowena. Non, ce qui lui déplaisait, c'était cet air de se moquer de façon à peine dissimulée de tout et de tous. Il était quelque peu déconcertant de faire la connaissance de quelqu'un et d'avoir aussitôt l'impression d'être la cible de ses railleries.

Assise à côté d'Elaine, Victoria semblait plus reposée malgré sa sortie de la veille au soir. *Où était-elle allée ?* Elle avait refusé de le dire, et Rowena n'avait pas insisté. Tout ce qui comptait, c'était que sa sœur donnait l'impression d'aller mieux.

Elle était bien la seule, au demeurant. Rowena se prenait à éviter Prudence, parce qu'elle se sentait impuissante face à tout ce qui arrivait. Mais elle souffrait rien que d'y penser. Elle se sentait tour à tour frustrée par sa propre apathie et résignée. Elle avait beau avoir conscience de sa lâcheté, elle restait incapable de la surmonter. Parce qu'elle avait horreur des conflits, la seule idée d'affronter son oncle la glaçait d'appréhension. Elle enviait à Victoria sa certitude inébranlable de pouvoir changer le cours des choses par le seul pouvoir de sa volonté. D'où tenait-elle cette force ?

Les valets de pied entrèrent en poussant des tables roulantes chargées de délices qui allaient des traditionnels sandwichs au cresson ou au concombre aux scones accompagnés de crème et de confiture, en passant par d'autres sandwichs au bœuf ou au jambon, certainement en l'honneur des jeunes hommes, des gâteaux, des biscuits, des fraises enrobées de chocolat, des kippers, des œufs durs... Lorsque tout le monde eut pris place autour de la table ronde devant la baie vitrée, tante Charlotte se tourna vers Elaine.

— Elaine, ma chérie, voulez-vous bien servir le thé ?

— Volontiers, mère.

Rowena saisit le regard amusé qu'échangèrent Elaine et Colin. *Que pouvait-il bien signifier ?*

— Mon cher Sebastian, donnez-moi donc des nouvelles de votre mère.

— Elle se porte bien, merci, madame.

— J'espère que vous viendrez tous les deux pour les fêtes ?

— Nous n'y manquerons pour rien au monde.

Rowena surprit encore des clins d'œil complices ; cette fois, lord Billingsly était de la partie. Quand Victoria fronça les sourcils, Rowena comprit que sa petite sœur avait capté les mêmes ondes qu'elle.

— J'espère de tout mon cœur que vous autres, jeunes gens, ne vous ennuierez pas trop à la campagne. Elaine et moi sommes en train d'organiser de petites réunions. Et puis, bien entendu, notre bal annuel des domestiques est toujours une bonne occasion de s'amuser. Nous donnerons également un grand bal du nouvel an qui sera certainement très charmant. Elaine est une organisatrice hors pair, lord Billingsly.

— Oh ! mère, vous me flattez.

Rowena se retint de sourire à son tour du ton faussement sage et reconnaissant de sa cousine.

Tante Charlotte inclina la tête sur le côté comme si elle aussi avait remarqué quelque chose mais ne savait trop qu'en penser.

— Pas du tout, répliqua-t-elle sèchement avant de s'adoucir. Vous êtes une jeune fille très accomplie.

Elle fixa tour à tour lord Billingsly et Kit qui évitèrent soigneusement son regard.

— Dis-moi, où étais-tu passé, ce matin, Billingsly ? s'enquit Colin.

— J'avais une course à faire, répondit-il en étalant de la confiture sur un scone avec une nonchalance qui éveilla aussitôt les soupçons de Rowena.

— Une course ? Dans une ville aussi petite ? répliqua Kit, légèrement amusé. Mais que peut-on donc trouver à faire à Summerset ?

— Oh ! tu serais étonné.

Il jeta un coup d'œil à Rowena… et rougit, comme si elle risquait d'en savoir quelque chose.

Voilà qu'ils recommençaient leurs sous-entendus. A moins que… Cela aurait-il quelque chose à voir avec *Prudence* ? Elle considéra lord Billingsly avec un intérêt renouvelé.

Ils achevèrent de prendre le thé sans incident notable. Il y eut comme un soupir de soulagement collectif quand les valets de pied desservirent et que tante Charlotte se retira dans son boudoir.

— Seigneur ! J'ai bien cru qu'elle ne s'en irait jamais, commenta Colin en s'enfonçant sur le canapé.

— Attention, jeune homme, répliqua Elaine. Je te signale que c'est de notre sainte mère que tu parles.

— C'est vrai, admit Colin en riant. Notre sainte mère qui a pu flirter, en son temps, avec feu notre cher roi, avoir plus d'esprit que Confucius et faire pleurer le pape — le tout avant le petit déjeuner. Une femme redoutable, en somme.

Il feignit de frémir avant d'ajouter :

— Tu ne voudrais pas nous servir quelque chose à boire, ma chère petite sœur ?

— Cocktails pour tout le monde, renchérit Kit, puisque vous êtes une jeune fille tellement accomplie, Elaine.

L'intéressée se tourna vers Rowena et fit la révérence.

— En voulez-vous, Rona ? Vic ?

Rowena faillit refuser pour sa petite sœur, mais elle la sentait si curieuse qu'elle n'eut pas le cœur de la décevoir.

— Oui, s'il te plaît. Merci.

Kit se leva pour l'aider.

— A quoi buvons-nous ? demanda-t-il quand tout le monde fut servi.

— Au Cénacle du Bel Esprit ? suggéra Colin.

— ... du bel esprit de Noël, bien sûr, ajouta Elaine.

— Joli ! approuva son frère.

— Qu'est-ce que le « Cénacle du Bel Esprit » ? voulut savoir Victoria.

Rowena se laissa bercer par la chaleur de l'alcool. Engourdie, elle pouvait observer ce qui se passait autour d'elle sans y participer. Il n'était pas étonnant que les gens se mettent à boire, conclut-elle. Il était si bon de laisser ainsi s'estomper son malaise...

— Ah, mais nous avons des novices, remarqua Kit.

— Des bleus, fit Sebastian en souriant.

— Voudriez-vous en faire partie ? déclara Elaine.

— Deviendrions-nous des « cousines par le bel esprit » ? demanda Victoria en souriant. C'est ce qui s'appelle avoir l'esprit de famille.

Colin applaudit.

— Spirituel !

— Conspiration, commenta Sebastian.

— Spiritueux, suggéra Rowena en se soulevant un peu, ce qui déclencha l'hilarité générale.

— Le Cénacle du Bel Esprit, comme on le nomme généralement…, dit Kit sur le ton de la confidence.

— Bien qu'on puisse également l'appeler Cénacle de l'Esprit de Contradiction ou Cénacle des Esprits Frappeurs…, précisa Elaine.

Kit poursuivit comme si elle n'avait rien dit :

— … est né à Kings College avant d'accueillir le beau sexe, car un cercle uniquement masculin n'a aucun intérêt. Parce que nous sommes un certain nombre à être poussés par des parents bien intentionnés…

— *Plus ou moins* bien intentionnés, précisa Colin.

— … à assister aux mêmes réceptions, aux mêmes bals, aux mêmes manifestations sportives, nous avons créé ce cénacle pour éviter de périr d'ennui.

— Mais que faites-vous ? s'enquit Rowena avec autant de perplexité que d'intérêt.

Kit haussa une épaule évasive.

— Nous faisons des farces.

— Nous nous divertissons diablement.

— Nous gambadons gaiement.

— Vous vous amusez admirablement, murmura Victoria qui fut saluée d'un rire approbateur général.

— Bref, pas grand-chose, conclut Kit avant de boire une longue gorgée de son cocktail.

— Mais nous en parlons beaucoup, précisa Colin. Comme dans tous les clubs, n'est-ce pas ?

Kit hocha la tête et leva son verre pour signaler à Elaine qu'il était vide.

Elle se leva pour le resservir tandis qu'il se laissait aller avec indolence sur le canapé.

— Je suis parfaitement d'accord pour les accueillir, déclara-t-il, mais il faudra attendre Noël pour officialiser.

Les autres seront là, et nous pourrons initier ces dames en bonne et due forme.

Victoria se pencha en avant, pleine d'entrain.

— Mais c'est comme une société secrète, alors ? Que faut-il faire pour être initié ? Subir le supplice de la planche ? Vous rapporter du fromage vert de la Lune ? Combattre des dragons ?

Kit lui fit un sourire presque prédateur qui mit Rowena mal à l'aise.

— Vous êtes la candidate idéale, dit-il. Aussi belle que pleine d'imagination. Jamais je n'enverrai une aussi ravissante personne combattre des dragons, soyez-en assurée, ajouta-t-il en lui baisant la main.

Victoria inclina la tête et lui décocha un sourire plein d'audace.

— Puisqu'il est question d'esprit de famille, nous pourrions chercher à quel genre de société appartenait votre grand-père et quelles initiations il pratiquait ? suggéra-t-il en coulant un regard de biais à Colin.

Celui-ci haussa les épaules, mais Rowena sentit que Kit avait touché une corde sensible.

— S'il faisait partie d'un club, répliqua-t-il, il devait en être le seul membre. Personne ne le supportait — ma sœur et moi en particulier.

— Vic et moi non plus, précisa Rowena qui se sentit obligée de sortir de sa léthargie et de se lever.

Bien que son père et son oncle se soient souvent affrontés, la loyauté familiale conservait toute son importance à ses yeux. Elle se plaça derrière Elaine et, comme en signe de fidélité, lui posa la main sur l'épaule.

— Entre nous, se souvint-elle, nous l'appelions « vilain nez ».

Les Buxton éclatèrent de rire.

— Qu'est-ce que c'était, cette espèce de verrue qui

lui poussait sur le côté de la narine ? demanda Colin, qui s'était complètement détendu.

Mais Rowena se rendit compte que son mouvement n'avait pas échappé à la vigilance de Kit et qu'il en avait parfaitement saisi le sens.

— A la réflexion, remarqua-t-il, je ne sais pas s'il faut intégrer d'autres Buxton. Ce fameux esprit de famille ne va-t-il pas être source de déséquilibre ?

Il avait parlé d'un ton léger, presque taquin, mais sous lequel Rowena ne manqua pas de sentir une discrète mise en garde.

Elaine plissa les yeux, mais Victoria fut plus rapide. Elle bondit sur une ottomane et s'arrêta juste devant Kit sous le nez de qui elle brandit son verre. Combien de cocktails avait-elle bus ? Certes, elle était petite et menue — un seul verre pour elle devait correspondre à deux pour quelqu'un d'autre.

— Ah, non, monsieur Kit ! protesta-t-elle. Vous m'avez promis que j'allais appartenir à un *vrai* club, et j'y tiens. Sauf si vous voulez que je signale à votre mère que vous ne tenez pas les promesses que vous faites aux dames…

— Quelle horreur ! s'écria-t-il en agitant les bras. A l'aide ! Au secours !

— C'est toi qui t'es mis dans ce pétrin, lui répliqua Colin en riant. Débrouille-toi pour t'en sortir.

Toujours perchée sur l'ottomane, Victoria agitait le poing vers lui en gloussant. Ses cheveux dorés s'échappaient de son chapeau cloche noir recouvert de roses et tombaient sur le boléro, noir également, qu'elle portait sur une robe à rayures blanches et noires. Elle était plus charmante, plus adorable que jamais. Rowena se hâta de s'interposer entre elle et Kit. Enhardie par cette toute nouvelle loyauté familiale, Elaine la rejoignit aussitôt.

— Il est trop tard, maintenant, monsieur Kit. Le club

compte trois jeunes filles Buxton parmi ses membres, déclara-t-elle en aidant Victoria à descendre du siège.

Face aux trois filles alignées épaule contre épaule, Kit sourit.

— Si c'est cela, une défaite au Cénacle, je veux bien perdre plus souvent.

Sebastian les regarda en souriant à son tour.

— Tu n'as peut-être pas tort. Les amis, j'aimerais beaucoup rester badiner avec vous toute la journée, mais il faut que je retourne en ville, annonça-t-il en se levant.

— Tu as encore des courses à faire ? demanda Colin.

— Peut-être un colis à récupérer. Puis-je de nouveau t'emprunter ton auto ?

— Bien entendu.

Avec une rapidité qui lui donna le vertige, Rowena prit une décision.

— Accepteriez-vous de m'emmener ?

— Qu'as-tu à faire en ville ? voulut savoir Victoria.

— J'aimerais prendre des nouvelles de l'ami dont je t'ai parlé.

Elle n'en pouvait plus de rester assise à broyer du noir. Faire enfin quelque chose la tirerait peut-être enfin de cette tristesse et de cette apathie dans lesquelles elle s'enfonçait.

— Amuse-toi bien, lui enjoignit Victoria en écarquillant les yeux. Seras-tu rentrée pour dîner ?

La note mélancolique dans la voix de sa petite sœur lui serra le cœur.

— Largement, lui assura-t-elle. Et tu as Elaine pour te tenir compagnie.

L'intéressée hocha la tête.

— Viens, mon petit chou. Je suis lasse de la compagnie des messieurs. Allons écouter le gramophone, tu veux ? Je vais te montrer ce nouveau pas de danse dont je t'ai parlé.

Kit se leva et s'étira.

— On nous abandonne, Cliveon, dit-il à Colin. C'est le moment de nous retirer dans le célèbre billard de Summerset.

— Je vous retrouve devant dans vingt minutes ? suggéra Sebastian à Rowena.

— Vingt-cinq, promit-elle.

Elle monta quatre à quatre. Maudite soit cette habitude tacitement imposée par sa tante de se changer à chaque occasion ! La petite robe noire de dentelle et de tulle qu'elle avait mise pour le thé n'était absolument pas adaptée à une visite à l'hôpital. Ni à rien d'autre, d'ailleurs, si ce n'est rester assise dans le salon et être décorative. Le seul avantage des robes d'intérieur, c'était qu'elles n'obligeaient pas à porter un corset.

Oh ! mais où était donc Prudence ? gémit-elle intérieurement en se battant avec les petits boutons de soie sur le côté de sa robe. Quand elle eut enfin réussi à s'en libérer, elle la jeta sur le lit et enfila un tailleur de marche de tweed noir en se dispensant de corset. De toute façon, il lui était impossible de le mettre seule.

Cela faisait deux jours qu'elle voulait prendre des nouvelles du pilote blessé mais qu'elle ne savait pas comment s'y prendre. Elle ne cessait d'espérer que M. Dirkes allait lui envoyer un mot. Hélas, jusqu'à présent, il n'en avait rien fait. Elle aurait certes pu écrire à l'hôpital. Sauf qu'elle ignorait le nom complet du pilote et qu'il pouvait paraître étrange de s'enquérir de l'état de quelqu'un que l'on ne connaissait pas… D'autre part, elle craignait que son oncle et sa tante l'apprennent, car elle devinait qu'ils n'approuveraient pas. Son inquiétude n'avait pourtant rien de répréhensible. Mais, à leurs yeux, l'étiquette prévalait contre tout.

Elle glissa son chemisier dans sa jupe et prit sa veste, puis troqua ses mules contre des bottines, découvrant au passage qu'il était bien plus facile de les lacer quand on ne portait pas de corset. Elle inspira et expira profondément, émerveillée par sa nouvelle liberté. Tout était tellement plus facile, sans corset…

Elle voulut se coiffer d'un bonnet de laine mais en fut empêchée par la savante construction de boucles et de rouleaux de sa chevelure. Excédée, elle retira les épingles, se lissa les cheveux en quelques coups de brosse et les attacha par un simple ruban et les glissa sous sa veste. Maintenant, elle pouvait mettre son bonnet. Elle compléta sa tenue d'un manteau de laine croisé au cas où il ferait froid.

Elle dévala l'escalier. *Où donc était Prudence ?* se demanda-t-elle en passant devant la porte de service. C'était la première fois qu'elle ne la voyait pas. Certes, c'était son jour de congé. Sauf que, d'ordinaire, elle le passait à lire dans la chambre de Victoria, ou bien dans cette mansarde glacée où on l'avait installée.

C'est alors qu'une autre idée lui vint. Elle prit l'escalier de service et déboula dans la cuisine.

— Quelqu'un a vu Prudence ? demanda-t-elle en regardant de droite et de gauche.

Tous les domestiques s'étaient figés sur place et la fixaient, médusés. On eut dit qu'un très élégant fantôme venait les déranger. Rowena étudia la pièce. Depuis le temps qu'elle venait à Summerset, jamais elle n'était descendue ici. Quoique grande et moderne, la cuisine lui semblait sombre, enfumée et bondée.

Une petite brune au physique maigre et nerveux s'avança, un peu intimidée.

— C'est le jour de congé de Prudence, lady Rowena. Elle est allée en ville. Puis-je faire quelque chose pour vous ?

Une femme un peu ronde à l'air maternel donna un coup de torchon à la jeune fille.

— Et les bonnes manières ? Allez, au travail. Toutes

mes excuses, lady Rowena. Je suis la cuisinière. En quoi puis-je vous être utile ?

Rowena aurait voulu remonter aussi vite qu'elle était descendue. *C'était donc là que Prudence passait tout son temps ?*

— J'espérais que Prudence pourrait m'aider à préparer un panier avec quelques douceurs pour un ami malade, mais…

La pièce se transforma aussitôt en fourmilière. Avec l'aide de quelques servantes, la cuisinière se hâta de préparer ce qu'elle demandait.

— Ne vous en faites pas, mademoiselle, nous nous en occupons. Souhaitez-vous une tasse de thé, en attendant ?

— Oh ! non…, répondit-elle, légèrement déstabilisée. Non, merci.

Une femme de chambre prit un panier sur une étagère.

— Est-ce que celui-ci est trop grand, miss ?

Enorme, il servait quand toute la famille s'en allait faire un pique-nique.

— Hmm…

— Evidemment, espèce de gourde, lança la cuisinière. Susie, prends les scones qui restent du thé et enveloppe-les dans un linge propre. Regina, prenez deux petits pots dans un placard et mettez de la confiture de prunes dans un et de la crème dans l'autre — sans en faire couler à côté.

Stupéfaite, Rowena vit le panier s'emplir en quelques instants de tartelettes au citron, de sandwichs au jambon et de biscuits. En un clin d'œil, il fut garni et dans ses bras. Tout le monde restait au garde-à-vous à attendre ses ordres.

— Merci, dit-elle faiblement.

Elle repéra la dénommée Susie qui passait la tête dans l'encadrement de la porte. Prudence l'avait-elle déjà évoquée dans une conversation ? Il ne lui semblait pas l'avoir entendue parler des autres domestiques. Cela dit, elle ne l'avait pas écoutée d'une oreille très attentive, ces derniers temps... Il lui suffisait de la voir pour se sentir minable. Prudence avait-elle fait l'effort de se lier avec la fille de cuisine ? se demanda-t-elle. Sans doute. Car elle était ainsi.

— Merci du renseignement, Susie, dit Rowena avant de s'en aller.

La jeune fille rougit du plaisir d'avoir été distinguée.

Quand elle sortit enfin, Sebastian l'attendait au pied des marches.

— J'ai craint que vous vous soyez perdue, fit-il en souriant avant de la débarrasser de son panier. Vous allez faire un pique-nique ?

— Non. En fait, c'est pour un ami.

— Il en a de la chance.

Il l'aida à monter en voiture avant d'aller à l'avant pour la démarrer. Ils remontèrent la longue allée en silence. Il ne parla qu'une fois sur la route de Summerset.

— Vous savez, je pourrais vous faire la conversation jusqu'à la ville, mais quelque chose me dit que ce n'est pas votre genre.

Elle se tourna vers lui, surprise.

— Je n'ai rien contre la conversation, lui assura-t-elle. Ce que je ne supporte pas, c'est la futilité de la plupart des causeries mondaines.

— Je vous comprends, reconnut-il en hochant la tête. Prendre le thé avec votre tante doit vous être très pénible...

— Vous êtes fort perspicace, fit-elle dans un soupir.

— J'irai donc droit au but, lady Rowena.

— Je vous en prie, appelez-moi Rona.

Elle avait de la sympathie pour lord Billingsly. Quoique du même âge à peu près que Colin et son autre ami, il faisait plus sérieux et plus mûr.

— Très bien, Rona. Qui est Prudence ?

La question la prit au dépourvu.

— Prudence ? répéta-t-elle. C'est ma sœur. Enfin, pas tout à fait… Mais comment la connaissez-vous ? s'étonna-t-elle en le scrutant d'un regard inquisiteur.

— Je l'ai rencontrée aux obsèques de votre père. Et je suis de nouveau tombé sur elle ici, littéralement.

Elle ouvrit de grands yeux.

— Littéralement ?

Il sourit.

— Oui. Et je l'ai conduite en ville ce matin. Elle m'a dit qu'elle allait voir quelqu'un.

Rowena fronça les sourcils. *Qui cela pouvait-il bien être ?* Prudence ne connaissait personne à Summerset. Si ? Bah, comment le saurait-elle ? Le temps des secrets chuchotés et des confidences était bel et bien révolu, songea-t-elle le cœur serré par les regrets. Elle s'enfonça sur le siège de cuir et porta la main à son front. Tout lui échappait. Elle garda un moment le silence, se contentant d'écouter ronronner le moteur.

— Que voulez-vous savoir de Prudence ? finit-elle par demander.

— Comment peut-elle être « votre sœur, mais pas tout à fait » ?

Et Prudence, que voudrait-elle bien dévoiler d'elle à cet inconnu ? Manifestement, il s'intéressait à elle. Rowena le voyait à son regard brillant et à sa façon de se pencher légèrement vers elle comme s'il guettait avidement sa réponse.

— Elle a été élevée avec Victoria et moi, chez nous, depuis la plus petite enfance. Nous étions toujours toutes les trois.

Sa gorge se noua. *Toujours — sauf ces derniers temps.* Mais elle allait garder cela pour elle. Prudence lui en voudrait-elle de lui révéler que sa mère était leur préceptrice ? Elle préféra s'en abstenir. Cela ne regardait personne. D'autant que Rowena découvrait qu'être la fille d'une préceptrice fermait à son amie les portes de la bonne société. Elle découvrait également que sa tante Charlotte et ses semblables décidaient de fermer ces mêmes portes à beaucoup de gens qui, de ce fait, n'étaient invités à aucune réception d'importance.

— C'était la pupille de mon père, ajouta-t-elle.

C'était le mieux qu'elle pût faire. Enfin, peut-être pas tout à fait.

— Prudence se situe juste entre Victoria et moi en âge, et elle s'est toujours occupée de nous. J'ai beau être l'aînée, Prudence a toujours eu le don de veiller sur les autres, de sorte que c'est elle qui a joué ce rôle. Victoria est fragile ; personne ne sait prendre soin d'elle comme Pru. Nous l'adorons toutes les deux.

Sebastian fronça légèrement les sourcils.

— Pourtant, elle n'est jamais venue à Summerset, déclara-t-il. Je me souviendrais d'elle si je l'avais vue ici.

— Non. Sa mère et elle passaient tous les étés au bord de la mer pendant que Victoria et moi séjournions ici.

— Vous ne m'avez pas dit que c'était la pupille de votre père ? Mais elle avait toujours sa mère ?

En effet. Les pupilles étaient généralement orphelins. Rowena se mordit la langue. Par chance, ils entraient dans la ville. Elle en profita pour changer de sujet.

— Je crois que l'hôpital se trouve dans la partie ancienne de la ville, indiqua-t-elle.

Il hocha la tête et prit la direction qu'elle lui montrait. Quelques minutes plus tard, ils s'arrêtaient devant un bâtiment de brique qui abritait l'hôpital depuis quelque deux cents ans. Une récente donation des Buxton en avait permis la rénovation ainsi que l'ajout d'une nouvelle aile qui faisait un peu comme une nouvelle tournure sur une vieille robe.

— Etes-vous bien certaine de ne pas vouloir que

je vous attende ? Je pourrais vous raccompagner à Summerset, dit-il.

— Non, merci. Je rentrerai à pied. J'ignore pour combien de temps j'en ai. Merci de m'avoir conduite.

Elle lui fit un petit signe quand il s'éloigna, non sans se demander s'il allait à la recherche de Prudence.

Puis elle se retourna vers l'hôpital et prit une profonde inspiration. Maintenant qu'elle était arrivée, la nervosité la gagnait. *Que tu es bête !* se morigéna-t-elle. Si cela se trouvait, il n'était même plus là. Et, de toute façon, il devait à peine se souvenir d'elle.

Elle s'arma de tout son courage, resserra son manteau, et entra. La partie ancienne du bâtiment avait été succinctement réaménagée pour accueillir les bureaux, l'accueil et des cabinets médicaux. Une jeune femme qui devait avoir l'âge de Rowena était assise derrière un comptoir. Elle portait ses cheveux en chignon serré et un tailleur brun et noir orné de volutes de galon noir assez à la mode.

— Que puis-je faire pour vous ? s'enquit-elle.

— Hmm... Je viens prendre des nouvelles d'un patient.

— Son nom ?

Rowena s'éclaircit la voix. Elle se sentait de plus en plus ridicule face à cette élégante jeune femme.

— Il s'appelle Jon.

La réceptionniste haussa les sourcils d'un air interrogateur jusqu'à ce que Rowena soit forcée d'avouer qu'elle ne connaissait pas son nom de famille.

Alors, la jeune femme sourit.

— Eh bien, vous avez de la chance : nous avons un seul Jon, aujourd'hui. Et vous n'êtes pas la première à venir le voir.

Rowena se sentit rougir. A l'entendre, on avait l'impression qu'elle n'était qu'un numéro dans une longue file d'admiratrices !

— A vrai dire, je ne viens pas le voir. Je comptais lui laisser ce…

— Rowena ! Euh, pardon. *Miss Buxton.*

Elle se retourna et découvrit M. Douglas Dirkes qui était entré par une porte au fond du hall et venait vers elle.

— Quelle chance que vous veniez le voir ! Notre jeune ami n'a guère le moral.

Notre jeune ami ? Elle aurait cru ne pouvoir rougir davantage. Elle s'était trompée.

— Je ne viens pas le voir. Je voulais seulement lui déposer cela…, fit-elle faiblement.

Mais il ne l'entendit pas de cette oreille.

— Bien sûr que si, vous allez venir le voir ! Après tout le mal que vous vous êtes donné…

Il lui offrit son bras, qu'elle prit avec un sourire résigné. La partie moderne de l'hôpital était assez agréable. Les grandes baies vitrées qui allaient presque du sol au plafond laissaient entrer l'air et la lumière. Au sol, le carrelage était propre et brillant. Chaque patient avait suffisamment de place, et certains lits étaient entourés de paravents pour un peu plus de calme et d'intimité.

— Comment va-t-il ? demanda-t-elle, la gorge sèche.

Et s'il était inconscient ? s'inquiéta-t-elle soudain. Comment se faisait-il qu'il soit encore hospitalisé, d'ailleurs ?

— Vous allez le voir par vous-même, répondit M. Dirkes avec un grand geste théâtral.

L'intéressé était assis dans son lit, une ravissante infirmière brune penchée sur lui. Ses cheveux blond cuivré venaient d'être peignés et la jeune femme nettoyait un nécessaire de rasage.

Le cœur de Rowena se mit à battre plus vite. Elle s'était doutée, sur la colline, qu'il était beau. Mais pas que c'était tout simplement *l'homme le plus beau qu'elle eût jamais vu.* Il n'avait ni la beauté classique du David de

Michel-Ange, ni celle, plus conventionnelle, d'un Colin ou d'un lord Billingsly. Ce qu'il y avait d'extraordinaire, chez lui, c'était la façon dont les fils d'or et de cuivre de ses cheveux un peu trop longs prenaient les rayons du soleil, ainsi que les traits de lumière qui jaillissaient de ses yeux si bleus. Sans doute avait-il les lèvres trop minces et les traits trop acérés, mais tout son être semblait éclairé de l'intérieur. Encore une fois, le monde tout gris de Rowena se trouva éclaboussé de couleur par sa simple présence. Elle s'empourpra encore en se rendant compte qu'elle le regardait fixement. Par chance, M. Dirkes intervint.

— Des présentations en bonne et due forme s'imposent sans doute, bien que cela semble quelque peu ridicule, vu les circonstances. Lady Rowena Buxton, permettez-moi de vous présenter Jonathon Wells. Jonathon Wells, voici lady Rowena Buxton, la jeune femme qui t'a sauvé des flammes de la mort.

— Oh ! n'exagérons rien, protesta Rowena en piquant encore un fard.

— Inutile de gaspiller votre salive, miss Buxton. La version de Douglas est la seule qui l'intéresse vraiment. Selon lui, vous êtes la courageuse héroïne qui a sauvé un héros sans grand intérêt d'un sort pire que la mort — bien que je ne voie pas très bien ce qu'il peut y avoir de pire que la mort. Merci, Nora, ajouta-t-il en souriant à l'infirmière. Vous avez les mains bien douces.

Cette remarque mit Rowena mal à l'aise. Pourtant, l'infirmière n'y répondit que par un clin d'œil — avant de la regarder d'un air boudeur en s'éloignant.

— Alors, dites-moi, miss Buxton… Pourquoi une *lady* comme vous prend-elle le temps de rendre visite à un pauvre type comme moi ?

Il la regarda en face, une certaine froideur dans ses yeux bleus.

Elle lui fit un sourire hésitant, ne sachant comment

prendre le ton sur lequel il avait prononcé *lady*. Mais il poursuivit sans lui laisser le temps de répondre :

— Vous ne m'en voudrez pas de ne pas me lever et m'incliner pour vous saluer, mademoiselle, mais, à cause de ceci, c'est un peu difficile.

Il toucha sa jambe; elle venait de s'apercevoir qu'il était plâtré.

— Bien sûr, bredouilla-t-elle.

Puis, se sentant un peu ridicule, elle se mordit la lèvre avant de se hâter d'ajouter :

— De toute façon, je ne voudrais pas que vous vous incliniez.

— Ah non ? fit-il en haussant un sourcil mi-étonné, mi-ironique.

— Non.

— J'ai raconté à Jon quel cran vous aviez eu de le tirer de l'épave et de rester auprès de lui en attendant du secours, précisa M. Dirkes.

Rowena se tortilla, mal à l'aise.

— J'ai fait ce que n'importe qui aurait fait à ma place, lui assura-t-elle.

— J'en doute, mademoiselle. Vous ne le connaissiez ni d'Eve ni d'Adam et vous êtes une jeune fille de bonne famille. Dans cette situation, beaucoup ne seraient pas intervenues.

Elle aurait voulu disparaître.

— Mais vous aviez vu où l'avion s'était écrasé, objecta-t-elle. Vous auriez forcément fini par le trouver tôt ou tard.

— Non, il faisait trop sombre. T'ai-je dit que la nuit tombait et qu'elle est quand même restée auprès de toi ? demanda-t-il à un Jon visiblement tout aussi gêné qu'elle.

Que cherchait à faire M. Dirkes, au juste ?

— Tu lui es sacrément redevable, jeune homme, déclara-t-il.

— Je suis certain que vous auriez fini par me retrouver, grommela Jon de plus en plus rouge.

Rowena en resta bouche bée. Certes, c'était à peu près ce qu'elle avait dit elle-même. N'empêche qu'il pourrait la remercier. C'était la moindre des politesses.

Elle lui donna le panier avec une certaine brusquerie.

— Je vous ai apporté quelques douceurs, précisa-t-elle le visage en feu. Au cas où vous auriez faim.

— Parce qu'on ne nourrit pas suffisamment les malades, à l'hôpital ? objecta-t-il avec un sourire condescendant.

Elle s'étrangla, presque tentée de lui jeter le panier au visage. Quelle grossièreté !

— Non. Parce que cela se fait.

— Ah oui. Et ce qui *se fait*, c'est très important, pour les Buxton, n'est-ce pas, lady Summerset ?

Elle le fixa un instant avant de se redresser de toute sa hauteur. Manifestement, il avait une dent contre sa famille. Lui avait-elle fait du tort ou se l'imaginait-il ? Quoi qu'il en soit, Rowena n'y était pour rien. Bref, si elle avait eu l'impression, en le veillant, que c'était un homme qu'elle aurait aimé mieux connaître, eh bien, elle s'était trompée, voilà tout. Ce ne serait pas la première fois…

Elle se drapa dans son éducation comme dans une cape et adressa aux deux hommes son sourire le plus condescendant.

— Merci infiniment de m'avoir reçue, lâcha-t-elle. Vous me voyez ravie de vous voir aussi… *combatif* aujourd'hui. J'espère que vous apprécierez ces restes de notre thé, ajouta-t-elle en tendant le panier à M. Dirkes. J'ai failli vous les faire porter par un domestique, mais il m'a semblé qu'il était peut-être de mon devoir de m'en charger moi-même. Maintenant que c'est fait…

Elle haussa délicatement une épaule.

Jonathon croisa les bras et la foudroya d'un regard bleu qui lançait des éclairs.

— Si vous voulez bien m'excuser, messieurs… Je vous souhaite une bonne journée.

Elle leur fit un signe de tête en s'efforçant de ne pas voir les reproches dans le regard de M. Dirkes. Ce n'était tout de même pas sa faute si son jeune ami s'était transformé en butor !

La tête haute, elle passa à côté de l'infirmière qui ne s'était pas privée d'écouter leur échange, puis devant l'élégante jeune femme de l'accueil, et sortit enfin.

Elle était assaillie par un tumulte d'émotions, au premier rang desquelles la déception. Lorsqu'elle s'était assise par terre, sur la colline, pour veiller le pilote blessé, il lui avait semblé qu'il allait d'une manière ou d'une autre jouer un rôle important dans sa vie.

De toute évidence, elle s'était trompée.

— Vous avez donc négocié un bon prix pour la maison, mon ami ? demanda lady Summerset, assise à sa coiffeuse, en choisissant avec soin les bijoux qu'elle allait porter pour dîner.

Il y avait toujours comme un air de fête quand Colin revenait avec des camarades. Surtout quand il s'agissait de lord Billingsly ou Kit Kittredge. L'un comme l'autre ferait un excellent parti pour Elaine, si elle voulait bien cesser de se conduire en petite sœur et jouer un peu les coquettes.

Lady Summerset passa en revue d'un œil expert les boîtes que lui avait apportées Hortense. Elle préférait choisir ses bijoux avant sa robe plutôt que le contraire. La robe, après tout, n'était qu'un peu de soie et de dentelle, alors qu'il avait fallu des milliers d'années aux bijoux pour atteindre la perfection.

— Oui, répondit lord Summerset. Mais cela m'ennuie pour les filles. Elles semblaient très attachées à leur maison.

Dans le miroir, elle le regarda faire les cent pas derrière elle en parcourant une liasse de papiers. Elle déclarait volontiers à ses amies que le secret de la réussite de son mariage était son boudoir. Cela les faisait rire comme si elle leur révélait un secret coquin. Et lady Summerset riait avec elles sans leur révéler qu'elle était on ne peut plus sérieuse. Pour la décoration de leur boudoir, la plupart des femmes se laissaient aller à des choix féminins à l'extrême, bien loin de la retenue dont elles faisaient preuve dans le reste de la maison. Lady Summerset avait observé son mari pendant un an avant de refaire le sien. Quand il fut achevé, il devint très vite l'une des pièces favorites du comte, même s'il pouvait difficilement l'avouer. Elle avait eu soin d'éviter l'attirail surchargé qui prédominait d'habitude et lui avait préféré des plaids de laine que l'on pouvait utiliser sans les abîmer et de confortables coussins recouverts de tweed, sans la moindre dentelle. Etait-ce à cause des bons fauteuils club en cuir de part et d'autre de la cheminée ou des cendriers d'argent disposés çà et là dans la pièce que le comte se sentait autorisé à fumer ici, même s'il ne le faisait que rarement ? Ce n'était pas pour autant une pièce réellement masculine ; simplement une pièce dans laquelle le masculin et le féminin coexistaient dans un confort et une harmonie tels que les hommes comme les femmes y trouvaient la paix et le bien-être. Quoi qu'il en soit, ce décor avait le pouvoir de délier la langue de ses amies autant que de son mari. C'était là, et seulement là, que le comte et elle pouvaient baisser la garde et former l'association qui était à la tête de ce qu'il fallait bien appeler un petit royaume.

Lady Summerset désigna son collier en or serti de topazes et de diamants et les boucles d'oreilles assorties. Sa jupe de brocart ivoire et sa tunique bordée d'hermine mettraient merveilleusement cette parure en valeur. La question réglée, elle congédia Hortense d'un geste et se tourna vers son mari.

— Tout de même, n'estimez-vous pas que ces petites sont mieux à Summerset ? Certes, votre frère aimait tendrement ses filles. Néanmoins, sans ses méthodes d'éducation peu orthodoxes, Rowena aurait déjà fait un brillant mariage à l'heure qu'il est, vous le savez.

— Il les amenait tout de même passer une partie de la saison ici, déclara Conrad, sur la défensive. Elles séjournaient à Summerset presque tous les étés.

— Mais *jamais* pendant les fêtes ! Je crains qu'il ait perdu tout sens des convenances à la mort de Christine. Quand on pense qu'il a pris cette femme de chambre pour en faire la préceptrice des filles…

Elle avait parlé d'un ton volontairement tendancieux et observa attentivement sa réaction.

Il y a bien des années, quand elle lui avait dit ce qu'elle avait appris, tout ce qui l'avait intéressé, c'était de savoir qui le lui avait dit. Il n'avait pas voulu envisager qu'elle pût l'aider à garder sous le boisseau cette sordide affaire. Sa mère l'avait bien avertie : les hommes ne comprendraient jamais quelle aide précieuse pouvait représenter une épouse. C'était son rôle d'aider son mari, qu'il le veuille ou non. Il avait fallu des années à ce dernier pour découvrir quel atout elle était pour lui. Mais elle n'avait pas attendu qu'il en ait pris conscience pour manœuvrer de façon à devenir sa conseillère favorite en ce qui touchait ses activités politiques autant que sociales. Elle n'admettait qu'en son for intérieur que la manipulation n'était pas tout à fait la même chose que le pouvoir. Si elle devait manipuler Conrad pour obtenir ce qu'elle voulait au lieu de le demander carrément, elle n'était pas tout à fait son associée ni son égale.

Ce dernier prit un cigare et chercha des yeux un coupe-cigares. Hortense lui en tendit un avant de disparaître de nouveau dans l'ombre.

— Honnêtement, je pensais que la fille serait déjà partie, avoua-t-il. Elle n'a pas été élevée pour servir, en dépit du rang de sa mère.

Il semblait perplexe. Lady Summerset lui tendit un briquet.

— Elle est manifestement bien plus loyale que nous ne l'imaginions. C'est fort louable, bien entendu. Cependant, plus longtemps elle restera ici…

— Plus elle risquera de découvrir notre secret.

Il tira sur son cigare pour l'allumer et s'absorba dans la contemplation du feu.

— Si le scandale éclate, il poursuivra nos enfants et les enfants de nos enfants.

Lady Summerset adressa à son mari un sourire lugubre que bien peu de gens lui connaissaient.

— Dans ce cas, il ne nous reste qu'à nous assurer qu'il n'éclate pas. Quand faudra-t-il annoncer aux filles que la maison de Londres est louée ?

— Je vais en parler à Rowena et lui laisser le soin de le dire à Victoria quand elle le jugera opportun.

Lady Summerset pinça les lèvres. Son mari lui fit un sourire contrit.

— Vous avez raison. C'est lâche. Mais je ne supporte pas de voir cette enfant malade et elle se met toujours dans un tel état…

— Je plains le malheureux qui l'épousera, confia-t-elle.

— Peut-être est-ce elle qui s'occupera de nous sur nos vieux jours. C'est une intéressante petite personne.

Lady Summerset n'avoua pas à son mari que Victoria la mettait toujours un peu mal à l'aise avec ses remarques audacieuses et ses manières de petit oiseau. C'était une enfant charmante mais tellement… différente.

— Souhaitez-vous que je sois présente quand vous parlerez à Rowena ?

Lord Summerset secoua la tête.

— Il faut que je le fasse moi-même, affirma-t-il. Il s'agit après tout d'une décision d'affaires. Je descends aux écuries voir le nouveau poney de polo avant le dîner, annonça-t-il en se levant.

Elle lui tendit sa joue à baiser.

— Ne soyez pas en retard, mon ami. Et ne vous en faites pas trop pour les filles. Tout ira bien. Les jeunes ne manquent pas de ressort. D'une façon ou d'une autre, nous trouverons le moyen d'arranger *l'autre petite affaire.*

Il lui tapota le bras et sortit de la pièce, l'air toujours soucieux.

— Hortense.

L'intéressée réapparut.

— Oui, madame.

— Etes-vous bien certaine que ce soit Prudence que votre amie a vue hier avec lord Billingsly ? Je sais que Rowena est allée en ville avec lui hier après le thé, or elles ont toutes les deux les cheveux bruns et la peau claire.

Hortense hocha la tête d'un air décidé.

— Elle m'a affirmé que c'était Prudence, madame. Elle les connaît toutes les deux.

Lady Summerset mourait d'envie d'entendre qui était cette amie, mais mieux valait ne pas poser la question. Savoir des choses que la comtesse ignorait donnait à Hortense un peu trop de pouvoir. Du reste, si c'était vrai, et rien ne la portait à croire le contraire, elle avait des questions plus urgentes à examiner. Lord Billingsly circulait en ville avec une femme de chambre ? A moins qu'il ne sache *pas* que c'était une femme de chambre… Mais comment pouvait-il l'ignorer, en la voyant en uniforme ?

Hortense l'aida à s'habiller. Comme elle l'avait prévu,

nota-t-elle au passage, les bijoux allaient vraiment bien avec le brocart ivoire. Néanmoins, dès qu'elle s'assit pour se faire coiffer, elle se remit à réfléchir au problème qui l'occupait. Il était temps de faire plus que mettre Prudence mal à l'aise.

— Il serait bon que vous vous liiez d'amitié avec elle, je crois, dit-elle à sa femme de chambre. Que vous gagniez sa confiance. « Garde tes amis près de toi et tes ennemis plus près encore », n'est-ce pas ?

Lady Summerset regarda dans le miroir et Hortense lui fit un sourire d'assentiment.

— En attendant de trouver le moyen de la faire partir, il faut que nous découvrions qui elle est et ce qu'elle veut. Elle n'est guère aimée par les autres domestiques, si ?

Hortense enroula habilement une petite mèche de cheveux autour de son doigt pour la faire boucler avant de l'épingler et de recommencer la même opération avec une autre.

— En effet, madame. Elle est trop raffinée pour être de leur milieu ; ils sentent qu'elle est différente.

Bien entendu, elle était différente. Bon sang ne saurait mentir. Sauf que sa mère était une rien du tout. Comment savoir de quelle manière ce côté de ses origines ressortirait ?

— Dites-lui qu'elle peut porter ses vêtements à elle, désormais. Trouvez quelque chose. Elle n'en sera que plus haïe. Et commencez à faire circuler des rumeurs — mais de telle sorte que l'on ne puisse pas remonter jusqu'à vous. Il ne faudrait pas que Mme Harper se mette à fureter.

— Que faut-il que je dise ? demanda Hortense d'un air interrogateur.

— Comment voulez-vous que je le sache ? lui répliqua lady Summerset en haussant les épaules, irritée. Vous êtes tout aussi capable que moi de trouver quelque chose, je n'en doute pas. Servez-vous de votre imagination.

Les traits d'Hortense se figèrent tandis qu'elle finissait de la coiffer. Lady Summerset se retint de lever les yeux au ciel. Quelle susceptibilité, tout de même ! Elle soupira.

— J'attends une livraison de gants de chevreau de chez Perrin. Si vous le souhaitez, vous pouvez choisir ceux qui vous plaisent dans la collection de la saison dernière.

Elle observa attentivement sa femme de chambre. La joie illumina d'un coup ses yeux noirs et son visage acéré.

— Merci, madame.

Lady Summerset le savait, Hortense allait garder ces gants comme les autres cadeaux qu'elle lui faisait pour les revendre dans une boutique d'occasion la prochaine fois qu'elle se rendrait à Londres. L'argent qu'elle en retirerait lui permettrait de se faire faire plusieurs ensembles du chic austère qu'elle affectionnait chez une couturière française expatriée. Jamais, au grand jamais, elle ne se montrerait dans les anciens vêtements de lady Summerset. Force lui était d'ailleurs d'admettre qu'elle ne l'en respectait que davantage.

— Merci, Hortense. Ce sera tout pour le moment. Tenez-moi au courant de la suite de notre petit projet.

10

Le couloir mal éclairé faisait un tunnel sombre et silencieux devant elle. La plupart des lampes à gaz étaient éteintes. Celles qui restaient projetaient de longues ombres spectrales sur le sol et les murs. Victoria attendit, osant à peine respirer, écoutant de toutes ses oreilles. Un délicieux frisson la parcourut. Jamais elle ne s'était autant amusée depuis qu'elle venait à Summerset.

Quand elle se fut assurée que la voie était libre, elle recula sans bruit dans la chambre et saisit la poignée de la boîte de sa machine à écrire. Elle la souleva avec peine et dut se pencher pour faire contrepoids. Pourquoi diable fallait-il que ces choses soient si lourdes ? De sa main libre, elle glissa sur son épaule la bandoulière d'un gros sac de cuir qui contenait son livre de sténographie, son cours de chez miss Fister, plusieurs numéros de la revue trimestrielle de botanique *Botanist Quarterly Review* et des bougies neuves. Elle aurait préféré être vêtue un peu plus chaudement que de sa chemise de nuit et sa robe de chambre, mais elle n'avait pas voulu éveiller les soupçons de Prudence qui était venue l'aider à se mettre en tenue de nuit. En arrivant, elle commencerait par faire du feu.

Elle longea le couloir qui passait devant toutes les pièces de réception de la maison. Si elle parvenait à les dépasser sans se faire remarquer, elle serait libre. Sauf si, par malchance, elle tombait sur un veilleur de nuit. Elle ne savait même pas s'il y en avait à Summerset Abbey, mais c'était probable.

Il lui avait fallu fouiner toute une semaine dans l'aile sud pour trouver la pièce qu'elle cherchait. Cela faisait plusieurs générations que l'on n'habitait plus cette partie de la maison. Il y avait plus de cent pièces à Summerset, mais l'on n'en occupait qu'une trentaine. Vingt autres restaient entretenues et servaient pour les grandes réceptions. Le reste était tout juste surveillé de temps à autre au cas où il y aurait de la pourriture sèche, des fuites ou des carreaux cassés. Puisque l'on n'y faisait même pas le ménage, les domestiques ne s'y rendaient pas : pour elle, c'était l'idéal. Enfants, ses cousins, sa sœur et elle jouaient à cache-cache dans ces pièces poussiéreuses… jusqu'au jour où Colin était tombé sur une marche branlante et s'était cassé le bras. Elle connaissait encore bien les lieux.

Sans bruit, elle ouvrit la porte de l'escalier de service et attendit un peu. Des voix étouffées et des rires bas lui parvenaient. Ne dormaient-ils donc jamais ? Prudence était-elle encore en bas, à rire avec cette jeune Susie dont elle parlait tout le temps ? se demanda-t-elle, le cœur serré. Peut-être cette fille avait-elle pris sa place dans le cœur de Prudence…, songea Victoria avec une pointe de jalousie.

Au lieu de descendre, elle monta un étage et ressortit sur le palier. Elle se trouvait du côté des jeunes hommes, que l'on tenait éloignés du couloir des femmes. Le corridor était très mal éclairé. Bah, là où elle allait, il n'y avait pas de lumière *du tout*. Elle avait eu beau se munir d'une boîte d'allumettes, la perspective de se retrouver toute seule dans le noir au bout de la maison lui nouait l'estomac de frayeur. Elle n'aurait jamais dû écouter les histoires de fantômes de Colin à l'âge des couettes et des robes chasubles, regretta-t-elle en pénétrant dans la galerie dite des statues. Tous les quelques pas, une niche dans le mur abritait une sculpture plus terrifiante que la précédente. Même le doux Saint François d'Assise prenait un éclat pâle et inquiétant au clair de lune.

Au bout de la galerie, elle tourna à droite, laissant les spectres derrière elle. Elle arriva bientôt devant une double porte en acajou sculpté qui devait bien faire cinq mètres de haut. Les battants étaient si lourds qu'elle dut se délester de ses affaires pour les ouvrir. Elle posa sa chandelle dans une niche prévue à cet effet et se déchargea de son fardeau. Il faudrait ensuite qu'elle passe tout son matériel de l'autre côté et qu'elle recommence la même manœuvre. A moins de laisser la porte ouverte. La première fois qu'elle était revenue par ici, elle avait craint de la trouver fermée à clé pour protéger les trésors que recelait cette partie de la maison. Par chance, son oncle et sa tante ne devaient pas craindre les voleurs.

Une bouffée d'air humide et glacé lui sauta au visage dès qu'elle eut entrouvert la porte. Un grincement sinistre résonna dans le silence. Victoria eut un mouvement de recul. La sueur perlait à son front. Elle s'attendait à voir apparaître Colin, Sebastian, ou ce beau jeune homme assez impoli qui se faisait appeler Kit, pour lui demander ce qu'elle faisait là.

Comme il ne se produisait rien de tel, elle poussa les battants, centimètres par centimètre; à chaque grincement, son cœur s'emballait. Elle allait laisser la porte ouverte pour le retour, décida-t-elle. Devoir la refermer et la rouvrir plus tard serait trop éprouvant pour ses forces.

Elle ramassa ses affaires et s'engagea dans une partie de la maison qui n'avait pas été chauffée depuis des générations. C'était la plus ancienne de tout le domaine. Même en été, se souvint-elle, quand elle venait, il y régnait un froid que le soleil ne parvenait jamais à réchauffer. L'odeur des siècles passés, une odeur de moisi, d'humidité et de poussière, imprégnait toute l'aile.

Au bout d'un temps qui lui parut interminable, elle arriva à la pièce qu'elle avait choisie. Au cours de la semaine passée, elle y avait apporté tout ce dont elle pensait avoir besoin : papier journal et bois pour le feu, couvertures propres, encre, crayons, buvards... Il était plus facile de circuler dans la maison sans éveiller les soupçons de jour, même si le transport d'une brassée de bois lui avait valu quelques sueurs froides.

Elle alluma sa lanterne dont la lumière, quoique faible, la réconforta aussitôt. Tant qu'elle évitait de regarder les ombres démesurées et vacillantes qu'elle projetait sur les murs...

Cette pièce devait avoir servi de bureau à un de ses lointains ancêtres. Un homme sans doute assez austère, songea-t-elle en considérant les tons de bleu, fanés depuis longtemps, et les portraits d'aïeux à la mine sévère qui ornaient les murs. Lequel d'entre eux avait travaillé ici ? Que dirait-il de sa présence, ce soir ? Car c'était certainement un homme qui s'était assis à cette grande table de travail ronde au centre de la pièce et qui s'était servi des classeurs marquetés de part et d'autre de la cheminée de pierre. Le froid du sol dallé de marbre traversait ses pantoufles. Elle se hâta de poser ses affaires et d'allumer le feu qu'elle avait déjà préparé en priant pour que le conduit de cheminée soit encore en état.

Elle avait fait un peu de ménage la veille dans l'espoir que le parfum de la cire d'abeille allait dominer l'odeur de poussière et d'humidité qui habitait la pièce. Il ne l'avait pas même atténuée. Toutefois, à la réflexion, cela ne lui déplaisait pas. Que dirait nanny Iris de son antre ? Elle jugerait sans doute qu'il n'y avait pas suffisamment de livres. En revanche, elle apprécierait les bibelots venus du monde entier.

Grâce au feu, la pièce se trouva un peu mieux éclairée et rendue beaucoup moins lugubre par son joyeux crépitement. Victoria alluma quelques autres bougies qu'elle disposa çà et là puis regarda autour d'elle avec satisfaction. Plus heureuse que depuis des semaines, elle sortit sa machine à écrire et installa ses affaires sur le bureau. Voilà. Elle avait un nouveau secret. Un *endroit* secret. Une cachette bien à elle où elle pourrait travailler et étudier en paix, loin des regards curieux de Prudence et Rowena. Ce soir, elle ne comptait que s'organiser et lire ses revues. Si elle y mettait tout son cœur, peut-être pourrait-elle réussir les examens d'entrée à la faculté. Ou autre chose.

Soudain, un grand craquement se fit entendre dans le couloir. Victoria se figea. Les secondes s'écoulèrent, interminables, tandis qu'elle tendait l'oreille pour tenter de saisir quelque chose par-dessus le martèlement de son cœur. Bah, ce devait être le feu. Ou la charpente. La demeure avait plus de trois cents ans. Et puis toutes les maisons avaient leurs bruits.

Elle eut beau examiner la porte, elle ne trouva ni loquet ni verrou. Allons, elle n'avait rien à craindre. Cette demeure était la sienne ; celle de sa famille, en tout cas. Les fantômes de ses ancêtres ne lui feraient pas de mal : elle était de leur sang.

Non, ce n'était pas le moment de penser à du sang, se reprit-elle vivement.

Sentant sa respiration s'accélérer, elle ferma les yeux. Si elle ne se calmait pas, elle allait faire une crise et mourir ici. Combien de temps faudrait-il pour qu'on retrouve son corps ? *Non.* Au lieu d'imaginer ce qui se passait derrière la porte, il fallait qu'elle se concentre sur sa respiration. Un, deux, trois. Petite inspiration. Un, deux, trois. Petite inspiration.

— Victoria ?

Elle poussa un hurlement qui lui arracha la poitrine

et transperça l'air. Quand elle rouvrit les yeux, Kit la regardait d'un air horrifié.

— Mais enfin ! Vous voulez que l'on vous trouve ici ? Vous imaginez le scandale que cela ferait ?

Sans répondre, elle se laissa tomber sur le siège derrière le bureau, ferma les yeux et se remit à compter et à respirer par petits coups.

— Victoria ?

Il était plus près. Elle perçut une note d'inquiétude dans sa voix.

— Victoria, ça va ?

Elle fit non de la tête et continua à contrôler sa respiration jusqu'à ce qu'elle sente son corps se détendre et ses poumons se dilater de nouveau. Alors, elle rouvrit les yeux et lança, d'un ton accusateur :

— Vous m'avez suivie !

Il la fixa un moment d'un regard éberlué avant de sourire.

— J'ai supposé que vous vous éclipsiez pour faire quelque chose d'amusant, avoua-t-il. Bon, alors, qu'est-ce que vous fabriquez ici ?

Elle pencha la tête. Quoi qu'elle réponde, il allait la taquiner. Il était ainsi. Mais pas question qu'il se moque de son secret.

— Je cherche le terrier du lapin blanc, déclara-t-elle.

Il cligna des yeux.

— L'avez-vous trouvé ? demanda-t-il, rieur.

— Pas encore. Mais je ne perds pas espoir.

— Et que ferez-vous, quand vous l'aurez trouvé ?

— Je le boucherai, évidemment. Le pays des merveilles m'a l'air d'être un endroit épouvantable.

Il rit et se mit à faire le tour de la pièce en examinant des objets au hasard. Il ne s'intéressa ni à sa machine à écrire ni au nécessaire d'écriture, et elle l'en apprécia davantage.

— Non, sérieusement, que venez-vous faire ici ? voulut-il tout de même savoir.

Quelque chose de nostalgique dans sa voix empêcha Victoria de lui répondre qu'elle construisait une machine à remonter le temps, juste pour le taquiner un peu.

— Jamais vous n'avez eu envie d'un endroit où échapper véritablement à tout ? Un endroit pour lire et réfléchir dans le silence ?

Au lieu de répondre, il remit une bûche dans le feu et la remua avec le tisonnier.

— La plupart des gens préfèrent ne pas rester seuls avec leurs pensées, dit-il enfin au bout d'un très long moment.

— Peut-être pensent-ils à des choses ennuyeuses.

Il resta le regard perdu dans les flammes. Elle se leva pour le rejoindre. On était bien, au chaud. Sans doute aurait-elle dû se sentir mal à l'aise, en vêtements de nuit, sans chaperon, à parler avec un jeune homme qu'elle connaissait à peine. Pourtant, ce n'était pas le cas. Si on la découvrait ici, comme cela, elle serait perdue. Cela aussi lui était égal.

— Vous ne croyez pas que tout le monde trouve ce qu'il pense intéressant ? Hmm, ajouta-t-il en fronçant les sourcils, ce n'est pas très clair, ce que je viens de dire.

— J'ai compris.

— Pour poursuivre dans la même veine, je me moque de savoir si ce que pensent les gens est ennuyeux, sauf quand les gens dont les pensées sont ennuyeuses se sentent obligés de les partager — notamment avec moi.

Victoria le regarda. Il avait adopté un ton blasé qui ne lui plaisait pas. On eût dit qu'il avait couru le monde à la recherche d'une chose enfin digne d'intérêt, en vain.

— Dites-moi, monsieur Kit, qu'est-ce qui compte, pour vous ?

— Sans doute devrais-je répondre ma mère, ou mon

pays, ou le sort des pauvres ? Ou une autre cause également à la mode. Sauf que ma mère est à faire peur, que le patriotisme, c'est d'un ennui mortel, et que je ne peux rien faire pour les pauvres.

— Ne dites rien qui ne soit pas vrai, le pria-t-elle en fronçant les sourcils. Il n'y a personne ici à impressionner.

— Vous voulez dire que, même en me donnant du mal, je ne parviendrais pas à vous impressionner ? repartit-il en lui décochant un demi-sourire.

Elle le fixa avec sérieux.

— Vous ne me connaissez pas suffisamment pour savoir ce qui pourrait m'impressionner. Et je vous crois assez intelligent pour ne pas vous en soucier.

Cette fois, il rit franchement.

— Eh bien, je sais ce qui pourrait impressionner les jeunes filles ordinaires, mais vous n'êtes *pas* une jeune fille ordinaire. Une jeune fille ordinaire ne se cacherait pas au fond de l'aile abandonnée d'un château pour s'exercer à taper à la machine.

Elle ne broncha pas.

— Revenons donc à la question initiale. Qu'est-ce qui compte pour moi ? Mes amis, sans doute. M'amuser. Réussir mes examens assez bien pour ne pas faire honte à ma mère et parce que, une fois que ce sera fait, je toucherai une rente annuelle assez conséquente qui me permettra de voyager à ma guise. Et vous, miss Victoria, qu'est-ce qui compte, à vos yeux ? Pour les jeunes filles ordinaires, la réponse est : les robes, les bals, et faire un bon mariage.

Elle prit une couverture dont elle s'enveloppa avant de s'asseoir sur le tapis usé et poussiéreux devant la cheminée.

— Ah, j'aime bien les robes. Mais les bals m'ennuient et je ne me marierai jamais.

Il laissa échapper un rire incrédule et s'assit à côté d'elle. Victoria lui jeta un coup d'œil.

— Vous ne me croyez pas, bien sûr ? Bah, peu importe. Moi, je sais ce qu'il en est. Je ne me marierai pas. Je me suis rendu compte très tôt que les femmes les plus intéressantes ou celles qui menaient la vie la plus captivante n'étaient pas mariées du tout ou s'étaient mariées assez tard. Je compte voyager, lire, et vivre toutes sortes d'aventures.

En disant cela, elle songea à nanny Iris. Voilà exactement comment elle voulait mener sa vie. Que penserait la vieille dame d'un homme comme Kit ?

— Et quel rapport avec la dactylographie ? s'enquit-il.

— Une femme doit être capable de gagner sa vie, non ? Et si je me faisais dévaliser par des maraudeurs à Istanbul ? Eh bien, je pourrais toujours travailler dans un bureau pour gagner de quoi me rendre au Caire.

Elle ne lui révéla pas qu'elle voulait être botaniste. Ce secret lui tenait trop à cœur pour le partager librement.

— Vous avez vraiment tout prévu, dites-moi, commenta-t-il en écarquillant les yeux.

Son air amusé la gêna.

— Vous ne me croyez pas, on dirait, redit-elle.

— Je ne doute pas que vous y croyiez. Ni même, peut-être, que vous en ayez la ferme intention. Je sais, en revanche, de quelle insistance les familles sont capables. Et votre tante et votre oncle n'auront qu'une hâte : vous marier. Mais peut-être pas avant Elaine et votre sœur, ce qui vous laisse encore quelques années de liberté. Pauvre Sebastian…

— Pauvre Sebastian ? Comment cela ?

— Votre tante l'a déjà choisi pour Elaine, et sa mère convient qu'ils seraient parfaitement assortis. Elaine et Sebastian sont d'excellents camarades, mais pas davantage. Pourtant, je vous prédis l'annonce prochaine de leurs fiançailles. Ce n'est qu'une question de mois. La volonté conjointe de lady Summerset et lady Billingsly déplacerait des montagnes.

— Pauvre Lainey... Mais moi, mon oncle et ma tante ne peuvent pas m'obliger à faire ce que je ne veux pas, affirma-t-elle — bien moins convaincue, au fond, qu'elle ne voulait le paraître.

Prudence ne s'était-elle pas retrouvée parmi les domestiques contre son gré ?

— Je parie que vous ne le croyez même pas, objecta-t-il d'un ton si gentil qu'elle le regarda de biais.

— En ce qui concerne le mariage, si, en tout cas. Les mariages arrangés sont contraires à la loi et je connais parfaitement mes droits. Grâce à mon père.

— Ne me dites pas que vous êtes favorable au droit de vote pour les femmes ! lança-t-il, faussement horrifié. Dieu me délivre de ces suffragettes bien intentionnées !

— Bien sûr que si, je suis favorable au droit de vote pour les femmes. Comme toutes les femmes qui réfléchissent.

Il rit, mais, cette fois, sans gentillesse.

— Je les trouve aussi rasoir que les débutantes minaudières. Elles peuvent bien prétendre qu'elles veulent le droit de vote, si un beau parti leur demandait leur main, elles oublieraient en un éclair leurs convictions politiques.

Elle se leva.

— Voilà qui montre le peu de considération que vous avez pour les femmes. Les suffragettes, elles, au moins, croient à quelque chose. J'ai toujours trouvé que les gens que tout ennuyait étaient en réalité les plus ennuyeux. Maintenant, si vous voulez bien m'excuser, monsieur Kit, je crois qu'il est temps que je regagne ma chambre.

Il parut étonné de sa réaction. Elle ne pouvait l'en blâmer : elle en était la première surprise. Elle se rappelait avec quelle fougue son père se passionnait pour tout — la politique, les beaux-arts, la science, la musique... — et cela l'attristait et la mettait en colère de voir qu'il était mort, et qu'un jeune homme qui avait tout l'avenir devant lui professait qu'il n'y avait rien d'intéressant dans le monde.

Il lui posa la main sur le bras pour l'apaiser et la chaleur de ses doigts irradia à travers le fin coton de sa chemise de nuit.

— Je ne le pense pas vraiment, assura-t-il. Du reste, je ne pense pas la moitié des choses que je dis.

Elle s'arrêta.

— Dans ce cas, pourquoi les dites-vous ? Et pourquoi les dites-vous comme si vous étiez sincère ?

— Parce que c'est sans doute plus facile que d'essayer de savoir ce que je crois vraiment.

Devant son air faussement désolé, elle ne put que rire.

— Il est bien plus facile de se faire passer pour amer et blasé que d'avouer tout simplement que vous êtes paresseux.

Il esquissa un sourire.

— C'est fort possible. Mais, vous avez raison, il faut nous en aller.

Ils couvrirent le feu et remirent l'écran de cheminée. Elle regrettait presque que leur tête-à-tête s'achève. Elle s'était bien amusée. Après avoir rallumé leurs chandelles et éteint la lanterne, ils reprirent d'un pas vif le long couloir sombre qui semblait beaucoup moins effrayant que tout à l'heure.

— Vous allez retrouver votre chemin ? chuchota-t-il à la porte.

— Evidemment : j'ai pour ainsi dire passé mon enfance ici, lui rappela-t-elle.

Il hocha la tête tandis qu'elle se glissait de l'autre côté.

— Et vous vous trompez, miss Victoria.

Elle s'arrêta.

— Comment cela ?

— Il y a une chose que je trouve intéressante et captivante.

Elle attendit, le cœur battant.

— Vous.

Victoria se réveilla le lendemain matin en entendant Susie allumer le feu. Son escapade nocturne de la veille lui faisait presque l'effet d'un rêve. Elle en était même à se demander si elle n'avait pas imaginé sa conversation avec Kit. *La trouvait-il réellement captivante ?*

Elle se souleva sur un coude et observa Susie. La jeune fille semblait avoir du mal, ce matin. Ses mains tremblaient.

— Vous ne vous sentez pas bien ? lui demanda Victoria.

La petite servante sursauta et laissa tomber le petit bois.

— Oh ! zut ! gémit-elle en nettoyant de son mieux la peau de mouton qui faisait office de tapis. Oh ! pardon, mademoiselle.

Elle était si pâle que Victoria crut qu'elle allait s'évanouir.

— Pardon, dit-elle à son tour, je ne voulais pas vous faire peur.

Elle repoussa les couvertures d'un coup de pied, se leva, enfila sa robe de chambre glacée et s'approcha de la cheminée.

— Attendez, dit-elle. Je vais vous aider.

— Oh ! non, mademoiselle. Je vais avoir des ennuis…

— Pas du tout : personne ne le saura. Comment se fait-il que Prudence ne soit pas là, ce matin ?

— Hortense, la femme de chambre de lady Summerset, lui a dit que ce n'était pas à elle de faire du feu chez vous le matin, que c'était mon travail.

Victoria froissa vivement un peu de papier qu'elle posa dans l'âtre avant d'ajouter le petit bois. Puis elle se servit d'une allumette pour mettre le feu au papier.

— Voilà, déclara-t-elle, satisfaite. Cela devrait aller.

— Comment savez-vous faire du feu ?

— C'est mon père qui m'a appris, quand nous sommes allés camper en Suisse. Est-ce vraiment votre travail d'allumer les feux le matin ?

Susie hocha la tête.

— Je m'occupe de ceux des dames, précisa-t-elle, et le portier de ceux des messieurs. Sauf qu'Hortense m'avait dit de ne pas m'occuper du vôtre et de celui de miss Rowena, que Prudence s'en chargerait.

— Et ensuite elle a dit à Prudence que c'était à vous de le faire ? conclut Victoria en s'accroupissant. Mais c'est absurde.

Elle continua de s'interroger en aidant Susie à ramasser le reste du petit bois. Pourquoi agir ainsi ? Etait-ce une mauvaise plaisanterie ?

— Dites-moi... Comment Prudence s'entend-elle avec les autres domestiques ?

Susie plissa le front, comme si elle ne savait trop que répondre.

— Ne vous en faites pas, Susie. J'ai besoin de le savoir.

— Eh bien, moi, je l'aime bien. Et la cuisinière aussi, autant qu'elle puisse aimer quelqu'un. Mais tout le monde la prend pour une bêcheuse avec ses manières raffinées et le reste. On croirait qu'elle n'a jamais servi de sa vie, alors les femmes de chambre aimeraient bien savoir comment elle a fait pour avoir une aussi bonne place. Du coup, elles lui font de petites blagues et tout cela.

Victoria se releva et resserra plus étroitement les pans de sa robe de chambre, ce qui ne l'empêcha pas de frissonner malgré le feu qui crépitait maintenant devant elle. Susie se tourna pour ajouter du bois.

— Et Hortense, comment est-elle ?

Susie fit la moue.

— Eh bien, on ne l'aime pas trop. Mais comme madame l'adore, on n'ose pas la contrarier.

— Savez-vous si Prudence et elle s'entendent bien ?

— Au début, non. Mais, maintenant, Hortense devient plus gentille. Sauf que Prudence ne la connaît pas comme nous autres.

Victoria inclina la tête, perplexe. Au fond, peut-être Susie pourrait-elle l'aider à percer le mystère de Mme Tate.

— Susie ? fit-elle. Puis-je vous poser quelques questions ? Je vous promets que vous n'aurez pas d'ennuis.

La jeune fille hocha la tête, mais Victoria vit bien à son air inquiet que la situation prenait un tour qui ne lui plaisait guère. Avant qu'elle ait pu changer d'avis, Victoria alla prendre son édredon dont elle s'enveloppa. Puis elle s'assit par terre devant le feu et Susie fut bien obligée de l'imiter.

— Avez-vous toujours vécu à Summerset ?

— Oui, mademoiselle.

— Quelles histoires étranges avez-vous entendues à propos du château dans votre enfance ? Il doit bien y en avoir quelques-unes, comme dans tous les vieux domaines…

Susie pâlit un peu.

— Oh ! je n'écoute jamais ce qu'on dit de mal sur un endroit, sinon je n'oserais même pas y entrer. Alors à quoi je servirais ? Je dois courir partout le matin, quand il fait encore sombre, pour allumer les feux et le reste. Mais c'est vrai qu'il y a des histoires qui font bien peur à propos du dehors.

Il y avait sur le visage de Susie l'excitation de celle qui en avait une bien bonne à raconter. Victoria n'eut pas besoin de la pousser beaucoup.

— Vous avez entendu parler du moulin aux baisers, pas vrai ? Eh bien, je peux vous dire que ça ne marche pas…

— Susie !

— Pas par mon expérience ! protesta-t-elle aussitôt. Ma mère. Elle a trouvé une fille pendue à la charpente quand elle-même était toute jeune.

— Quelle horreur ! s'exclama Victoria. Mais ce n'est pas une histoire : c'est réellement arrivé. Quoi d'autre ?

— Evidemment que c'est arrivé ! s'indigna Susie. Vous croyiez que j'allais vous mentir ?

Après que Victoria lui eut assuré que non, Susie poursuivit. Pendant qu'elle parlait, Victoria se rendit compte qu'elle devait avoir quelques années de moins qu'elle. Comment ne s'en était-elle pas aperçue plus tôt ? Elle avait déjà vu des filles pauvres de l'âge de Susie, parfois même plus jeunes, avec deux, voire trois enfants, et elle en avait toujours eu le cœur serré. Cependant, il ne lui était jamais venu à l'idée que son oncle et sa tante pussent perpétuer ce problème, même d'une manière indirecte. Elle avait complètement perdu le fil de la conversation quand la petite servante dit une chose qui attira son attention.

— Attendez… vous me dites qu'on a retrouvé *une autre jeune fille* ?

Susie hocha la tête en ouvrant de grands yeux effrayés.

— Au même endroit ?

Pourquoi n'en avait-elle jamais entendu parler ? Un vrai mystère à Summerset, et personne ne lui avait rien dit !

— Non ! Vous ne m'écoutez pas. On l'a découverte dans l'ancienne chapelle près du coude du ruisseau, là où on a retrouvé lady Halpernia.

Susie se plaqua les deux mains sur la bouche.

— Oh ! non. N'ayez pas peur. Avec moi, vous n'avez rien à craindre.

La jeune fille se leva, l'air un peu sceptique.

— Il faut que j'aille allumer le feu chez miss Rowena, sinon elle va geler. Merci de m'avoir permis de me réchauffer : ça va beaucoup mieux.

— Je vous en prie, Susie. Ne parlons à personne de cette petite conversation, n'est-ce pas ? C'est inutile.

Elle secoua la tête et disparut.

Mais parler de quoi, au fond ? En cherchant à apprendre quelques vieilles rumeurs sur son grand-père, Victoria avait récolté une véritable histoire d'épouvante à l'ancienne. Qui pourrait la renseigner un peu mieux ? Cairns devait en savoir assez long, mais il aimerait mieux mourir que de dire du mal d'un Buxton, fût-ce à une autre Buxton. Bien. Elle allait commencer par demander à Colin et Elaine ce qu'ils savaient. Puis elle irait trouver la seule personne qui, à sa connaissance, pourrait lui apporter des réponses.

Nanny Iris.

Les domestiques se levaient à l'aube. Il faisait encore noir et froid quand Mme Harper frappait un coup sec à toutes les portes. Si cela ne suffisait pas à faire lever les occupantes, au retour, elle ouvrait la porte, faisant entrer un courant d'air qui semblait arrivé tout droit de Sibérie. Prudence avait appris à ses dépens que cinq minutes de sommeil supplémentaires n'en valaient pas la peine.

— Je suis levée, lança-t-elle avec humeur quand la gouvernante frappa.

C'était vrai. Elle était même déjà en chemise et s'apprêtait à s'habiller. En caressant la laine très douce de la robe qu'elle avait préparée la veille au soir, elle se remémora sa conversation avec Hortense.

Celle-ci l'ayant avertie en déjeunant qu'elle avait à lui parler, elle avait attendu qu'elle ait fini pour remonter avec elle dans les pièces de la famille. C'est alors que, lui prenant le bras en un geste d'une intimité qui l'avait mise mal à l'aise, Hortense avait chuchoté :

— Le travail que vous faites le matin, vous savez ? Récurer les casseroles ? Et tous les autres gros travaux dont on vous charge ? En tant que femme de chambre, ils ne vous incombent pas.

— Pardon ?

Prudence ne comprenait pas où elle voulait en venir.

— Ils vous en veulent, vous comprenez.

Quand elle lui avait demandé pourquoi, Hortense s'était esclaffée.

— Parce que nous ne sommes pas comme eux, voyons ! Nous entretenons des relations presque amicales avec les dames que nous servons. Nous sommes cultivées. Si nous faisons ce métier, c'est parce que nous l'avons décidé. Nous pourrions très bien faire autre chose. Nous aurions le choix.

Prudence trouvait à cette femme, son aînée, un côté fascinant en même temps qu'étrangement menaçant. Tout, chez elle, de sa coiffure à ses vêtements sévères mais chic et même sa nationalité française, avait un côté exotique.

— Le choix ? répéta-t-elle.

Hortense avait haussé une épaule.

— J'aurais pu me marier. Ouvrir une boutique de vêtements : toutes sortes de choses. Mais qu'y aurais-je gagné ? Ici, je suis bien payée, mon travail est reconnu et je n'ai pas de comptes à rendre à un homme. Lady Summerset et moi nous entendons très bien, même quand elle est contrariée. D'ailleurs, croyez-moi, je sais quoi faire pour lui rappeler combien elle a besoin de moi si jamais il lui arrive de mal me traiter. Je ne suis pas toujours ses instructions à la lettre. Quelquefois, je fais même le contraire de ce qu'elle me demande et je prétends que je n'avais pas compris. D'autres dames m'ont clairement laissé entendre qu'elles aimeraient m'avoir à leur service et m'ont proposé de grosses sommes d'argent. Mais disons que je me suffis à moi-même, conclut-elle avec un petit sourire affecté.

Prudence avait hésité avant d'insister, mais elle avait vraiment besoin de connaître la réponse.

— Et vous n'avez pas peur d'être seule ?

Hortense l'avait regardée d'un air stupéfait.

— *Non!* s'était-elle exclamée en français. Je rêve d'être seule au contraire. Mais vous êtes jeune. Il faut que vous fassiez attention. Les autres vont essayer de vous faire des crasses. Si vous avez des ennuis, n'hésitez pas à venir me trouver, d'accord ?

Prudence avait hoché la tête.

— Merci, avait-elle répondu avec une certaine circonspection, car elle n'avait guère plus confiance en Hortense qu'en lady Summerset.

— Prudence ? avait ajouté son aînée au moment où elles se séparaient. Changez-vous. C'est à vous de choisir comment vous vous habillez ; pas à Mme Harper. Vous avez bien autre chose à vous mettre que ces horreurs, non ? avait-elle conclu avant de s'éloigner.

Voilà comment Prudence en était arrivée à devoir prendre cette grande décision. Hortense avait-elle raison ? Comment allaient réagir Mme Harper et M. Cairns ? D'un autre côté, à en croire Hortense, ils n'avaient rien à dire… Le cœur battant, elle prit conscience d'une chose. *Elle était la femme de chambre de Rowena et Victoria : pas une domestique de Summerset.* Pourquoi n'y avait-elle pas songé plus tôt ? A Londres, lorsque des amis séjournaient chez eux, il arrivait qu'ils soient accompagnés de leurs domestiques. Eh bien, personne n'avait autorité sur ces derniers, si ce n'est leurs employeurs. C'est habitée par un profond soulagement qu'elle acheva donc de s'habiller, optant pour sa jolie robe de deuil noire. Elle se plierait certes au règlement de la maison, mais elle n'avait à obéir à personne qu'à Rona et Vic !

Forte de cette révélation, elle descendit d'un pas plus léger. Les autres ne l'aimaient pas ? Eh bien, ils étaient sous la coupe de M. Cairns et Mme Harper, ces malheureux, et pas elle, par chance.

Les jeunes hommes étaient partis la veille. Bien qu'ils ne soient restés que quelques jours, et qu'elle les ait à peine vus, la maison semblait soudain bien vide. Victoria lui avait annoncé avec une certaine excitation qu'ils revenaient tous pour les fêtes. *Lord Billingsly aussi ?* se demanda Prudence. Il lui suffit de l'évoquer pour que son cœur s'emballe. Elle eut un mouvement d'épaule agacé. Qu'avait-il donc de particulier pour qu'elle ait l'impression de fondre chaque fois qu'elle le voyait ? Etait-ce ce léger sourire qu'il avait au coin des lèvres ? Son rire quand il jaillissait soudain ? Ou cette façon qu'il avait de la regarder dans les yeux comme s'il voulait y lire tout ce qu'elle pensait, tout ce qu'elle ressentait ? Plus elle le voyait, plus il l'attirait. S'il revenait, il faudrait qu'elle fasse tout son possible pour l'éviter, résolut-elle donc. Elle ne savait que trop bien ce qui arrivait aux jeunes servantes qui s'écartaient du droit chemin. D'abord parce que sa mère avait suffisamment insisté sur le sujet, mais aussi parce qu'elle avait été témoin de tant de situations dramatiques quand elle donnait de son temps aux hospices. Certes, les jeunes filles pouvaient fauter avec toutes sortes d'hommes. Cependant, une chose était certaine : badiner avec un gentleman de la bonne société ne s'achevait *jamais* par un dénouement de conte de fées. Elle le savait, il n'y avait aucun avenir possible pour lord Billingsly et elle. On ne trouvait ces histoires d'un romantisme criard dans lesquelles de pauvres servantes épousaient des ducs que dans les romans à quatre sous. Dans la réalité, le scandale que causerait un tel mariage étoufferait dans l'œuf les moindres chances de bonheur d'un couple aussi disparate.

Une fois habillée, Prudence se hâta de descendre. Il faisait chaud dans la cuisine et cela sentait bon. La cuisinière lui passa une tasse de thé en grognant. Ce devait être signe qu'elle l'aimait bien, car les autres devaient se servir eux-mêmes. Prudence ignorait d'ailleurs pourquoi cette vieille femme grincheuse s'était prise de sympathie pour elle. Etait-ce parce qu'elle s'efforçait d'aider Susie chaque fois qu'elle le pouvait ? Car la cuisinière avait beau réprimander la fille de cuisine à tout propos, elle lui gardait toujours un peu de dessert des patrons qu'elle lui glissait en cachette.

Prudence la remercia d'un sourire. Elle enfilait son tablier pour aller aider Susie quand le tableau d'office sonna.

— Il y en a qui sont matinaux, commenta Hortense en bâillant.

Automatiquement, tout le monde se tourna vers le tableau pour voir qui sonnait. En général, c'était Hortense, Prudence ou Katz, le valet de chambre du comte, que l'on appelait de si bon matin. Cependant, les valets de pied descendaient tôt eux aussi, au cas où un membre de la famille voudrait monter à cheval avant le petit déjeuner.

Andrew se tourna vers Prudence. Ce grand sourire chaleureux qu'il arborait presque toujours éclairait son visage.

— C'est pour vous, on dirait, fit-il.

En effet, constata-t-elle en regardant de plus près, c'était Rowena. Que faisait-elle debout à une heure pareille ? Et pourquoi la sonnait-elle ? Etre ainsi *convoquée* par celle qu'elle considérait comme sa sœur dissipa d'un coup sa bonne humeur.

Elle replia son tablier, le mit de côté et prit un plateau d'argent. La cuisinière y avait déjà disposé une théière, des tasses et le lait dont Rowena ne pouvait se passer. Et Prudence remonta l'escalier qu'elle venait de descendre.

Rowena était encore en chemise de nuit quand elle entra. Ses longs cheveux bruns lui dégringolaient dans le dos en vagues épaisses. Elle faisait les cent pas avec une agitation que trahissait la crispation de son visage. Elle se précipita sur Prudence dès qu'elle entra.

— Il faut que tu ailles en ville pour moi.

Sans répondre, Prudence posa le plateau sur une petite table de bois doré auprès du lit. Quelque chose dans le ton presque exigeant de Rowena la chiffonnait.

— Je t'ai monté du thé, dit-elle donc simplement.

— J'ai été très grossière avec quelqu'un et il faut absolument que tu portes un mot de ma part tout de suite. Peut-être est-il même déjà trop tard.

Prudence haussa un sourcil agacé. Rowena ne lui avait même pas dit « s'il te plaît ». Les filles avaient commencé à prendre leurs habitudes… Prudence les aidait à s'habiller, comme elle l'avait toujours fait, puis rangeait leur chambre — sans doute pour rester à l'écart des autres domestiques le plus longtemps possible. Sauf que Rowena n'était pas loin de la traiter comme une domestique ordinaire.

Elle ne but pas son thé et ne se donna même pas la peine de remercier Prudence, à qui elle tendit simplement une enveloppe.

— Tiens. Porte cette lettre à l'hôpital et fais-la bien remettre à Jonathon Wells. Il doit encore y être. Autrement, tâche de savoir où il se trouve et de prendre son adresse pour que je puisse la lui envoyer par la poste.

Prudence regarda l'enveloppe.

— Sais-tu quelle heure il est ?

— Oui, oui. Il est tôt. Fais-toi conduire par un valet de pied.

Prudence fronça les sourcils. Rowena, toujours si fraîche, avait le teint cireux et les yeux cernés. Alors que Victoria semblait reprendre des forces à Summerset,

Rowena avait perdu toute son énergie et devenait de plus en plus indifférente à ce que pouvaient faire sa sœur et Prudence. Elle dormait beaucoup et ne la regardait que rarement quand elle lui parlait. Cette mystérieuse course avait à l'évidence la plus grande importance pour elle. Cela faisait des semaines qu'elle ne l'avait pas vue aussi énervée. Alors, bien qu'elle lui en voulût de la façon dont elle lui avait parlé, elle prit l'enveloppe sans discuter.

— Je m'en occuperai dès que je serai allée voir Victoria, promit-elle. Maintenant, bois ton thé. Veux-tu que je dise à la cuisinière que tu n'es pas bien et qu'il faut te faire monter ton petit déjeuner dans ta chambre ?

Avec l'ombre d'un sourire, Rowena se laissa tomber sur un siège près de la table sur laquelle Prudence avait posé son thé, comme si elle n'en pouvait plus.

— C'est gentil, Prudence, je veux bien. Merci. Je suis si fatiguée que je crois que je pourrais dormir toute une semaine.

Prudence glissa l'enveloppe dans sa poche en sortant. Victoria était déjà levée et habillée, en train de lire, installée dans un fauteuil, quand Prudence entra dans sa chambre sur la pointe des pieds.

— Que fais-tu debout et prête de si bonne heure ? s'enquit-elle en souriant.

— C'est Susie qui m'a aidée à me préparer. Aurais-tu du thé, par miracle ?

— Je vais lui demander de te monter ton petit déjeuner. Rowena ne se sent pas bien ; il faut que je fasse une course pour elle.

Victoria se leva.

— Qu'est-ce qui ne va pas ? demanda-t-elle avec dans la voix une note d'angoisse bien compréhensible après ce qui était arrivé à son père.

— Je crois qu'elle est fatiguée, tout simplement.

Et que son père lui manque, aurait-elle pu ajouter.

Prudence était désolée pour Rowena, qui portait certes un bien lourd fardeau. Cependant, elle ne pouvait s'empêcher d'estimer, au fond d'elle, que l'épuisement et le chagrin ne justifiaient pas la façon dont elle s'était mise à la traiter. *Et l'excusaient encore moins*, songea-t-elle, le cœur serré.

Victoria se mordilla la lèvre.

— Je vais la soigner, annonça-t-elle en sortant.

— Je n'en doute pas.

Après que Victoria fut sortie, Prudence se hâta de faire son lit et retourna en vitesse dans sa chambre prendre son manteau et se coiffer avant de redescendre dans la cuisine.

Andrew était encore à boire son thé et à déjeuner quand elle arriva.

— Pourriez-vous me conduire en ville, s'il vous plaît ? le pria-t-elle. Il faut que je fasse une course pour Rowena.

— *Miss* Rowena, corrigea la cuisinière.

— Miss Rowena et miss Victoria prendront leur petit déjeuner dans la chambre de miss Rowena, reprit Prudence. Pourrez-vous le leur porter en mon absence, s'il vous plaît ? ajouta-t-elle à l'adresse de Susie. Je devrais être rentrée à l'heure où il faudra qu'elles s'habillent. Si ce n'est pas le cas, vous voudrez bien leur faire couler leur bain et vous assurer qu'elles n'aient besoin de rien ?

Elle surprit un soupir réprobateur d'une des femmes de chambre, mais Susie rosit du plaisir de se voir confier une telle responsabilité.

Quelle tristesse, songea Prudence un nœud dans la gorge, qu'une tâche aussi insignifiante procure à quelqu'un un tel plaisir.

— Ces demoiselles ont-elles besoin de quelque chose de particulier ? demanda la cuisinière.

Prudence secoua la tête.

— La même chose que pour le reste de la famille, ce sera parfait.

Andrew se coiffa d'une casquette et enfila un manteau pendu à un crochet. Il lui suffit de se changer pour se métamorphoser de valet de pied en chauffeur.

— Je vais chercher l'automobile et vous retrouver devant la grand-porte, annonça-t-il.

Quelques minutes plus tard, elle était en voiture et Andrew lui enveloppait les jambes dans une couverture de voyage.

— Vous n'avez pas besoin de faire cela, protesta-t-elle.

— Votre robe est bien trop jolie pour que des taches de boue la gâtent, affirma-t-il.

Elle l'observa à la dérobée pendant qu'il conduisait. Il était jeune. Sûrement pas plus vieux que Rowena, en tout cas, avec des yeux verts empreints de bonté, des traits virils et des cheveux d'un blond-roux ordinaire. Sa séduction, si l'on pouvait le dire séduisant, résidait entièrement dans la gentillesse de sa nature et son sens de l'humour. Mais il serait bien plus à son aise dans les vêtements de travail d'un fermier que dans sa livrée rutilante, devina-t-elle.

— Avez-vous passé votre enfance dans le secteur ? s'enquit-elle pour rompre le silence.

Il hocha la tête.

— Mes parents possèdent une ferme plus près de Hollings que de Buxton. Un jour, en allant voir des cousins dans les parages, M. Cairns s'est rendu compte que j'étais plutôt grand. Je ne savais pas trop si je voulais devenir domestique mais, avec trois frères aînés, il n'y avait guère de place pour moi à la ferme. Ce travail me permet de tenir en attendant. J'espère m'installer un jour, avoir des terres à moi. Et vous ?

— Et moi ? fit Prudence, évasive.

— On ne parle que de vous, à l'office. Avec vos bonnes

manières, vous êtes trop bien née pour être domestique. Et vous êtes trop bien habillée aussi, maintenant que vous ne portez plus l'uniforme. Tout cela fait de vous une personne bien mystérieuse.

C'était aussi ce que lui avait dit lord Billingsly, se remémora-t-elle. A lui, elle n'avait pu dire qui elle était. Avec Andrew, en revanche, il lui semblait n'avoir rien à craindre. Cela signifiait-il qu'elle était plus à l'aise avec les domestiques qu'avec les Buxton et leurs amis ? Mais quelle importance ?

— Ma mère était la préceptrice de Victoria et Rowena. Avant cela, elle avait été femme de chambre à Summerset. Mais, à Londres, rien de tout cela ne comptait. Nous avons été élevées ensemble, toutes les trois, et sir Philip m'a toujours traitée à l'égal de ses filles.

— Alors comment se fait-il que vous soyez leur femme de chambre, aujourd'hui ?

— C'est parce que le comte ne veut pas accueillir dans sa maison quelqu'un d'un milieu trop inférieur au sien, expliqua-t-elle avec une certaine amertume. Rowena lui a dit que j'étais la dame de compagnie de Victoria et leur femme de chambre pour pouvoir me garder auprès d'elles.

Andrew s'étrangla d'indignation.

— Je ne suis pas sûr que cela me plairait, commenta-t-il.

— Cela ne me plaît pas non plus, lui assura-t-elle. Mais Rowena et Vic venaient de perdre leur père. Elles n'avaient pas envie de me perdre moi aussi.

— Pourquoi n'êtes-vous pas tout simplement restées à Londres, toutes les trois ?

Prudence haussa les épaules.

— Le comte a tenu à ce que nous venions ici. Apparemment, la maison n'appartenait pas à sir Philip, mais à lui.

Andrew émit un sifflement bas.

— C'est dur, pour vous.

Une inquiétude la prit.

— Vous n'en parlerez pas, n'est-ce pas ? Je n'aimerais pas que Rona et Vic deviennent la cible des commérages de l'office.

Il rit.

— Vous n'y pouvez pas grand-chose. On dirait que les domestiques n'ont rien de mieux à faire que de parler de leurs supérieurs.

— Ils ne leur sont *pas* supérieurs, répliqua-t-elle un peu sèchement.

— Vous le savez, et moi aussi. Mais pas eux. Enfin, vous n'avez rien à craindre de moi. Je garderai vos secrets.

Il se tourna vers elle pour lui adresser un sourire qui lui fit chaud au cœur. Elle lui sourit à son tour. Il lui sembla s'être fait un ami. Quelqu'un qui la comprenait et qu'elle comprenait.

Mais voilà qu'ils arrivaient aux abords de la ville.

— Où devez-vous aller ? voulut-il savoir.

— A l'hôpital. Savez-vous où il se trouve ?

Il hocha la tête et s'engagea dans une ruelle. Elle sortit l'enveloppe de sa poche en s'interrogeant. Comment Rowena connaissait-elle ce Jonathon Wells ? Etait-ce un ami de longue date ? Jamais elle n'avait parlé de lui...

— Connaissez-vous un certain Jonathon Wells ? demanda-t-elle soudain à Andrew.

Une vraie domestique n'aurait sans doute pas posé la question. Mais Prudence n'était *pas* une vraie domestique. C'était l'amie de Rowena. *Sa sœur.* Elle s'inquiétait pour elle.

Andrew fronça les sourcils d'un air concentré.

— J'ai entendu parler de la famille Wells, bien sûr, finit-il par répondre. Comme tout le monde. Mais je ne connais pas de Jonathon.

— Qui sont-ils, ces Wells ?

— Ils appartiennent à la gentry ; ce sont des propriétaires terriens. Leur domaine jouxte celui des Buxton. Je crois savoir que, il y a très longtemps, les Buxton ont donné des terres aux Wells en remerciement d'un service rendu à la guerre. Depuis, ils sont brouillés, je ne sais pas trop pourquoi. Je n'ai jamais fait très attention. Je m'intéresse plus au prix du bétail.

Devant son sourire penaud, elle songea soudain qu'elle l'appréciait beaucoup.

— Cela me semble raisonnable, lui assura-t-elle. Je ne vois pas l'intérêt de se mêler des histoires de l'aristocratie quand on doit déjà veiller sur sa famille.

Il hocha la tête et se gara devant l'hôpital.

— Voilà, fit-il. Vous y êtes. Voulez-vous que je vous attende ?

— Non, allez donc à la poste. Je me promènerai un peu en attendant votre retour.

Ils convinrent de se retrouver devant l'hôpital une heure plus tard, ce qui laisserait à Prudence tout le temps d'aller à la bibliothèque après avoir déposé la lettre de Rowena. Elle avait envie de parler davantage avec le vieux bibliothécaire.

— Que puis-je faire pour vous ? demanda une jeune femme assise derrière un grand comptoir quand elle entra.

Dans le coin, un jeune homme assis sur un banc lisait le journal.

— J'ai un message pour M. Jonathon Wells, dit Prudence en tendant l'enveloppe.

— Puis-je avoir votre nom, s'il vous plaît ? demanda la secrétaire en prenant la lettre.

— Oh, mais le message n'est pas de ma part. C'est de la part de… d'une amie.

— Il faut que je sache qui l'a déposé, expliqua la jeune femme en souriant. C'est le règlement.

— Oh ! pardon, bredouilla Prudence qui se sentait idiote. Prudence Tate.

Elle entendit un bruissement de papier derrière elle.

— Voulez-vous attendre une réponse ? s'enquit la réceptionniste en se levant.

— Ah…

Rowena n'avait rien dit à ce sujet.

— Euh, oui. Merci.

— Asseyez-vous, si vous voulez.

Prudence se retourna et se dirigea vers le banc. Le jeune homme blond qui y était assis la regardait d'un air si curieux qu'elle se demanda si elle avait oublié un bouton de sa robe ou si elle avait quelque chose sur le visage.

— Vous avez bien dit que vous vous appeliez Tate ? l'interrogea-t-il.

Elle hocha la tête.

— Oui. Prudence Tate.

C'est alors qu'elle comprit ce que pouvait signifier sa question — et que son cœur se mit à battre plus vite.

Le jeune homme se leva et lui tendit la main.

— Moi aussi, déclara-t-il. Wesley Tate. Moi qui pensais connaître tous les Tate de la région… Je crois pourtant que je me souviendrais de vous.

Interdite, elle en oublia un instant ses bonnes manières. Cet homme était peut-être de sa famille !

— Mon père et ma mère sont nés ici, expliqua-t-elle en recouvrant l'usage de la parole. Il se peut donc que nous soyons parents. Mon père est mort quand j'étais bébé. Je ne sais même pas son prénom. Mais celui de ma mère était Alice. J'ignore son nom de jeune fille.

Il écarquilla ses yeux si bleus qu'ils semblaient des morceaux de ciel. *Il a les mêmes yeux que ma mère*, songea-t-elle, une boule dans la gorge.

— Attendez. Vous voulez dire que vous êtes la fille d'*Alice* Tate ?

— Vous l'avez connue ?

Il se figea, sa main toujours dans la sienne.

— Non. Je ne l'ai pas connue.

Prudence se décomposa. Il faisait à peu près la même tête que le bibliothécaire quand elle avait évoqué sa mère devant lui. Sauf que Wesley reprit :

— J'étais tout petit quand elle est partie, expliqua-t-il en serrant sa main dans la sienne. Mais mon père était son frère aîné. Cela fait de nous des cousins, ma cousine.

Submergée par l'émotion, Prudence dut se détourner. En elle, la reconnaissance et l'espoir se mêlaient au soulagement. Elle avait donc bien une famille ! Elle avait toujours considéré Rona et Vic comme sa famille. Hélas, après les bouleversements de ces dernières semaines, elle ne savait plus où étaient ses attaches. Elle se sentait de plus en plus éloignée de Rowena, qui se montrait si distante et la traitait comme une servante. La chance d'avoir de nouveau une vraie famille s'offrait-elle à elle ?

Elle prit une inspiration profonde mais un peu vacillante.

— Je suis très heureuse de faire votre connaissance, Wesley. Je ne peux même pas vous dire...

Elle s'interrompit, la gorge serrée par l'émotion. Il la conduisit jusqu'au banc.

— Tenez. Asseyez-vous là. Vous avez l'air prête à défaillir.

Elle obéit avec gratitude.

— Je ne suis pourtant pas du genre à m'évanouir, d'habitude, lui assura-t-elle.

Ils s'assirent, à demi tournés l'un vers l'autre.

— Il est rare que l'on parle de votre mère, chez nous, avoua-t-il. Tout ce que je sais, c'est qu'elle est partie s'installer à Londres à dix-sept ans. Je ne savais même pas qu'elle avait un enfant.

Prudence fronça les sourcils.

— Vous ignoriez qu'elle avait eu un bébé ? Voilà qui est étrange. Je suis née ici. Nous sommes parties à Londres après la mort de mon père.

C'est alors qu'elle prit conscience d'un détail qui lui coupa le souffle. Rien qu'à l'air de Wesley, elle vit qu'il avait compris la même chose au même moment. Tate était le *nom de jeune fille* de sa mère. Et c'était également le nom de Prudence. Elle s'empourpra.

Sa mère n'avait jamais été mariée.

Elle n'essaya même pas de faire comme s'il pouvait n'avoir pas saisi. Elle baissa les yeux et fixa ses mains qui tremblaient sur ses genoux tandis que le monde semblait basculer. Elle avala sa salive.

— Je vois, murmura-t-elle. Cela explique pourquoi ma mère ne m'a jamais amenée ici en vacances.

Elle lui fit un petit sourire vacillant. Aussitôt, il prit ses deux mains dans les siennes.

— Vous ne le saviez pas ? demanda-t-il.

Elle secoua la tête.

— Non. Je ne m'en suis même jamais doutée. Il n'y avait aucune raison. Elle parlait très rarement de sa famille ou de mon père mais… je ne sais pas. Il ne m'est jamais venu à l'idée de l'interroger. J'ai eu une enfance heureuse, entourée d'une famille. Jamais je ne me suis rendu compte que quelque chose clochait. Elle est morte il y a plusieurs années ; je ne peux même plus lui poser de questions.

Ses pensées galopaient. Et sir Philip, savait-il ? Avait-il eu pitié de sa mère ? Etait-ce pour cela qu'il avait confié à une simple femme de chambre le rôle de préceptrice de ses filles ? Mais qui était son vrai père, alors ? Elle remua sur le banc. D'ailleurs, qui était *sa mère* ? La femme un peu collet monté, ferme et consciencieuse qu'elle avait connue lui avait menti *toute sa vie*. Peut-être ne saurait-elle jamais qui elle était vraiment. Ceux qui auraient pu le lui dire n'étaient plus là.

— Vous avez donc eu une enfance heureuse ? voulut-il savoir. Votre mère s'est-elle donc remariée ?

Elle regarda son cousin dont les yeux bleus semblaient assombris par l'inquiétude. Etait-ce de la sollicitude à son égard ou la crainte d'un scandale familial ? Elle rougit de nouveau en songeant qu'un parfait inconnu connaissait son inavouable secret.

— Non. Nous avons vécu chez les Buxton — sir Philip et ses filles, dont ma mère était la préceptrice.

— Mince alors ! s'exclama-t-il d'un air ébahi.

Craignant de nouveau de s'évanouir, elle ferma un instant les yeux. Que faire de cette découverte ? Elle n'en avait aucune idée. Il y avait bien trop de choses à tirer au clair. Et elle ne voulait pas le faire devant quelqu'un qu'elle connaissait à peine, fût-ce son cousin. Elle avala sa salive avec peine et changea de sujet.

— Et vous ? Votre père est donc mon oncle, n'est-ce pas ?

Il sembla comprendre son souhait de parler d'autre chose.

— Ma foi, oui. Il tient la pension pour chevaux au bout de la rue. Ma mère et lui ont trimé et économisé pendant des années pour se mettre à leur compte. Cela n'a pas été facile, mais ils ont réussi.

Prudence sentit sa fierté et en conçut une pointe d'envie. Il n'y a pas si longtemps, elle aussi était fière de « sa » famille et de ce qu'elle était. Et voilà qu'elle en savait moins encore sur elle-même et les siens qu'avant !

— Ils voulaient avoir quelque chose à nous transmettre. Cela dit, ils se rendent compte que l'avenir est aux automobiles. Mon frère aîné est déjà parti travailler à l'usine en dehors de la ville, et ma petite sœur y est aussi employée, dans les bureaux. C'est donc sans doute moi qui reprendrai l'écurie. Heureusement, cela me plaît bien.

— Votre père et ma mère avaient-ils d'autres frères et sœurs ? s'enquit-elle, plus avide que jamais d'informations.

Il sourit.

— Ils étaient six, en tout. Et nous sommes des tas de cousins. Ici, on tombe sur des Tate à tous les coins de rue. Autrefois, les réunions de famille que l'on organisait à Noël ressemblaient à des foires. Mais on a arrêté. On est trop nombreux.

— Ce devait être merveilleux..., commenta-t-elle.

Et elle était sincère, même si elle avait passé de merveilleux Noëls avec les Buxton. Sir Philip couvrait tout le monde de cadeaux ; Prudence en recevait autant que Rowena et Victoria. Elle cligna des yeux pour ravaler ses larmes. Qu'est-ce qui lui prenait d'être soudain aussi sentimentale ?

— Et que faites-vous ici, dites-moi ? lui demanda-t-elle. Tout va bien, j'espère ? Cela ne me regarde pas, bien sûr. Je ne veux pas être indiscrète.

— Pas du tout, voyons. Je rends visite à ma grand-mère. Elle a fait une petite chute et s'est cassé le pied. L'infirmière est en train de lui faire sa toilette, alors j'attends. Mais c'est aussi votre grand-mère, au fait, vous savez ! ajouta-t-il l'air lui-même étonné.

Le cœur de Prudence battait à tout rompre.

— Je ne l'ai jamais vue...

La réceptionniste reparut avec une lettre à la main.

— Voici la réponse à remettre à miss Rowena Buxton, dit-elle.

Prudence se leva et prit le mot qu'elle glissa dans sa poche avant de se retourner vers son cousin.

— J'ai été très heureuse de vous rencontrer, lui assura-t-elle. J'aimerais beaucoup vous revoir, si cela ne vous ennuie pas trop. Il y a encore tant de choses que j'aimerais savoir...

— J'imagine, répondit-il avec beaucoup de sympathie dans son regard d'azur. Dites, vous n'avez pas envie de rencontrer grand-mère tout de suite ? suggéra-t-il avec une soudaine gaieté.

Prudence fit un pas en arrière et secoua la tête.

— Je ne sais pas si c'est une bonne idée. Manifestement, ma mère et sa famille ne se sont pas quittées en très bons termes — nous savons désormais pourquoi, tous les deux. Je n'ai pas envie de la déranger, surtout si elle n'est pas bien.

— Ah ! Ce n'est pas une petite fracture de la cheville qui va l'abattre. N'est-ce pas, Nora ? ajouta-t-il à l'adresse de la réceptionniste qui venait de se rasseoir à sa place.

L'intéressée s'étrangla de rire en guise de réponse.

— Nous ne sommes pas obligés de lui dire qui vous êtes, ajouta-t-il un ton plus bas. Contentons-nous de vous faire passer pour une de mes amies. Vous ne ressemblez pas beaucoup à la photo que j'ai vue de votre mère, si ce n'est que vous avez un peu sa bouche. Je crois que cela pourrait marcher. N'avez-vous pas envie de la voir ?

Prudence inspira à fond. *La mère de sa mère.*

— Si. Je crois que si.

La jeune femme releva le nez de son comptoir. A l'évidence, elle les avait écoutés.

— L'infirmière a fini la toilette de votre grand-mère. Si vous voulez aller la voir…

Wesley interrogea Prudence du regard avant de hocher la tête.

Ils entrèrent dans la salle principale de l'hôpital. Une lourde odeur de soufre et de citron flottait dans l'air. Quel paravent cachait le Jonathon de Rowena ? se demanda Prudence l'espace d'un instant. Mais elle oublia tout quand ils s'approchèrent d'une vieille dame étendue sur un étroit lit blanc. Elle avait les traits doux et un peu flous des femmes corpulentes qui perdent leur embonpoint avec l'âge. Hormis ses yeux bleu vif, elle ne retrouvait pas grand-chose de sa mère chez elle.

— J'ai cru que tu t'étais lassé d'attendre et que tu

m'avais abandonnée là, toute seule, comme les sauvages que vous êtes à ton âge.

La brusquerie de son ton contrastait avec la douceur du regard dont elle enveloppa Wesley. Elle avait beau dire, Prudence sentit aussitôt qu'elle avait un faible pour ce petit-fils-là.

— Vous devez parler de mes cousins, frères et sœurs, répliqua-t-il. Jamais je ne laisserais ma sainte grand-mère seule. Il faut bien que quelqu'un protège les infirmières, ajouta-t-il en souriant après un bref silence.

La vieille dame eut un reniflement faussement scandalisé auquel il répondit par un clin d'œil.

— Regardez, annonça-t-il. J'ai amené une amie pour vous la présenter.

— J'ai bien vu. Mais je faisais comme si de rien n'était parce que je ne pouvais pas croire que mon petit-fils me présente sa bonne amie alors que j'étais couchée et incapable d'être aussi intimidante que je le voudrais.

— Je suis certain que vous y arriverez, grand-mère. Voici Prudence. Prudence, ma grand-mère, Mildred Tate.

La vieille dame chercha à tâtons sur la petite table de chevet jusqu'à ce qu'il lui passe ses lunettes en acier.

— Je serais ravie de vous rencontrer si je ne me sentais pas dans une telle position de faiblesse, mon petit. Quel est votre nom de famille ? Manifestement, mon petit-fils ne sait pas faire les présentations dans les règles.

D'un regard perçant, elle jaugea la toilette, la coiffure et le port de Prudence. Celle-ci hésita.

— Buxton, lâcha-t-elle vivement, sans réfléchir. Prudence Buxton.

Le silence de la vieille dame en dit plus long que tous les mots. Il se prolongea, encore et encore, de plus en plus oppressant.

— Vous avez bien l'air d'une Buxton, finit par commenter Mildred Tate, avec ces cheveux bruns et ces yeux verts. Ah, ça… ils ont causé la perte de plus d'une fille de chez nous.

Il y avait de l'amertume dans sa voix, mais elle la chassa d'un brusque mouvement de tête écœuré.

— J'ai entendu dire que vous autres, les filles, étiez revenues à Summerset après la mort de votre père. Que faites-vous à frayer avec un garçon comme mon petit-fils ? Il n'est pas vraiment de votre milieu, franchement.

— Ne vous en faites pas, grand-mère, dit Wesley. Ce n'est pas ce que vous croyez. Nous sommes seulement amis.

Il lança un regard contrarié à Prudence, qui sourit faiblement.

Elle n'avait pas eu l'intention de se présenter sous le nom de Buxton ; c'était sorti tout seul. Quel imbroglio… Mildred Tate devait la prendre pour Rowena.

— De mon temps, les filles étaient amies avec les filles et les garçons avec les garçons. Mais votre génération se croit capable de changer le monde. Alors, forcément… En tout cas, croyez-moi, ce genre d'amitié-là ne donne rien de bon, conclut-elle en foudroyant Prudence du regard.

— Permettez-moi de penser le contraire, répliqua-t-elle, piquée au vif. Si je n'étais pas amie avec votre petit-fils, je n'aurais jamais eu la chance de vous rencontrer.

La vieille dame eut comme un tic nerveux à la bouche.

— Ah, je vois que vous avez aussi le bagout des Buxton. Il y a des gens de votre milieu qui estiment qu'ils méritent d'avoir ce qu'ils veulent à cause de leur naissance. Vous autres, les Buxton, vous obtenez ce que vous voulez parce que vous *convainquez* les gens de vous le donner. Peu importe. Vous ferez bien comme vous voudrez. Maintenant, filez, tous les deux. Wesley, je te prie de ne pas oublier que tu peux te conduire en gentleman même si tu n'en es pas un de par la naissance.

Elle se recoucha et ferma les yeux. Wesley se pencha pour lui baiser la joue avant de donner le bras à Prudence.

Il ne dit rien avant qu'ils soient ressortis dans la fraîcheur automnale.

— Pourquoi avez-vous fait cela ? demanda-t-il alors. Elle finira bien par découvrir la vérité.

— Je suis désolée. Je n'ai pas réfléchi.

Wesley sortit sa montre gousset pour consulter l'heure.

— Il faut que je rentre à l'écurie, dit-il. Voulez-vous venir dîner un de ces jours ? Je suis certain que mon père sera heureux de vous connaître.

— En êtes-vous vraiment sûr ? Je suis la… la bâtarde d'une femme déchue. Si personne ne parle de ma mère dans la famille, c'est sans doute pour oublier la honte qu'elle leur a faite.

— Voulez-vous me laisser d'abord tâter le terrain ? Discrètement, cela va de soi. Ensuite, je vous enverrai un message pour vous inviter à déjeuner ou à dîner. Je voudrais accorder le bénéfice du doute à ma famille. Après tout, vous n'êtes en rien responsable des circonstances de votre naissance.

Après le départ de son cousin, Prudence s'assit sur un banc devant l'hôpital pour attendre Andrew. Elle avait mal à la gorge à force de retenir ses larmes. Mais qui était son père ? se demandait-elle encore et encore. Et qu'y avait-il de vrai dans l'histoire de sa mère ? Son père était-il vraiment mort ? Elle réprima un soupir. Dans le fond, tout cela était-il tellement important ?

Perdue dans ses pensées, elle ne remarqua pas qu'Andrew était arrivé avec la voiture. Il dut klaxonner pour attirer son attention.

Elle monta aussitôt en rougissant.

— On aurait dit que vous étiez à des milliers de kilomètres, déclara-t-il.

— C'est vrai, admit-elle. Pour tout vous dire, je pensais à ma famille.

— Vous avez dit que votre mère avait été femme de chambre à Summerset, n'est-ce pas ? Cela signifie que vous avez de la famille dans la région ?

Prudence hésita devant son sourire chaleureux et encourageant. Jusqu'où pouvait-elle lui parler ? Comment réagirait-il s'il apprenait qu'elle était la fille illégitime d'une femme de chambre ?

— Figurez-vous que j'ai fait la connaissance d'un de mes cousins, finit-elle par révéler. Il était à l'hôpital pour rendre visite à notre grand-mère, que j'ai également rencontrée.

— Mais c'est formidable ! Alors, comment les avez-vous trouvés ? Parfois, je me dis que j'aimerais bien ne pas connaître certains membres de ma famille…

— C'était intéressant, fit-elle en souriant. En tout cas, mon cousin est très gentil. J'espère le revoir.

— Eh bien, bravo, dit-il avec une raideur qui la poussa à se tourner vers lui.

Il regardait droit devant lui, les dents serrées. Se pouvait-il qu'il soit jaloux ? A Londres, les Buxton s'adonnaient si peu aux mondanités que les filles n'avaient pas eu l'occasion d'apprendre ce qu'il fallait faire pour attirer un homme. Les notions de flirt et de coquetterie leur étaient tout à fait étrangères. La mère de Prudence était d'une trop grande droiture pour leur enseigner ce genre de choses ! Pourtant, songea-t-elle non sans amertume, elle avait dû savoir attirer les hommes, à défaut de savoir les garder…

Allons, il ne servait à rien de penser ainsi à Andrew. Son objectif était désormais de rester à Summerset aussi longtemps que nécessaire. En revanche, elle ne pouvait s'attacher à la demeure ni aux êtres qui vivaient ou travaillaient entre ses murs. Tout ce qu'elle espérait, c'était que Vic, Rona et elle regagneraient bientôt leur maison de Londres où elles pourraient reprendre tant bien que mal le cours de leur vie.

Maïs que leur réservait l'avenir ? C'était bien difficile à dire.

Andrew s'éclaircit la voix.

— Je me demandais si vous auriez envie de visiter Buxton lors de votre prochain après-midi libre ? Si nos demi-journées de congé tombent en même temps, bien sûr.

Elle le regarda, hésitante. Elle ne voulait pas courir le risque de trop se rapprocher d'Andrew. Mais elle avait tant besoin d'un ami… C'est alors que le visage de lord Billingsly s'imposa à son esprit. Elle chassa aussitôt l'image de ses yeux sombres. Jamais, au grand jamais, il ne pourrait être son ami. Ce genre d'amitié n'apporterait que de la peine à sa famille. Le temps passé à Summerset lui avait au moins appris cela. Il était fou, tout de même, de songer qu'elle avait vécu jusqu'à maintenant sans savoir ce que cela signifiait que d'être la fille d'une femme de chambre… Et voilà qu'en plus il fallait qu'elle se fasse à l'idée qu'elle était la fille *illégitime* d'une femme de chambre !

— Oh ! oui, s'entendit-elle répondre. Avec grand plaisir. Et ne vous inquiétez pas : je peux prendre l'après-midi que je veux. Dites-moi seulement quand tombera la vôtre et je me libérerai.

— Vous pouvez faire cela ? Que ce doit être agréable, de ne pas avoir à quémander un congé à Mme Harper ! Pourquoi pas jeudi prochain, dans ce cas ? La période des fêtes commence la semaine suivante et les hôtes vont affluer à Summerset. Nous aurons l'un et l'autre trop à faire.

Elle lui sourit quand il se gara devant l'entrée de service.

— Cela me semble formidable, lui assura-t-elle.

Et c'était vrai. Passer l'après-midi avec un jeune homme

paraissait tellement mieux que de rester terrée dans la cuisine — ou allongée sur son lit à lire.

Ou à se demander où commençaient et où s'achevaient les mensonges de sa mère.

Rowena arracha le message des mains de Prudence avec à peine un merci. Depuis quelques jours, sa conduite à l'hôpital l'obsédait. Que lui avait-il pris, de se comporter comme si Jon et M. Dirkes lui étaient inférieurs ? Elle s'était montrée aussi snob que sa tante et ces autres épouvantables douairières qui gardaient jalousement leurs privilèges. Elle ne cessait de revoir le regard de M. Dirkes.

Que dirait son père de sa conduite ?

Elle attendit que Prudence soit ressortie pour ouvrir l'enveloppe.

« Chère miss Buxton,

« Vous n'avez pas d'excuses à me faire. Mon attitude aussi laissait à désirer et je méritais certainement une réprimande plus sévère que celle que vous m'avez adressée. Douglas ne s'en est pas privé, d'ailleurs, et je me rends compte que je dois me racheter. Je sors de l'hôpital aujourd'hui. Je serais très honoré si vous acceptiez de me retrouver demain à l'heure du thé dans la salle à manger du Freemont Inn. Après le thé, nous ferions une petite sortie avec M. Dirkes. Nous serons dûment chaperonnés, vous n'avez pas à vous inquiéter de cela. Inutile de me répondre : si vous ne venez pas, je comprendrai.

« Bien à vous,

« Jonathon Wells

Rowena serra un instant le message contre son cœur, avant de se rendre compte de ce qu'elle faisait. Bien sûr que non, elle n'irait pas. Elle allait lui envoyer par la poste un petit mot pour lui dire que ce geste était inutile et que s'ils s'étaient pardonné mutuellement la grossièreté de leur conduite, il n'y avait rien de plus à faire.

Mais n'allait-il pas mal prendre qu'elle refuse son geste d'excuses ? Ne vaudrait-il pas mieux accepter, être d'une politesse parfaite et, à l'avenir, garder ses distances avec lui ? Il fallait tout de même bien qu'elle lui montre que tous les Buxton n'étaient pas des snobs grossiers. Oui. Voilà ce qu'elle allait faire. Et inutile d'aller où que ce soit avec lui. Après le thé, elle prendrait congé.

Elle se réveilla de bonne heure le lendemain matin. Prudence fut la première surprise de la trouver en train de fouiller dans son placard en quête de quelque chose à se mettre. Du noir... encore du noir... elle n'en pouvait plus de tout ce noir ! Et puis elle se rappela, honteuse, pourquoi elle avait autant de vêtements de deuil. Il n'y avait pas *un mois* que son père était mort et elle rageait déjà d'être obligée de porter du noir. Ne valait-il pas mieux ne pas y aller, tout compte fait ?

Non. Son père ne souhaiterait pas la voir se transformer en ermite. Il était le premier à déplorer la coutume du deuil qui empêchait les jeunes gens de profiter de la vie. Quand la grand-mère de Rowena et Victoria était morte, il avait refusé tout net de leur faire porter le grand deuil.

Elle irait donc au rendez-vous.

— Qu'est-ce que tu fais ? demanda Prudence juste derrière elle.

— Je cherche quelque chose à me mettre, mais je ne trouve rien, répondit-elle, au désespoir.

— Eh bien, si tu me dis ce qu'il te faut, je pourrai peut-être t'aider, objecta Prudence d'un ton raisonnable.

Rowena avait horreur que l'on soit plus raisonnable qu'elle.

— Oh ! zut ! Comment veux-tu que je le sache ? Si je le savais, j'aurais trouvé.

— C'est pour quelle circonstance ?

— Je vais prendre le thé en ville. Et faire une petite sortie en voiture. *Peut-être*, répondit-elle en la regardant de biais.

Prudence ne lui demanda pas avec qui, et Rowena lui en fut reconnaissante. Elle n'était pas certaine d'être capable d'expliquer ce qui, chez ce jeune homme, la rendait aussi nerveuse et l'excitait autant à la fois. Ce qui était certain, c'était que ni lord Billingsly ni Kit, par exemple, ne la troublaient autant. Etait-ce parce qu'elle avait vu Jon sans défense, vulnérable ? Elle avait l'impression de le connaître sur un plan sur lequel elle n'avait connu aucun homme.

Prudence la poussa dans un fauteuil.

— Assieds-toi, lui fit-elle. Voyons ce que je peux faire... Alors, où as-tu rendez-vous avec lui ?

Rowena fronça les sourcils, soupçonneuse.

— Comment sais-tu que c'est un homme que je vais voir ?

— Inutile d'être Sherlock Holmes. Tu m'as chargée de porter un message à un jeune homme hier et, aujourd'hui, tu sors prendre le thé et faire une promenade. Et, surtout, cela te met dans tous tes états.

Rowena se sentit rougir de plus belle.

— Nous avons rendez-vous au Freemont Inn. Mon père nous y emmenait quelquefois ; nous nous y arrêtions en nous promenant à cheval. C'est une auberge agréable et sans prétention.

Prudence sortit pour elle une chemise de coton blanc à col montant et manches ajustées. Elle la posa sur le lit à côté de Rowena avant de choisir une jupe de marche de lainage bordeaux gansée de noir et une veste de cheval noire ornée de manchettes, d'un double jabot et d'un volant en dessous d'une taille très pincée. Rowena ne pourrait pas se passer de corset avec cet ensemble, autant se l'avouer, mais elle savait que le résultat serait très flatteur. Il mettrait en valeur sa minceur sans la faire paraître coquette et conviendrait aussi bien au thé qu'à ce qu'ils feraient ensuite.

— C'est parfait, dit-elle. Merci, Pru.

— Tu pourras me remercier plus tard en me racontant tout ! Promis ?

Rowena hocha la tête.

— Maintenant, reprit Prudence, va prendre un bain. Je vais brosser ton manteau de laine. Il fait bien trop froid pour sortir en veste.

Elle acquiesça de nouveau. Quelques instants plus tard, une fois dans la grande baignoire pleine d'eau chaude, elle s'interrogea tout de même sur sa conduite. Sa petite sœur était pour ainsi dire malade de chagrin et Prudence reléguée dans la cuisine où elle briquait les casseroles et Dieu sait quoi d'autre. Et, pendant ce temps, elle allait prendre le thé avec un jeune homme qu'elle ne connaissait même pas ! Elle ferma les yeux pour retenir les larmes qu'elle sentait monter. Elle n'avait rien fait pour empêcher son oncle de louer leur maison. Depuis un mois, elle ne faisait que s'enfoncer dans cet insondable gris qui ôtait toute couleur à ses pensées et ses humeurs. Elle savait qu'elle aurait dû se redresser et prendre les choses en main, sauf qu'elle était tombée dans une sorte d'inertie à cause de laquelle elle avait même du mal à se lever le matin. Les seuls moments où elle était réellement sortie de sa léthargie étaient l'après-midi où elle avait veillé sur Jonathon et sa visite à l'hôpital. Tout ce qu'elle voulait, c'était se sentir de nouveau normale. Quel mal y avait-il à cela ?

Elle laissa Prudence l'envelopper dans une immense serviette-éponge et lui brosser les cheveux pour les lisser.

Elles se taisaient toutes deux. Rowena craignait un peu que Prudence lui en veuille. Ce serait bien légitime, du reste, mais elle n'avait pas envie d'en parler. Pas aujourd'hui, en tout cas. Elle savait qu'il faudrait bien aborder le sujet un jour ou l'autre, et sans doute bientôt. Cependant, aujourd'hui, elle voulait vivre l'instant et échapper à son chagrin et au poids de ses responsabilités vis-à-vis de Vic et Prudence — et aux promesses qu'elle n'avait pas tenues.

Prudence l'habilla donc, et tira sur les lacets de son corset jusqu'à ce qu'elle ait la taille aussi fine que celle d'une enfant. Puis elle la coiffa aussi habilement que si elle avait été formée en France.

— Où est Victoria ? demanda soudain Rowena en fronçant les sourcils.

Elle ne l'avait pas vue depuis l'heure du déjeuner.

Prudence haussa les épaules.

— Elle m'a dit qu'elle n'aurait pas besoin de moi cet après-midi. Elle ne semblait pas vouloir sortir, mais elle avait ce petit air mystérieux qu'elle arbore quand elle a un secret.

Rowena secoua la tête. Elle avait déjà bien assez à faire avec ses secrets à elle.

— Je ne m'en fais pas trop pour elle, lui assura-t-elle. Tout de même, tu voudras bien aller voir si elle n'a pas pris un cheval ? Quand il me conduira, je demanderai au chauffeur si elle ne s'est pas rendue en ville.

Prudence hocha la tête puis s'éclaircit la voix.

— Je ne serai pas là jeudi prochain, annonça-t-elle. Je prends ma journée.

Rowena se redressa.

— Ah, toi aussi, tu as des secrets ?

— Non, repartit Prudence en souriant : c'est *toi* qui ne me poses pas de questions, nuance. Si tu veux tout savoir, je vais passer l'après-midi avec Andrew.

— Qui est Andrew ? demanda-t-elle plus sèchement qu'elle ne l'aurait voulu.

— Un des valets de pied, figure-toi.

— Oh ! Prudence.

La déception qui pointait dans la voix de Rowena était involontaire. N'empêche qu'elle était abasourdie. Elle n'aurait jamais imaginé Prudence entretenant des relations avec un jeune homme — ou, du moins, elle aurait plutôt vu quelqu'un de son milieu. Elle rougit aussitôt de ses préjugés.

— Ce n'est pas ce que je voulais dire, assura-t-elle vivement. Mais… et lord Billingsly ? Sebastian. Il paraît beaucoup s'intéresser à toi.

Prudence posa la brosse et le peigne avec raideur.

— Vous voilà coiffée, miss Rowena. Puis-je faire autre chose pour vous ?

Rowena pivota sur sa chaise, le cœur serré.

— Ne sois pas comme cela, Prudence. Je te promets que ce n'est pas du tout ce que je voulais dire.

— Lord Billingsly n'est pas envisageable pour moi, Rowena, déclara-t-elle calmement. Ton père était sans doute un peu trop optimiste quand il imaginait que les relations entre les classes changeaient. Parce qu'il me semble que, à Summerset, par exemple, ce n'est vraiment pas le cas. Andrew n'est peut-être que valet de pied, mais c'est un jeune homme très bien et agréable, et n'oublie pas que je ne suis que la fille d'une femme de chambre devenue préceptrice. Et que, comme tu es bien placée pour le savoir, je suis moi-même femme de chambre.

Prudence prononça ces derniers mots d'un ton parfaitement égal en sortant de la chambre alors que Rowena restait clouée sur place. Les larmes lui vinrent aux yeux. Assise à sa coiffeuse, elle était incapable de se regarder dans le miroir. Au bout d'un moment, elle se leva et saisit son manteau que Prudence avait disposé sur le bras d'un fauteuil. Elle allait être en avance : tant pis. Elle ne supportait pas l'idée de rester ici une minute de plus.

La chambre de Victoria était toujours vide quand elle passa devant. Cairns se hâta de faire amener l'automobile devant la maison dès qu'elle le lui demanda. Son père détestait peut-être avoir une armée de domestiques à sa disposition et estimait que cela poussait à se croire tout permis ; n'empêche que c'était bien commode, songea Rowena.

Les yeux sagement baissés, elle étudiait discrètement le jeune homme qui la conduisait. Il se contentait de répondre « oui, mademoiselle » ou « non, mademoiselle » aux questions qu'elle lui posait. Qu'avait-il pu dire à Prudence pour qu'elle ait envie de sortir avec lui ? Riaient-ils ensemble spontanément ? Prudence adorait lire. Ce jeune homme avait-il une passion cachée pour les livres ? Parlaient-ils de politique, de musique ? Rowena s'en voulait terriblement de sa réaction. Il n'y avait aucune honte à fréquenter un valet de pied. Comment avait-elle pu laisser entendre le contraire ? Andrew regardait droit devant lui, sans expression. Il avait une bonne tête avec des traits simples, un peu quelconques. Peut-être ne montrait-il pas le même visage à Prudence.

— Vous savez où se trouve le Freemont Inn, n'est-ce pas ? lui demanda-t-elle pour rompre le silence.

Elle avait parlé d'un ton maussade, désagréable, qui lui fit horreur.

— Oui, mademoiselle.

Elle se détourna et se tut. Manifestement, Prudence devait avoir un charme qui lui faisait défaut. A moins que sa réserve soit tout simplement un signe d'intelligence. Elle se rappela ce que lui avait dit Prudence tout à l'heure, au sujet des rapports entre les classes. Rien n'allait changer. Et si elle, Rowena, faisait elle-même partie du problème ? Serait-ce également l'opinion de

Jonathon ? Elle ne savait même pas quel genre d'homme c'était, songea-t-elle avec une nervosité qui attisa sa mauvaise humeur. Elle détestait se sentir dans cet état.

— A quelle heure souhaitez-vous que je revienne vous chercher, miss Buxton ?

Elle tressaillit en se rendant compte qu'ils étaient garés devant l'auberge. Pour répondre, elle attendit qu'il soit descendu de voiture et ait fait le tour pour venir lui ouvrir la portière.

— Je rentrerai par mes propres moyens, Andrew. Merci. Et ne vous inquiétez pas pour votre sortie avec Prudence : elle peut prendre le jour qu'elle veut.

Il la considéra avec une neutralité appliquée.

— Bien, mademoiselle. Merci, mademoiselle.

Se sentant en position de faiblesse, elle sortit avec un mouvement rageur. Elle n'avait pas voulu signifier qu'elle accordait ce congé à Prudence, mais bien que celle-ci pouvait prendre les jours qu'elle voulait. Quelque chose lui disait qu'il l'avait mal comprise.

Elle prit une profonde inspiration, lissa sa jupe et entra dans l'auberge en espérant ne pas être trop en avance. M. Dirkes était assis à une table, seul. Elle crut défaillir de déception. C'est tout de même en souriant qu'elle s'avança vers lui et lui tendit la main.

— Monsieur Dirkes, dit-elle. Quel plaisir de vous revoir.

— Bonjour, miss Buxton. Jon descend dans un instant. S'il vous plaît, asseyez-vous.

Elle s'installa, le cœur plus léger.

— Je vous en prie, appelez-moi Rowena. Comment va Jon ? Je craignais qu'il soit encore trop fatigué, aujourd'hui, s'il vient de sortir de l'hôpital.

— Oh ! non. Le bonhomme est coriace. Il ne se laisse pas abattre longtemps. C'est pour cela que je voulais qu'il vienne travailler avec moi.

— Que faites-vous, déjà, monsieur Dirkes ? demanda-t-elle par politesse.

En réalité, la réponse ne l'intéressait guère. Elle ne cessait de jeter des coups d'œil vers l'escalier qui menait aux chambres.

— Je suis dans l'industrie automobile, mais je commence à me diversifier dans l'aviation. Pour l'instant, c'est Jon qui fait tous les essais. Et il contribue largement aux plans, également.

D'un coup, elle lui accorda toute son attention. Elle le trouvait infiniment plus intéressant quand il parlait de Jonathon.

— Ne craignez-vous pas que l'aviation ne soit qu'une mode ? C'est l'avis de mon oncle. Mon père, lui, n'en était pas aussi convaincu.

— Ah, l'aristocratie n'aime pas le changement… Elle a souvent du mal à suivre. J'espère que vous, la jeune génération, saurez mieux vous adapter.

Le père de Rowena tenait exactement les mêmes propos.

— Non, ajouta M. Dirkes, je ne pense pas qu'il ne s'agisse que d'une mode. Je crois que les avions vont révolutionner les voyages, le transport de marchandises et même la guerre. Mes compatriotes me prennent soit pour un génie, soit pour un fou.

— Ah, vous revoilà lancé sur l'avenir de l'aéronautique ? Essayez-vous de faire périr d'ennui notre charmante invitée ?

Même avec une canne, Jonathon Wells s'était approché si silencieusement, derrière elle, qu'elle ne l'avait pas entendu venir. Il lui sourit et, quand elle plongea le regard dans ses yeux d'un bleu saisissant, elle en eut le souffle coupé. Le bruit de fond des conversations, de la vaisselle et de la rue fut avalé par le martèlement du cœur de Rowena. Elle lui rendit son sourire. Alors, pour la première fois depuis la mort de son père, elle eut envie de rire tant la tête lui tournait. Elle baissa un instant les yeux pour se ressaisir puis soutint de nouveau son regard.

— Je suis très heureuse de vous voir remis, monsieur Wells. Merci mille fois pour votre invitation.

Il lui sourit encore, découvrant des dents parfaites.

— Merci, répondit-il en se tapotant la jambe du bout de sa canne. Comme vous le voyez, je me rétablis assez vite. Mais, je vous en prie, appelez-moi Jon. Quand vous dites « M. Wells », j'ai l'impression que vous parlez de mon père. Et moi, si vous me le permettez, je vous appellerai Rowena. Après ce que nous avons vécu, « monsieur » et « mademoiselle », c'est bien trop formel.

— S'adapter ou mourir ! Telle est ma devise, intervint M. Dirkes en agitant les bras.

Avec sa tignasse rousse et sa moustache gominée, il avait un peu l'air d'un fou, en effet. Mais d'un fou gentil.

— Oui, appelez-moi Rowena.

Elle marqua un petit silence avant d'ajouter :

— Jon.

Il inclina la tête. Une serveuse en uniforme noir impeccable vint avec une table roulante et leur servit du thé. Les hommes se mirent à discuter avec animation de choses et d'autres. Captivée par leur conversation, Rowena en oublia ses bonnes manières.

— Mais ne pensez-vous pas que, à un moment donné, la justice va donner raison aux syndicats ? Je sais bien qu'ils ont perdu le dernier procès de façon désastreuse, mais je pense que le jugement va soit être annulé, soit donner lieu à un nouveau procès qui pourrait faire jurisprudence.

M. Dirkes s'appuya au dossier de son siège et cligna des yeux.

— Pardon, fit-il, vous devez nous trouver bien ennuyeux.

Jon esquissa un sourire qui fit apparaître deux fossettes au coin de ses lèvres.

— Je ne crois pas, répliqua-t-il. Rowena semble très bien connaître le sujet — peut-être même mieux que vous. Comment dites-vous, déjà ? « S'adapter ou mourir ? » C'est le cas, semble-t-il. Rowena ne serait-elle pas l'une de ces *femmes nouvelles* dont on parle tant ?

M. Dirkes leva sa tasse de thé pour saluer cette sortie.

— Touché, concéda-t-il.

Jon jouait la provocation. Très bien. Rowena lui adressa un sourire chagrin pour ce terme péjoratif de *femme nouvelle* avant de répondre :

— Mon père était un ami de Ben Tillett[1], expliqua-t-elle.Les problèmes de la classe ouvrière faisaient donc partie des sujets de conversation courants à la maison. Et si vous voulez savoir si je suis une suffragette, il faut bien que je vous dise que oui, évidemment. Les femmes devraient très certainement avoir le droit de vote. Mais j'estime qu'il faudrait aussi qu'elles reçoivent la même instruction que les hommes pour pouvoir en user le mieux possible. N'êtes-vous pas de mon avis ?

— Si, absolument, répondit Jon en haussant les sourcils d'un air étonné. Ce que j'ignorais, c'était qu'il se trouvait des gens dans votre milieu pour penser ainsi. Par exemple, j'ai peine à croire que votre oncle partage votre point de vue sur l'indépendance des femmes.

Elle haussa une épaule.

— Je ne puis me prononcer pour lui, reconnut-elle. C'est un sujet que nous n'avons jamais abordé.

— Je m'en doute.

Rowena se rembrunit. Soudain, le ton de la conversation n'était plus le même. Chez Jonathon, la légèreté avait cédé la place à l'amertume.

1. Ben Tillett était un syndicaliste et homme politique britannique de gauche.

— Voulez-vous un scone ? demanda M. Dirkes en leur tendant tour à tour l'assiette.

Ils déclinèrent l'un et l'autre. M. Dirkes parut déçu.

— Eh bien, si vous avez terminé votre thé, tous les deux, peut-être pouvons-nous passer à la seconde partie de notre programme. Tu es toujours partant, mon garçon ?

Jonathon hocha la tête mais il semblait moins enthousiaste que tout à l'heure. Cela ne faisait aucun doute, son attitude vis-à-vis de Rowena avait également changé. Mais pourquoi ? Parce qu'elle avait évoqué sa famille ? N'était-ce pas déjà ce qui l'avait mis dans un tel état la dernière fois ?

Ils sortirent de l'auberge et prirent place à bord de la Silver Ghost verte de M. Dirkes. Rowena s'était assise à l'avant, à côté de lui, tandis que, à l'arrière, Jonathon pouvait étendre sa jambe blessée. Elle sentait ses yeux braqués sur elle. Pourvu qu'elle ne soit pas décoiffée ou que son chapeau ne se soit pas mis de travers… Elle se retint de le toucher pour s'en assurer, de crainte de trahir le souci qu'elle avait de son apparence. Sa nuque chauffait de plus en plus sous son regard. N'y tenant plus, elle se tourna sur son siège.

— Alors, où allons-nous, monsieur Wells ? demanda-t-elle en haussant la voix pour couvrir le bruit du moteur.

— Vous souhaitez donc que nous revenions au protocole, lady Summerset ?

— Ce n'est pas moi, lady Summerset : c'est ma tante. Je ne suis pas fille de comte. Je ne suis que l'*honorable* Rowena Buxton. Mais il n'est pas nécessaire de faire tant de cérémonies, n'est-ce pas, monsieur Wells ?

— Jonathon ! rectifia-t-il en souriant de cette petite leçon d'étiquette. En effet, Rowena, ce n'est pas nécessaire. Jonathon et Rowena, ce serait tellement plus simple, non ?

Il avait dit cela d'une façon qui laissait supposer une intimité entre eux. Ecarlate, incapable d'articuler une réponse, elle hocha la tête. Mais quelque chose s'était allégé entre eux et elle put enfin se détendre et profiter de la promenade.

Le vent lui fouettait le visage. Pourquoi n'avait-elle pas pensé à prendre une voilette pour se protéger ? Elle allait être toute gercée et ébouriffée avant même l'arrivée. Les arbres se dressaient, noirs et nus, sur un ciel d'un gris menaçant.

— Je crois qu'il va neiger, dit-elle à M. Dirkes.

— On dirait. Mais espérons que cela tienne jusqu'à la fin de votre vol.

Le cœur de Rowena fit un bond dans sa poitrine.

— Mon *quoi* ?

— Et voilà ! Vous avez gâché la surprise, intervint Jonathon en passant la tête entre leurs deux sièges.

Au même instant, M. Dirkes quittait la route pour s'engager dans un champ. Rowena écarquilla les yeux en voyant plusieurs hommes en train de s'affairer autour d'un aéroplane au milieu du terrain.

— Alors, que dites-vous de cela, lady Rowena ? lança Jonathon comme par défi. Etes-vous prête à faire un tour en aéroplane ?

Elle gardait les yeux rivés sur la machine qui se rapprochait, se rapprochait encore.

— Je n'ai pas droit au titre de lady, répondit-elle machinalement avant d'avaler sa salive.

Cela le fit rire. M. Dirkes l'aida à descendre de voiture.

— Ça va aller ? demanda-t-il. C'est sûr ?

Elle ouvrit la bouche pour répondre : *Non. Non, PAS DU TOUT*, puis elle se rendit compte que la question s'adressait à Jonathon ; pas à elle.

— On verra bien, non ? repartit-il en riant et en jetant à Rowena un nouveau regard de défi.

Elle releva le menton et se redressa. Il n'était plus question de reculer, maintenant. Il lui semblait que, à travers elle, c'était à la fois les femmes et l'aristocratie qu'il mettait à l'épreuve.

Elle suivit un Jonathon boitillant jusqu'à l'appareil.

— Ne vous en faites pas, jeta-t-il par-dessus son épaule. Ce modèle a déjà été essayé. En principe, il est plutôt sûr.

Rowena s'efforçait de dissimuler son inquiétude tandis qu'ils avançaient. L'engin semblait bien petit pour emporter deux personnes de taille normale dans les airs.

— Quel modèle est-ce ? s'enquit-elle du ton le plus détaché possible.

Les hommes qui préparaient l'avion échangèrent des regards amusés. Manifestement, ils n'étaient pas dupes.

— C'est un Bristol T.B.8H. Nous l'avons construit pour le Royal Flying Corps, précisa M. Dirkes.

— Comment appelle-t-on cette partie ? demanda-t-elle en caressant le flanc de l'aéroplane.

Il ne fallait pas qu'elle arrête de parler. Peut-être cela l'aiderait-il à oublier la terreur qui lui vrillait l'estomac.

— Le fuselage.

L'un des hommes tendit à Jonathon une écritoire à pince avec une liste. Soudain très sérieux, il se mit à faire le tour de l'appareil, boitant toujours, en cochant les différents points au fur et à mesure qu'il les vérifiait. Rowena se rendit compte qu'elle ne lui avait encore jamais vu cet air de concentration. Elle l'avait vu flirter avec l'infirmière à l'hôpital, en colère contre elle, mais c'était autre chose. Elle trouvait captivant de l'observer, tout à son travail. Et elle fut tellement absorbée à son tour qu'elle en oublia sa peur.

Brusquement, Jonathon hocha la tête.

— C'est bon. Chargez-la.

Quand l'un des hommes lui prit le bras, elle comprit que c'était d'*elle* qu'il s'agissait.

— Hmm… Je ne sais pas si c'est une bonne idée,

dit-elle à M. Dirkes tandis qu'on l'entraînait vers l'avant de l'aéroplane.

— Bah, n'ayez crainte : c'est un excellent pilote, lui assura-t-il.

— Je vous rappelle que la première fois que je l'ai vu, il venait de s'écraser !

— Il s'agissait d'un prototype !

M. Dirkes fut obligé de crier pour se faire entendre par-dessus le bruit de l'hélice que les hommes venaient de mettre en marche.

Un instant plus tard, Jonathon était derrière elle, si près que son souffle caressa la nuque de Rowena. Il lui ôta son chapeau et elle poussa un petit cri étranglé quand il se mit à retirer une à une les épingles de sa coiffure.

— Qu'est-ce qui vous prend ?

Elle fit volte-face mais ne put lui échapper, prise qu'elle était entre lui et le fuselage. Il continua, imperturbable, mais une lueur amusée pétillait dans son regard.

Lorsque ses cheveux se défirent complètement, elle les rassembla dans sa main pour y voir clair. Il lui tendit un petit casque de cuir équipé de grosses lunettes.

— Il faut que vous mettiez cela, dit-il. Question de sécurité. C'est pour vous protéger les yeux et empêcher votre chevelure de voler dans tous les sens.

— Ah ! Vous auriez pu me le dire.

— Mais c'était beaucoup plus drôle ainsi, fit-il valoir en souriant.

Quel toupet ! Il était d'une insolence stupéfiante. Pourtant, elle se surprit à lui rendre son sourire. Elle prit le casque et les épingles à cheveux. Puis, avant qu'elle pût réagir, il la fit pivoter face à l'appareil et la prit par la taille. Elle s'étrangla encore quand il la souleva pour la poser sur un escabeau que l'on avait apporté à cet effet. Elle s'installa à la place du passager, les jambes tremblantes de frayeur. Elle se hâta de fourrer les épingles dans la poche de son manteau et tordit ses cheveux pour les glisser à l'intérieur de son chemisier et se coiffer du casque de cuir. Puis elle se cala sur son siège et boucla le harnais. Elle était incapable de regarder Jonathon. Elle sentait encore l'empreinte de ses mains sur sa taille à travers son corset.

Quelqu'un aida celui-ci à prendre place derrière elle. Alors, elle se retourna tout de même pour le regarder. Les hommes s'écartèrent et sa bouche devint toute sèche quand elle les vit faire de grands gestes à Jonathon qui contrôlait les instruments. Son cœur se mit à battre à tout rompre. Il n'était plus temps de reculer. M. Dirkes lui cria quelque chose qu'elle n'entendit pas.

— Pardon ? articula-t-elle en se penchant vers lui.

— S'adapter ou mourir !

Elle sourit et hocha la tête. Pourvu qu'il ne se rende pas compte qu'elle était au bord de l'évanouissement… Brusquement, l'appareil fit un bond en avant. Rowena se cramponna à son harnais. Sans doute aurait-elle crié, s'il lui était resté de l'air dans les poumons. Le moteur vrombit. Ils allaient de plus en plus vite. Elle aurait aimé fermer les yeux, mais elle ne voulait pas mourir sans regarder, tout de même ! Son père l'appelait toujours sa petite fille courageuse. Que dirait-il s'il la voyait, maintenant ?

S'adapter ou mourir.

Ils étaient tellement secoués que décoller du sol fut presque un soulagement. Ils penchèrent d'un côté, puis de l'autre, et elle crut qu'ils allaient aussitôt replonger vers le sol. Mais l'appareil s'équilibra bientôt et ils se mirent à monter dans le ciel en une trajectoire régulière. Elle regarda en bas et fut saisie de voir à quelle vitesse la terre s'éloignait et rétrécissait. Et puis ils pénétrèrent dans les nuages les plus bas et tout devint gris et brumeux. Son cœur battait à coups redoublés. Elle avait peine à saisir ce qui lui arrivait tant c'était incroyable, irréel.

Elle volait.

— Comment faites-vous pour y voir ? cria-t-elle.

— Je n'y vois pas, répondit Jon sur le même ton.

Cela ne la rassura guère ! Mais voilà que le brouillard se transformait en un miroitement argenté. De minuscules particules de lumière dansaient autour d'elle en un ballet microscopique de plus en plus étincelant. Ils émergèrent au-dessus des nuages gris dans un tout autre monde. Un monde de rayons de soleil et de ciel bleu sur le matelas blanc et gris des nuages.

Le cœur de Rowena se gonfla d'émotion tandis qu'ils plongeaient et jouaient dans l'azur. Heureusement, Jon n'essayait pas de lui parler. Il n'y avait rien à dire devant ce spectacle à couper le souffle. Des larmes lui gonflaient la gorge et les paupières. Elle n'avait jamais vraiment songé au ciel. Quant à son père, attaché qu'il était au libre arbitre, il ne parlait guère de ses convictions et de sa foi. Ici, pourtant, elle sentait la présence de Dieu. Qui d'autre que Lui pouvait avoir créé un panorama aussi éblouissant ? Et qui d'autre que l'homme, créé à Son image, pouvait avoir imaginé le moyen de l'admirer ?

Elle se retourna pour dire quelque chose à Jon, mais ne trouva rien qui pût s'approcher de ce qu'elle ressentait. Un sourire très doux éclaira le visage de celui-ci et il lui fit comprendre d'un signe de tête qu'il comprenait son émerveillement.

Il lui sembla qu'ils volaient depuis une éternité quand il opéra un demi-tour, l'aéroplane tellement incliné que l'aile paraissait toucher les nuages. La manœuvre fit battre plus vite le cœur de Rowena par un mélange de peur et d'excitation. Qu'il devait être grisant de savoir contrôler une telle machine, de pouvoir voler lorsqu'on en avait envie !

Lentement, ils redescendirent et s'enfoncèrent dans les nuages, glacés jusqu'aux os par la brume. Quand ils ressortirent en dessous et qu'elle vit le gris du monde sous eux, le cœur de Rowena se serra. Mais, maintenant, elle savait qu'il existait un endroit où le soleil brillait toujours et faisait scintiller la brume argentée.

Ils passèrent au-dessus du bourg de Summerset et elle aperçut également Thetford, une ville voisine. Ils franchirent une petite chaîne de collines. Le paysage était semé de maisons grandes et petites. Rowena poussa un petit cri en découvra, puis songea que personne ne pourrait la voir. Elle rit de cette liberté nouvelle et se retourna de nouveau vers Jon. Malgré ses lunettes, elle vit qu'il lui faisait un clin d'œil. Elle lui sourit et fit oui de la tête. Ils descendirent un peu plus bas. Ils passèrent au ras des tourelles, si près qu'elle aperçut des jardiniers lever la tête, ébahis. Elle avisa une jeune femme qui remontait à pied vers la maison — était-ce Prudence ou Victoria ? Elle se retourna encore pour attirer l'attention de Jon et pointa le doigt vers la silhouette. Il se rapprocha d'elle et, parvenu presque à sa hauteur, agita les ailes de l'aéroplane au-dessus d'elle. Elle regarda, la main en visière. C'était Prudence !

Bien trop tôt à son goût, ils reprirent la direction des collines et du terrain. Rowena ferma les yeux, le ventre de nouveau noué par la terreur. Elle se rappela ce qui était arrivé la dernière fois que Jon avait piloté un aéroplane. Elle entendait encore le craquement des arbres et le fracas des ailes brisées.

Pourtant, un léger soubresaut lui indiqua qu'ils s'étaient posés, sains et saufs. Elle rouvrit les yeux pendant qu'il ramenait l'appareil vers l'énorme hangar métallique devant lequel les hommes attendaient.

Ses oreilles bourdonnèrent encore longtemps après que le moteur eut été coupé. Elle en vint même à se demander si elle allait recouvrer une ouïe normale. Tant pis. Même si ce n'était pas le cas, le jeu en valait largement la chandelle.

Un homme aida Jonathon à mettre pied à terre pendant qu'un autre débouclait le harnais de Rowena. Elle n'hésita pas quand Jon lui tendit les bras. Il la tint un instant contre lui avant de la poser doucement à terre.

Elle se débarrassa de son casque de cuir en riant.

— C'est l'expérience la plus extraordinaire que j'aie jamais vécue ! s'exclama-t-elle.

D'un geste doux, il posa les mains sur ses épaules et ils restèrent ainsi, à un souffle l'un de l'autre. Un sourire flottait sur les lèvres de Jonathon dont les yeux si bleus cherchaient son regard. Elle avait envie de se jeter à son cou pour le remercier de ce qu'il venait de lui faire vivre, de lui montrer. Pour le remercier, tout simplement, d'être là auprès d'elle. Elle rit de ces pensées, un peu gênée, mais soutint son regard. Jamais elle ne s'était sentie si insouciante ni si courageuse qu'en cet instant.

Un moment, elle crut qu'il allait l'embrasser. Elle l'espéra, même, et le défia presque de le faire. Mais il s'écarta un peu et lui donna le bras.

Tandis qu'ils s'éloignaient de l'avion, il lui coula un sourire de côté.

— N'avez-vous pas eu peur ?

La pointe de déception que lui procura sa question fut vite effacée par l'exultation du vol.

— J'étais terrifiée ! lui assura-t-elle. Mais c'était si beau, là-haut, que j'aurais voulu que cela dure toujours.

M. Dirkes venait à leur rencontre.

— Tout s'est passé au mieux, remarqua-t-il. Le RFC devrait être royalement satisfait.

— Est-ce difficile, d'apprendre à piloter ? demanda Rowena à Jonathon. Depuis combien de temps volez-vous ?

— Un an, à peu près. Non, ce n'est pas très difficile.

Le plus dur, c'est de savoir comment réagir en cas de problème. Parfois, tout ce que l'on peut faire, c'est s'accrocher...

— Par chance, intervint M. Dirkes en riant, cela n'est pas arrivé trop souvent.

— Vous vous étiez déjà écrasé, avant ? voulut-elle savoir, inquiète. Avant la fois où je vous ai trouvé, je veux dire.

— L'accident dont vous avez été témoin était mon quatrième. Deux des trois autres étaient des erreurs de décollage et je n'ai même pas quitté le sol. Mais les aéroplanes sont bien plus sûrs aujourd'hui.

— Qu'est-ce qui a causé votre dernier accident ?

— Il s'agissait d'un prototype. L'aéronautique est une science encore jeune. Toutes nos expériences ne donnent pas les résultats escomptés.

— Y a-t-il des femmes pilotes ?

Devant l'éclat de rire des deux hommes, elle se crispa.

— Pas beaucoup d'Anglaises, en tout cas, répondit M. Dirkes.

— Mais pourquoi ?

— Personne ne s'est encore vraiment intéressé à la question, je crois.

— J'aimerais bien apprendre, déclara-t-elle avec toute la dignité possible.

Les deux hommes rirent de nouveau.

— Ce n'est pas une décision à prendre à la légère, dans l'euphorie de votre premier vol. Réfléchissez encore un peu, lui conseilla M. Dirkes en secouant la tête.

— Quoi qu'il en soit, je reconnais que vous avez fait un excellent copilote, admit Jonathon.

Il souriait, mais avait un air las qui donna mauvaise conscience à Rowena.

— Pardon, dit-elle, vous devez être épuisé. Il faut vous reposer.

— Il est vrai que je suis assez fatigué, reconnut-il.

— Rentrons, dans ce cas, déclara M. Dirkes. Et ensuite, je raccompagnerai miss Rowena.

Quand ils furent arrivés à l'auberge, Jonathon lui prit la main.

— J'espère que cette surprise vous aidera à excuser ma grossièreté de l'autre jour, à l'hôpital. J'aimerais beaucoup vous revoir. Peut-être pourrions-nous refaire un vol ensemble ?

Ses yeux avaient la couleur du ciel tel qu'elle l'avait découvert au-dessus des nuages.

— Cela me plairait énormément, lui assura-t-elle, le cœur battant.

Il serra sa main dans la sienne, puis s'éloigna en boitant et rentra dans l'auberge. Quand il disparut, il sembla à Rowena que le monde, qui lui paraissait il y a encore quelques instants coloré et plein de promesses, redevenait gris et triste.

Haletante, elle se glissa dans la maison, une histoire toute prête au cas où on lui demanderait où elle était passée et qui était le curieux personnage qui l'avait raccompagnée.

Elle tendit son manteau à Cairns, qui était arrivé dans la grande entrée à peine un instant après elle. Comment faisait-il donc pour ne jamais rien manquer de ce qui se passait dans la maison ? Il devait avoir une armée d'espions à son service.

— Bonsoir, Cairns, dit-elle. Il fait bien froid, dehors. Pouvez-vous charger Prudence de me monter du thé dans ma chambre ?

Elle allait tout raconter à celle-ci, absolument tout, et s'excuser de ses bévues. La vie lui semblait soudain trop belle pour être gâchée par des malentendus avec les gens qu'elle aimait.

— Votre oncle vous fait demander de monter dans son bureau dès votre retour, miss Rowena.

Elle se figea. Son oncle aurait-il appris quelque chose ? Mais comment ?

— Ah, fit-elle. Depuis combien de temps attend-il ? J'ai un peu perdu la notion de l'heure, vous comprenez.

Elle étudia soigneusement son visage dans l'espoir de se faire une idée de la gravité de la situation.

— Je l'ignore, mademoiselle.

Il restait impassible, mais elle crut déceler comme une note de désapprobation.

— Je monte un instant dans ma chambre m'arranger un peu ; je dois être à faire peur. Vous pouvez faire porter mon thé directement dans le bureau de mon oncle, merci.

Elle déboutonna ses gants tout en montant l'escalier quatre à quatre. *Que pouvait donc lui vouloir son oncle ?* Un mauvais pressentiment l'envahit. Et s'il savait déjà qu'elle avait pris le thé en ville avec deux hommes des plus étranges ? Oui, c'était bien possible. Il avait beaucoup de relations à Summerset.

Elle déboula dans sa chambre, encore tremblante de tout ce qu'elle avait vu et fait, mais inquiète de cette convocation. Il fallait qu'elle fasse un brin de toilette. Mais où donc était Prudence ? C'est alors que la façon dont elles s'étaient séparées tout à l'heure lui revint brusquement à la mémoire. Elle se laissa tomber sur le bord d'un fauteuil et porta la main à son front, écrasée une fois de plus par son incapacité à résoudre les problèmes.

Elle lorgna la sonnette, mais hésita à s'en servir pour appeler son amie, qui lui en voulait déjà assez. La sonner comme une femme de chambre ne ferait que l'irriter davantage. Néanmoins, elle avait besoin d'aide.

Et son oncle l'attendait. S'entraider, n'était-ce pas ce que faisaient des sœurs ?

Par miracle, elle fut tirée de ce dilemme par l'arrivée de Prudence. Devant son beau visage parfaitement neutre, Rowena rougit, envahie par mille émotions qui allaient de la colère à la culpabilité en passant par la contrariété et, surtout, le regret. Il y a encore deux mois, Prudence aurait été la première à qui elle aurait confié son expérience de cet après-midi. Personne ne savait écouter comme elle.

— Mon oncle veut me parler, annonça-t-elle. Tu veux bien m'aider à me préparer ? Je ne veux pas être trop longue.

Prudence hocha la tête sans rien dire.

— Je voudrais simplement changer de chemisier et me recoiffer, pour éviter de le faire attendre.

Sa voix dut trahir son angoisse car Prudence la regarda d'un air inquiet.

— Crois-tu qu'il ait découvert où tu étais allée ? finit-elle par demander en lui brossant les cheveux.

Rowena haussa les épaules, soulagée malgré elle que Prudence l'aime encore assez pour se faire du souci pour elle.

— Je ne sais pas. Peut-être.

Elle s'interrompit, mais ne tint pas longtemps. Il fallait qu'elle raconte tout à quelqu'un…

— J'ai fait une sortie en aéroplane ! s'exclama-t-elle. Pour de vrai !

Prudence en resta bouche bée.

— Je croyais que tu allais prendre le thé ?

— Oui. Et ensuite, il m'a emmenée. Dans son aéroplane.

— Tu as pris le thé avec quelqu'un qui possède un aéroplane ?

Prudence acheva sa phrase sur une note suraiguë qui fit rire Rowena. Que c'était bon ! Presque comme autrefois.

Cette pensée la réjouit autant qu'elle l'attrista. Que les choses avaient donc changé…

C'est alors que Prudence ouvrit de grands yeux.

— Oh ! comprit-elle. C'est *toi* qui m'as fait une telle frayeur ! J'ai cru que la fin du monde arrivait.

Elle finit de la coiffer et lui tendit une large ceinture pour sa jupe.

— Et, maintenant, ton oncle veut te voir ? Voilà qui ne présage rien de bon.

— Non, répondit Rowena en secouant la tête.

Elle ne savait comment se tenir. Autrefois, elle aurait étreint Prudence, lui aurait fait des excuses pour sa conduite et tout serait rentré dans l'ordre. Personne n'avait aussi bon cœur que son amie. Mais désormais… Désormais, Rowena avait trop de torts. Et puis à quoi bon s'excuser si rien ne changeait ensuite ?

Prudence ramassa son chemisier sale.

— Tu ferais mieux de te presser d'aller voir ce que veut ton oncle.

Rowena hésita, mais ne trouva rien à dire pour arranger les choses entre elles.

— Oui, lâcha-t-elle finalement. Oui, bien sûr. Merci.

Abattue, elle se dirigea vers le bureau de son oncle et inspira profondément avant de frapper à la porte. Elle attendit d'y être invitée pour entrer. Elle n'était même pas certaine d'avoir déjà pénétré dans cette pièce, qui était de toute façon strictement interdite aux enfants. Elle était en tout cas tout à fait à l'image de son oncle. Les murs tendus de cuir espagnol lui donnaient un air d'opulence et de sérieux. Les meubles semblaient être de facture française, tandis que quelques toiles de maîtres flamands ornaient les murs. La seule incongruité était le piano à queue incrusté de nacre qui occupait tout un coin de la pièce.

Elle s'inclina devant son oncle et s'assit sur le canapé

de cuir qu'il lui indiquait. Il prit place en face d'elle et croisa les jambes.

— En jouez-vous, mon oncle ?

Il parut surpris par sa question. Quand elle désigna le piano, il sourit, ce qui lui arrivait rarement.

— Je jouais, autrefois, répondit-il. Et cela m'arrive encore, à l'occasion. Hélas, je manque sérieusement de pratique. Et vous, mes nièces, jouez-vous de la musique ? Il y a tant de choses que j'ignore de vous, qui n'avez pas été élevées à Summerset...

Une femme de chambre frappa doucement à la porte et entra avec le plateau du thé. Rowena les servit, son oncle et elle, et but aussitôt une gorgée réconfortante. Elle puisa dans le parfum un peu âcre du breuvage la résolution de ne pas, cette fois, se laisser submerger par la nervosité. Elle n'avait rien fait de mal, se rappela-t-elle. Et elle était majeure.

— J'aimerais vous parler d'une chose, reprit-il. Mais, auparavant, il me semble prudent de vous demander qui vous a ramenée à Summerset tout à l'heure et pourquoi il n'a pas été présenté.

Elle avait prévu cette question.

— C'était M. Dirkes. Il possède une usine automobile dans le Surrey. Il fabrique également des aéroplanes pour le Royal Flying Corps. Je l'ai croisé en ville, avec un ami, et nous avons pris le thé. Comme il commençait à faire sombre et qu'il n'était plus très raisonnable de rentrer à pied, il m'a raccompagnée. Je l'aurais volontiers invité à entrer pour vous le présenter, mais il était pressé de rentrer dans le Surrey.

Elle reprit une gorgée de thé en espérant que sa réponse ne faisait pas trop préparée.

Son oncle hocha la tête.

— J'ai entendu parler de M. Dirkes. Il fait des avancées très intéressantes dans l'aéronautique. Me croyez-vous donc incapable de changer d'avis ? ajouta-t-il en riant de son air stupéfait. Je commence à croire que les aéroplanes ne sont peut-être pas qu'une mode passagère. N'oubliez pas que je suis homme d'affaires en plus d'être propriétaire terrien, ce qui est très profitable à Summerset. Quand bien d'autres domaines connaissent de sérieux problèmes d'argent qui conduisent parfois même à leur vente, les Buxton et Summerset restent solvables, en partie grâce aux choix difficiles que j'ai été contraint de faire. Votre père…

Son oncle ne put achever sa phrase. Une grosse boule se forma dans la gorge de Rowena quand elle comprit combien son frère devait lui manquer, à lui aussi, même s'ils avaient bien peu en commun.

— Votre père n'était pas un homme d'affaires, reprit-il. Dans l'ensemble, il n'était que trop content de me confier entièrement la gestion de Summerset. Cependant, s'il avait des réserves morales à émettre sur certains investissements, il n'hésitait pas à m'en faire part.

Rowena sourit malgré son chagrin. Cela ressemblait tellement à son père…

— Avait-il souvent gain de cause ?

— Parfois, répondit son oncle en souriant, il parvenait à me convaincre et je renonçais à un investissement. C'était le plus souvent pour des questions de « droits de l'homme », comme il disait. Mais il arrivait aussi que, pour le bien de Summerset, je suive mon instinct. Dans ce cas, soit il s'inclinait devant mon expérience, soit il me battait froid pendant plusieurs mois.

Depuis quelques minutes, Rowena se sentait gagnée par un mauvais pressentiment. Quelque chose lui disait que son oncle la préparait à quelque chose de désagréable.

— Vous avez vendu notre maison, lâcha-t-elle d'un coup.

Il s'interrompit, surpris, et secoua la tête.

— A vrai dire, non. Mais nous l'avons louée. C'est un bail de sept ans. D'ici là, Victoria et vous serez mariées et vous saurez mieux ce que vous voulez faire de cette maison. Il aurait été plus simple de la vendre, remarquez, mais je n'avais pas envie que vous me preniez pour un ogre.

Rowena éclata en sanglots. Très calmement, son oncle lui tendit un mouchoir de lin blanc brodé des armes des Buxton.

— Et les domestiques ? demanda-t-elle en reniflant.

Il sourit.

— Tous, sauf une, ont souhaité rester au service des locataires — des Américains plus riches que bien élevés.

— Qui a voulu s'en aller ? s'enquit-elle, curieuse.

— La fille de cuisine. Il semble que votre père lui ait fait suivre des cours de secrétariat et qu'elle ait trouvé un emploi de bureau sur un chantier naval.

Cela ne l'étonnait pas que son père ait aidé Katie. Si contente fût-elle pour la jeune fille, la vérité s'imprima plus profondément dans son cœur. Elles avaient encore un toit, certes, *mais plus de chez-elles*.

Chez elles, ce n'était plus à Londres.

C'était *ici*, à Summerset. Et sans doute depuis toujours, comprit-elle soudain. Elles y avaient tout de même passé tous les étés. Elles en connaissaient les secrets, les pelouses les plus propices aux jeux, les endroits où l'on pouvait plonger, quels palefreniers il valait mieux éviter et lesquels pouvaient se laisser convaincre de fermer les yeux. Même Victoria se portait mieux ici, à la campagne, qu'en ville. Oui, elles étaient chez elles à Summerset, désormais. Et uniquement à Summerset.

Mais pas Prudence. Prudence n'était plus chez elle nulle part.

Rowena n'écouta que d'une oreille distraite son oncle qui lui assurait combien lui-même et sa tante étaient heureux de les garder à Summerset jusqu'à leur mariage.

Puis il se leva, lui signifiant par là que leur entretien était terminé. Quand il lui tapota l'épaule, elle eut plus que jamais l'impression d'être traitée comme une enfant que l'on consolait avec une certaine condescendance. Elle ne pouvait plus penser qu'à une chose. A cette phrase qui se répétait encore et encore dans son esprit.

Comment allait-elle l'annoncer à Prudence ?

11

La mansarde de Prudence était jonchée de vêtements aussi élégants que si un coup de vent les avait apportés tout droit d'une boutique chic de Bond Street. Elle avait vidé les malles de toutes les robes qu'elle avait apportées. Bien entendu, elle était loin de se douter, en les prenant, que trois d'entre elles seulement seraient à peu près adaptées au travail qu'elle effectuait désormais.

Elle restait debout, en chemise, indécise. Si seulement elle pouvait demander son avis à Rowena comme celle-ci lui avait demandé le sien quelques jours plus tôt ! Sauf que Rowena n'était pas revenue dans sa chambre après son entretien avec son oncle et que, depuis, elle l'évitait. Quant à Victoria, elle était introuvable.

Alors, au lieu de Rowena ou Victoria, c'était Susie qui l'aidait à choisir sa tenue pour sortir avec Andrew. Sauf que, trop émerveillée par tous ces beaux vêtements, elle ne lui était pas d'un aussi grand secours qu'elle l'avait espéré.

— Oh ! mais regardez-moi ces bas…, gémit-elle en sortant une paire de bas de soie si fins qu'ils étaient presque transparents.

Prudence lui sourit avec indulgence. Jusque-là, Susie n'avait fait que semer une indescriptible pagaille en fouillant dans les malles et en sortant tout avec des cris de joie.

— Gardez-les, si vous voulez, lui dit-elle. J'en ai six paires.

Susie ouvrit de grands yeux ébahis et les fourra dans la poche de son tablier avant de sortir quatre paires de gants de chevreau de différentes longueurs. Elle s'en caressa la joue avec déférence.

— La peau est si douce qu'on dirait du velours, commenta-t-elle.

Prudence soupira. Elle n'était pas la même, quand elle avait fait ses bagages pour venir à Summerset. Elle croyait alors que, comme Victoria et Rowena, elle allait devoir se changer plusieurs fois par jour. Qu'elle irait en visite dans les châteaux des environs. Qu'elle aurait besoin de robes d'intérieur, de robes du soir, de tenues de cheval.

Ah, elle avait été bien bête.

— Mais que faut-il que je mette ? demanda-t-elle à Susie en se mordillant la lèvre.

La jeune fille désigna une robe de dîner de dentelle noire dont l'encolure et le bas étaient brodés de perles de jais.

— Ce n'est pas ce qu'il faut pour une visite de Summerset et un dîner à l'auberge.

A en croire Susie, qui le savait par une femme de chambre qui l'avait entendu dire par un mécanicien qui le tenait d'Andrew lui-même, ce dernier allait emmener Prudence dîner à l'auberge. Elle s'était rendu compte avec un pincement au cœur que cela allait lui coûter près d'un mois de salaire. Se vexerait-il terriblement si elle proposait de payer ? Elle avait un peu d'argent à elle, et sa mère lui avait laissé huit cents livres à sa mort. Sir Philip lui avait conseillé de ne pas y toucher et elle l'avait écouté. Comme Victoria et Rowena, à sa demande expresse, elle avait toujours cinq livres sur elle, en cas d'urgence.

Elle faillit demander conseil à Susie sur ce sujet mais se ravisa. L'admiration de la jeune fille pour ses affaires la mettait mal à l'aise. Elle ne voulait pas avoir l'air poseuse. Mais, Dieu, qu'elle avait besoin de compagnie féminine ! Les relations faciles qu'elle avait avec Rona et Vic, leur intimité, lui manquaient.

Ses *sœurs* lui manquaient. Elle avait besoin d'une famille.

La veille, elle avait reçu un mot de Wesley lui annonçant que son père s'était effondré en pleurs en apprenant la mort de sa petite sœur et qu'il avait envie de faire la connaissance de sa nièce. Sa grand-mère s'installait chez eux le temps de sa convalescence. Il lui promettait de lui faire signe dès que les choses seraient rentrées dans l'ordre. Peut-être allait-elle donc avoir enfin une famille, tout compte fait ? songea-t-elle en souriant.

Mais personne ne pourrait remplacer Vic et Rona.

Elle se retourna vers Susie en lui présentant une robe de soie prune au drapé en forme de paniers sur les hanches. La jupe était suffisamment près du corps pour permettre des mouvements aisés ; cependant, grâce aux manchettes et au jabot qui ornaient le corsage et à ce drapé, elle restait suffisamment élégante pour dîner à l'auberge.

Susie se contenta de hocher la tête et d'écarquiller les yeux de plus belle. Elle sauta du lit pour aider Prudence à finir de s'habiller.

— Dites-moi, comment avez-vous eu tous ces vêtements ? voulut-elle savoir. Ce sont miss Rowena et miss Victoria qui vous les ont offerts ?

Prudence hésita. Elle ne voulait pas donner à Susie l'impression de vouloir se démarquer des autres domestiques, mais elle ne voulait pas mentir non plus. Autant lui dire la vérité, finit-elle par décider. Susie l'écouta en silence, tout en boutonnant la double rangée de minuscules boutons dans le dos de Prudence. Et quand celle-ci eut achevé son récit, la jeune fille vint lui planter un baiser sonore sur la joue.

— C'est comme dans un conte de fées, déclara-t-elle. Vous êtes une princesse retenue captive par l'horrible

Mme Harper, et Andrew est le prince qui vient vous sauver !

Cela ressemblait tellement à ce qu'aurait pu dire Victoria que Prudence ne put que rire.

— Andrew est bien trop gentil pour être prince, objecta-t-elle.

— C'est vrai, concéda Susie d'un ton légèrement méprisant. Les beaux messieurs qui sont venus en visite à la fin de la semaine dernière feraient de meilleurs princes.

Prudence se représenta les yeux noirs tellement expressifs de lord Billingsly et ses boucles brunes. C'était vrai, songea-t-elle, le souffle court. Il ferait un prince idéal. Elle secoua la tête avec impatience et Susie, qui s'était mise en devoir de la coiffer, pesta.

— Tenez-vous tranquille, lui ordonna-t-elle. Autrement, vous allez le faire attendre.

Quelques instants plus tard, elle reculait un peu pour admirer son œuvre.

— Je n'ai pas trop mal travaillé, déclara-t-elle. Juste ciel ! vous avez l'air d'une vraie lady. Mais vous aviez déjà l'air d'une lady quand vous portiez cet affreux uniforme.

Prudence lui adressa un sourire vacillant. Maintenant que le moment était venu de descendre, le trac la gagnait. Si elle était encore chez elle, elle n'aurait sans doute pas pu sortir sans Vic ou Rona. Malgré ses idées libérales, sir Philip restait très protecteur quand il s'agissait de ses filles et du sexe opposé.

Elle commença à ramasser les vêtements épars, mais Susie lui tendit son petit réticule noir et la poussa doucement.

— Allez-y. Je vais ranger. Et n'oubliez pas : il faudra tout me raconter.

Quand Prudence rejoignit Andrew, elle était au comble de la nervosité. Il portait une veste un peu trop étroite et aux manches trop courtes. Le cœur serré de tendresse, elle comprit qu'il avait dû l'emprunter. Il s'était lissé les cheveux en arrière et son visage portait encore les marques rouges d'un récent rasage. Il se tenait au garde-à-vous, un peu comme lorsqu'il aidait lady Summerset à monter en voiture ou à en descendre.

En la voyant, il ouvrit de grands yeux et se racla la gorge. Puis il pivota, un peu raide, pour lui ouvrir la portière d'une automobile verte très ordinaire. Touchée, elle lui posa la main sur le bras.

— Merci, dit-elle simplement.

Ce petit geste suffit à briser la glace. Il lui fit un grand sourire.

— J'ai emprunté sa voiture au garde-chasse, expliqua-t-il. J'ai pensé que vous n'auriez pas très envie de vous rendre à Summerset à pied.

Elle se rappela la première fois où elle avait essayé de le faire, le rire clair de lord Billingsly… Elle secoua la tête pour chasser ces souvenirs. Honte à elle ! Ce n'était pas le moment de songer à cela.

Tandis qu'ils roulaient en cahotant dans l'allée, elle étudia à la dérobée le profil d'Andrew. Il avait le cou écarlate, comme s'il se sentait observé. Contrairement à beaucoup d'hommes, il ne portait pas de chapeau et se laissait décoiffer par le vent. Cela lui donnait un air un peu vulnérable, comme s'il avait oublié une partie de son armure.

Il se tourna vivement vers elle, comme s'il venait de se rappeler quelque chose à lui dire. Elle baissa les yeux, gênée d'avoir été surprise à l'observer.

— J'espère que cela ne vous ennuie pas : nous allons d'abord nous arrêter chez mes parents. Il y a un cheval qui ne va pas bien et mes frères ne savent plus que faire. Je connais mieux les animaux qu'eux.

Prudence ne montra pas sa surprise. Elle ne s'était certes pas attendue à rencontrer ses parents. Cependant, quelque chose dans son regard suppliant la poussa à contrôler sa réaction.

— Bien sûr que non, affirma-t-elle. Du moment que nous quittons Summerset Abbey…

Il hocha la tête.

— Moi non plus, je n'aime pas beaucoup cet endroit. Bien trop guindé et étouffant à mon goût. Je suis bien mieux dehors.

— Vous aimeriez être fermier ? s'enquit-elle poliment.

Il hocha la tête.

— Plus ou moins. Vous voyez, j'aimerais faire des études vétérinaires, à Londres. Puis, quand je les aurais achevées, acheter une petite ferme pour gagner ma vie en attendant d'avoir une clientèle. Mais, évidemment, il y a toujours le problème du nerf de la guerre, conclut-il avec un petit rire gêné, comme s'il se rendait compte qu'il n'aurait pas dû parler d'argent.

Alors que les riches n'en parlaient jamais, songea Prudence, les pauvres n'hésitaient pas à le faire et semblaient mieux comprendre les notions de profit et de perte, de risque acceptable et de hausse et de baisse de l'économie que bien des gouvernants.

— C'est une très belle idée, lui assura-t-elle.

Il secoua la tête.

— Un vœu pieux, oui.

Il y avait soudain dans sa voix une note de dureté qui lui laissa penser que c'était probablement ce qu'il avait entendu toute sa vie.

— J'ai voulu essayer d'économiser, en commençant à travailler à Summerset, poursuivit-il. Mais ma famille avait toujours besoin de quelque chose et j'ai compris combien cela allait être dur.

Il désigna soudain les ruines d'un vieux château sur la colline au-dessus d'eux.

— Voilà Hollingsworth Castle, indiqua-t-il. Ou ce qu'il en reste.

Elle tourna la tête pour regarder, comprenant qu'il souhaitait changer de sujet.

Puis ils parlèrent de choses et d'autres jusqu'au moment où ils arrivèrent à l'entrée de ce qui était plus un chemin qu'une route.

— Accrochez-vous, dit-il, ça va secouer.

Secouer ? On était loin du compte. Coincée entre un champ et une rangée d'arbres, la piste était tellement défoncée que Prudence crut que ses dents allaient se déchausser. Au détour d'un virage, ils découvrirent un petit cottage en pierre et une grange vaste et moderne. Etaient-ce les économies d'Andrew qui avaient permis de construire un si beau bâtiment ?

Le contraste avec le mauvais état de la maison n'était que plus criant, même en cet après-midi nuageux où il ne faisait pas très clair. Un chiffon bouchait le trou laissé par le coin d'un carreau cassé. Et le logement était bien trop petit pour le nombre d'enfants crasseux qui sortirent en galopant. A peine Andrew fut-il descendu de voiture qu'ils grimpèrent sur lui comme à un arbre. Un homme de moindre valeur aurait sans doute été gêné par la situation. Andrew, lui, se contenta de faire son grand sourire un peu timide.

Prudence rit et sentit soudain que, si elle le voulait, elle pourrait avoir des sentiments pour lui. Un vieil homme à la grosse tête noueuse et au dos voûté apparut sur le seuil, suivi d'un autre homme plus jeune qui ressemblait à Andrew. Son frère, sans doute, devina-t-elle malgré la pauvreté de ses vêtements.

Elle descendit seule de voiture en se rendant compte qu'il n'allait pas pouvoir lui ouvrir la portière. Il tourna la tête vers elle. Il était affreusement gêné d'avoir à faire les présentations, elle le voyait bien, et il ne savait comment s'y prendre. Une fois encore, son cœur se gonfla de compassion. Dès qu'ils la virent, les enfants se cachèrent derrière leur père et leur grand-père.

Andrew les présenta rapidement. Les deux hommes s'inclinèrent devant elle, maladroitement, comme si ce mouvement les faisait souffrir. Puis ils se hâtèrent d'entraîner Andrew vers la grange.

— Je ne serai pas long, promit-il à Prudence par-dessus son épaule.

Il acheva sa phrase par un signe de tête sans doute destiné à lui conseiller de faire attention à sa robe avant de disparaître dans le bâtiment.

Prudence resta plantée dans la cour, indécise. Elle aurait dû rester dans l'automobile. Que faire, maintenant ? Elle sourit aux enfants qui examinaient le véhicule. Il restait deux filles et un garçon. L'autre garçon, un peu plus vieux, avait suivi les deux hommes. Une petite brune au nez retroussé grimpa sur le marchepied pour regarder à l'intérieur. Son manteau brun râpé devait être trop petit pour qu'elle le boutonne. Elle devait geler, songea Prudence.

— Je ne sais pas si tu as le droit de faire cela, remarqua-t-elle néanmoins.

— Je ne sais pas si tu as le droit de faire cela, répéta la fillette en l'imitant.

Les deux autres gloussèrent ; à en juger par leurs joues rondes de bébé, ils devaient avoir entre trois et quatre ans. Enhardie par son succès, l'aînée sauta à terre et s'approcha de Prudence.

— Vous êtes la bonne amie d'oncle Andrew ? demanda-t-elle.

— Une amie, seulement, rectifia Prudence en secouant la tête.

La petite inclina la tête sur le côté.

— Pourquoi vous vous êtes faite belle comme ça, alors ? Moi, je pense que vous êtes sa bonne amie.

Elle tendit un doigt effronté pour toucher le tissu de sa robe.

Au même moment, la porte derrière elle s'ouvrit et Prudence se retourna. Une femme à l'air éreinté sortit dans la cour. La jupe de sa robe de flanelle verte trop grande était tachée de boue et de fumier. Elle repoussait machinalement ses cheveux d'un brun terne du dos de sa main couverte de farine. Prudence tressaillit en se rendant compte qu'elle ne devait guère être plus âgée qu'elle.

— Rentrez et laissez la dame tranquille, ordonna-t-elle aux enfants sans quitter Prudence des yeux.

Les petits décampèrent, et Prudence et la femme restèrent un moment à se regarder avant que cette dernière referme la porte sans un mot de plus. C'est le cœur battant la chamade que Prudence remonta en voiture. Elle n'avait pas sa place ici. Les enfants le savaient, les hommes le savaient, la femme le savait. Sa place n'était pas plus dans cette ferme que dans le grand salon de Summerset.

Mais où était-elle, alors ? Elle s'enveloppa de ses bras pour se réchauffer. Pourvu qu'Andrew se dépêche… Se sentirait-elle de nouveau chez elle un jour, quelque part ? se demanda-t-elle, le front appuyé contre la vitre froide. Comme dans la maison de Mayfair. Elle découvrait tout juste à quel point sir Philip l'avait protégée du snobisme de sa classe. Si elles rentraient à Londres, toutes les trois, quelle serait leur existence ? En réalité, comprit-elle en frissonnant, elle ne pouvait pas revenir en arrière. Rona et Vic avaient leur vie à elles, désormais. Une vie dans laquelle, qu'elles le veuillent ou non, elles ne pourraient pas l'inclure. Du moins pas comme autrefois.

Il n'était pas gai de prendre conscience que sa famille n'était pas vraiment sa famille et que l'avenir qu'elle s'était toujours représenté — épouser un jeune homme bien et vivre près de Rona et Vic à Belgravia ou à Mayfair — n'était même pas envisageable. Pas plus qu'elle ne pouvait songer à un avenir avec lord Billingsly. Sa mère devait pourtant le savoir ; pourquoi ne lui avait-elle rien dit ? Pourquoi ne pas l'avoir tenue un peu plus à l'écart ? Pourquoi lui avoir laissé croire qu'elle était de *leur* milieu ? Elle avait pourtant dû se douter que, un jour ou l'autre, ce moment viendrait.

Bien sûr, comprit-elle soudain, et cette pensée s'abattit sur elle avec une violence qui lui coupa le souffle. *Elle avait su que cela arriverait.* C'était pour cela qu'elle lui avait laissé autant d'argent.

Pour une femme comme sa mère, une telle somme représentait les économies de toute une vie. Comment était-elle parvenue à la réunir ? Malgré tout ce qu'elle lui avait caché, Prudence avait la certitude que ce n'était pas une voleuse. Pourtant, elle avait bien trouvé cet argent quelque part… Assez d'argent pour que sa fille puisse acheter une maison tout à fait convenable où elle voulait. Assez d'argent pour qu'elle ne soit jamais à la rue. Elle devrait gagner sa vie, bien sûr, mais elle avait reçu une éducation suffisamment complète pour pouvoir le faire. Rien qu'en donnant des leçons de musique, par exemple, elle pourrait y parvenir.

Une profonde tristesse la recouvrit telle une chape. Même si Rowena et Victoria rentraient chez elles, ce dont elle commençait à douter sérieusement, la vie ne serait plus la même. Il fallait qu'elle trouve quelque chose. Ce qui était certain, c'était que la vie de femme de chambre dans une grande maison n'était pas pour elle, même si elle était très attachée et très fidèle à ces deux amies. Elle avait les moyens de changer de vie. Et, soudain, elle en avait très envie. Il était temps, peut-être, de cesser de repousser l'inévitable. Mais, au fond d'elle,

elle frémit. La crainte de se retrouver seule au monde, pour la première fois, s'enroula autour d'elle à la façon d'un sumac vénéneux.

Elle sursauta quand Andrew démarra la voiture. Perdue dans ses pensées, elle n'avait même pas entendu la manivelle.

— Pardon d'avoir été aussi long, fit-il en s'installant à côté d'elle. Ce n'était qu'une diarrhée, mais mon père refuse de recourir aux traitements modernes et tient à employer des remèdes de bonne femme. Ils sont pourtant beaucoup plus risqués — et ils sentent beaucoup plus mauvais.

— Ne vous en faites pas, lui répondit-elle en souriant. Où en avez-vous autant appris sur les animaux ?

— Le vétérinaire d'ici voulait bien que je le regarde travailler et je filais à sa clinique chaque fois que je pouvais. Il m'aurait sans doute pris avec lui s'il n'avait pas déjà eu à payer les études vétérinaires de son propre fils.

Ils roulèrent en silence plusieurs minutes. Prudence se détendit. Elle se sentait merveilleusement à l'aise, avec Andrew.

— Alors comment se fait-il que vous ayez envie d'être à la fois vétérinaire et fermier ? On pourrait croire qu'un seul de ces deux métiers vous prendrait déjà beaucoup de temps.

— Oui, énormément, admit-il. Mais je m'intéresse aussi à la recherche, surtout dans le domaine agricole. Il y a quelques années, j'ai lu un livre intitulé *L'Agriculture, la science et le mythe de la production* qui a complètement changé ma vision de la production alimentaire. Ma famille est très réticente à essayer les méthodes modernes d'amélioration de la productivité agricole. Je me dis que j'aimerais m'y essayer un peu en parallèle de mon activité de vétérinaire. Je sais, conclut-il en se mordillant la lèvre, le regard rivé devant lui. Ça aussi, c'est un vœu pieux.

— Non, pas du tout, lui assura-t-elle. Moi aussi, j'ai lu des extraits du livre de Murcray. Il est très brillant, du moins pour ce que j'en ai lu.

Il se tourna vers elle, tellement étonné qu'il fit une embardée et faillit sortir de la route quand une roue se prit dans une ornière. Il bataille plusieurs secondes pour reprendre le contrôle.

— Vous… quoi ?

— Imaginiez-vous que je ne savais pas lire ? Sir Philip possédait une bibliothèque très riche, et Murcray était son contemporain.

— Pardon, fit-il en riant. Je n'ai même jamais rencontré un homme qui ait lu ce livre. Alors une jolie fille…

Elle ne put se retenir de sourire de l'entendre employer ce terme, et il rougit jusqu'aux oreilles en se rendant compte de ce qu'il avait dit. Il s'éclaircit la voix.

— Je suis navré, dit-il, il est un peu tard pour le thé. Nous pourrons dîner de bonne heure.

— Ce sera très bien, lui assura-t-elle.

Il tourna un instant la tête vers elle et, de nouveau, elle fut frappée par la bonté de son sourire. Elle tenta d'imaginer quel pourrait être son avenir avec ce jeune homme. Il était forcément plus enviable que celui d'une femme de chambre. Et puis elle se remémora la femme sur le seuil de la maison et frémit. *Non.* Ce ne serait pas forcément cela. Elle avait de l'argent. Suffisamment, sans doute, pour commencer à bâtir un avenir, même si cela signifiait qu'elle allait devoir y faire face seule. N'empêche que cette image lui resta gravée dans la mémoire.

A Summerset, on voyait bien que Noël approchait. Des branches de houx agrémentées de nœuds de velours étaient soudain apparues sur les branches des trente chênes qui bordaient l'avenue, tandis que les lampadaires de fer forgé de la cour s'étaient ornés d'une coque de rubans et de clochettes argentées. Londres se parait sans doute de ses plus beaux atours pour les fêtes, mais ce n'était rien comparé à l'opulence des préparatifs à Summerset.

A la fenêtre au-dessus de la grande entrée, Rowena observait Elaine et Victoria qui se promenaient bras dessus bras dessous dans le jardin à la française. Elle s'attendait à voir sa petite sœur plus éperdue, plus égarée à l'approche des fêtes. En la voyant ainsi rire avec sa cousine, elle comprit pourtant que, même si Victoria n'en avait pas conscience, elle s'était coulée dans la vie à Summerset aussi facilement que si elle y était née.

Tout comme elle, admit-elle avec un certain étonnement. Quoique très différente de la façon dont elles vivaient à Londres, l'existence qu'elles menaient ici était délicieusement confortable et familière. Mais combien de temps cette impression durerait-elle ? Combien de temps avant que sa sœur et elle se mettent à s'irriter de toutes ces restrictions ? Traîner ainsi toute la journée sans rien à faire était abominable, tout autant que la séparation aussi rigoureuse qu'inexplicable entre les Buxton et ceux qui, en réalité, faisaient tourner la maison : les domestiques. Et pourtant… la grande histoire et les petites, le faste, l'élégance, tout ce qui faisait cette maison, en somme, était enivrant. Et si elle savait, comme le savaient déjà son père et ses contemporains, que ce style de vie était sur le déclin, allait s'éteindre, *devait* s'éteindre, force lui était de reconnaître qu'elle était triste de le voir mourir au moment où elle aurait pu en faire pleinement l'expérience.

Quand elle s'écarta de la fenêtre de la grande entrée, son regard croisa celui de ce grand-père redouté. Comme Victoria, elle se souvenait à peine de ce vieux monsieur qui passait presque tout son temps au premier étage, dans la plus grande pièce de réception. Il était très rare que les enfants défilent, Colin en tête, suivi d'Elaine et elle, la petite Victoria fermant la marche dans les bras de la nurse, pour lui souhaiter bonne nuit. Elle se demandait d'ailleurs pourquoi ils l'avaient jamais fait, tant elle sentait tout le monde mal à l'aise dans ces moments-là.

Le vieux comte régnait sur la maison avec toute la force de ses colères et de la poigne de fer dans laquelle il tenait Summerset et ses habitants. Il n'avait pas dû être facile de voir l'âge le priver de ses capacités physiques alors que ses facultés mentales restaient intactes. Ni de perdre le contrôle de la maison, de devoir l'abandonner à un homme qu'il considérait toujours comme son inférieur.

C'est alors qu'elle entendit un bruit qui chassa toutes les autres pensées de son esprit. Le vrombissement d'un moteur qui venait non pas de la route, en dessous d'elle, mais du ciel gris. Elle ouvrit la fenêtre, laissant entrer une bourrasque d'air glacé qui purifia d'un coup l'atmosphère. Elle passa la tête dehors et tendit le cou. Il était là, juste au-dessus des collines. Jon ne venait pas tous les jours, certes, mais assez souvent pour qu'elle soit assurée qu'il pensait à elle, et le ronronnement de la machine ne manquait jamais de la faire sourire.

L'aéroplane se rapprocha. Elle porta les deux mains à sa poitrine, comme pour contenir son cœur qui se gonflait d'allégresse. En bas, les filles s'arrêtèrent, et, la main en visière pour se protéger les yeux du pâle soleil d'hiver, elles regardèrent l'appareil effectuer quelques boucles autour du château avant de reprendre son vol vers l'ouest.

Plus que tout au monde, Rowena aurait souhaité se trouver à bord avec Jon et suivre le soleil là où il les mènerait. Elle garda les yeux rivés sur l'aéroplane jusqu'à ce qu'il ait disparu, puis elle referma la fenêtre et se détourna.

C'est alors qu'elle se mit à songer à Prudence. Elle ne savait toujours pas comment lui dire que la maison de Londres avait été louée et que Victoria et elle allaient rester à Summerset pour l'instant. Une grosse boule se forma dans sa gorge. Elle comprendrait parfaitement que Prudence ne souhaite pas rester. Peut-être pourraient-elles lui chercher ensemble une autre situation, au moins le temps que Victoria et elle prennent une décision. Elle comptait bien l'informer, évidemment. Mais après les fêtes. Passer Noël sans leur père serait déjà suffisamment dur. Elle n'osait pas imaginer ce qu'il adviendrait de Victoria si Prudence décidait de s'en aller elle aussi.

Assise en haut de l'échelle, Victoria assistait aux bouffonneries des autres avec l'espèce de supériorité que l'on acquiert quand on est perché un mètre cinquante plus haut que tout le monde. L'approche des fêtes amenait un flot continu d'invités tous déterminés à leur faire oublier, à Rowena et elle, que c'était leur premier Noël sans leur père. C'était épuisant. Elle aurait sans doute préféré qu'on l'oublie un peu et qu'on la laisse se divertir à son gré. C'était son premier Noël à Summerset et elle s'amuserait pour de bon s'ils voulaient bien, tous, cesser de la dorloter et la traiter enfin en adulte.

La petite maison de nanny Iris s'était elle aussi joliment transformée, mais à une échelle plus modeste, bien entendu. Victoria s'y était rendue plusieurs fois le mois dernier. Elle avait beau savoir que la vieille dame serait entourée de sa famille le matin de Noël, elle n'aurait rien tant désiré que d'être de la partie.

Pour l'instant, néanmoins, ce qu'elle aurait voulu, c'était s'éclipser pour aller dans sa pièce secrète étudier son cours de secrétariat et lire la *Botanist Quarterly Review* dans laquelle elle avait découvert, en appendice, des annonces d'offres d'emploi ou de collaboration. Certaines offraient même l'occasion d'aller étudier la faune et la flore de pays lointains. Pour rire, elle avait imaginé et tapé à la machine toutes sortes de réponses. Mais aurait-elle le cran d'en envoyer une seule ? De toute façon, elle n'était pas suffisamment qualifiée. Elle fronça les sourcils et chassa cette idée de son esprit. « Quand on veut, on peut », se rappela-t-elle.

La pièce elle-même avait reçu quelques améliorations depuis le premier soir où elle s'y était glissée avec sa machine à écrire. Elle avait d'abord fait un peu plus de ménage, bien sûr, et l'odeur de moisi avait presque complètement disparu. Le peu qui restait était en quelque sorte un souvenir du passé qui ne lui déplaisait pas. Elle avait pillé les autres pièces pour dénicher des coussins, des plaids, des paravents, et toutes sortes de bibelots et d'objets de décoration qui jaillissaient désormais de toutes les surfaces possibles dans un joyeux désordre qui la faisait sourire. Sur la cheminée, les masques africains voisinaient avec des éventails orientaux et, dans de petits cadres d'argent, des portraits d'ancêtres depuis longtemps disparus.

Cela plairait-il à Kit ?

Elle accrocha une autre boule à l'arbre haut de deux mètres qui trônait dans la grande entrée. Sans en avoir l'air, elle observait Kit qui parlait avec tante Charlotte et la mère de Sebastian, la redoutable lady Billingsly. Il était très élégant, dans son costume trois-pièces sombre qui soulignait parfaitement sa carrure. Il se tenait bien droit, une main derrière le dos, un verre dans l'autre, dans une pose très gentleman. Mais Victoria savait que tout cela n'était qu'un genre qu'il se donnait.

Elle le savait parce que, chaque fois qu'elle le surprenait à la regarder, il lui décochait un clin d'œil audacieux qui la faisait rougir. Ils ne s'étaient pas parlé depuis la nuit où il lui avait fait si peur dans sa pièce secrète. Pourtant, elle y était retournée tous les soirs, depuis son arrivée, dans l'espoir qu'il l'y rejoigne.

A l'autre bout de la pièce, Rowena regardait par la fenêtre, prêtant à peine attention aux festivités. Elle paraissait plus réservée que jamais, mais c'était comme si elle attendait qu'il se passe quelque chose. Attendre qu'il se passe quelque chose au lieu d'agir pour le provoquer, c'était tout à fait le genre de Rona. Cela avait-il à voir avec ce pilote avec lequel elle avait pris le thé ? La maison bourdonnait encore du bruit de ces drôles d'aéroplanes qui l'avaient survolée à plusieurs reprises ces jours derniers. Elaine avait fini par la faire parler un peu. Elle avait conclu que c'était une très jolie histoire — mais que ses parents ne seraient pas de cet avis.

Victoria avait envisagé d'affronter Rowena. Cependant, comme elle avait elle aussi des secrets, elle avait finalement décidé de la laisser tranquille. Ah, si son père était là… Lui, au moins, il saurait quoi faire.

Secouée par une brusque décharge de douleur, elle laissa tomber une figurine de verre qui vola en mille éclats sur le sol de marbre.

Le silence se fit. Ce fut tante Charlotte qui le rompit.

— J'espère que ce n'était pas une décoration en cristal de Waterford, mon enfant.

Victoria sourit faiblement.

— Je suis désolée, tante Charlotte.

Cette dernière soupira.

— Tant pis. Voilà ce qui arrive quand on décore l'arbre soi-même.

— Cela fait partie de l'esprit de Noël, lady Summerset, fit valoir Kit.

En réalité, les domestiques s'étaient déjà occupés de tout, mais les invités pouvaient ajouter quelques babioles s'ils le souhaitaient.

Une femme de chambre arriva en quelques secondes pour balayer les débris et disparut aussi vite et aussi silencieusement qu'elle était apparue. Comment s'appelait-elle donc ? se demanda Victoria. Elle soupira. Il était tout de même bien étrange de vivre au milieu de cette armée anonyme.

— Permettez-moi de vous aider, mademoiselle, la pria Kit en montant sur le perchoir de Victoria qui se cramponna nerveusement au siège pour conserver son équilibre.

Les yeux de Kit brillèrent quand il se rapprocha.

Voilà qu'il était ridiculement près. Et qu'il lui passait un bras autour de la taille.

— N'ayez crainte, je ne vous laisserai pas tomber.

Elle avala sa salive avec peine. Kit avait le corps athlétique d'un garçon qui avait joué au cricket toute sa scolarité et, aujourd'hui, montait à cheval, chassait et pratiquait le golf à la perfection. Il prit une autre décoration dans la boîte qu'elle avait posée en équilibre sur ses genoux et la lui donna.

— Allez-y.

Elle avala de nouveau sa salive et se pencha en avant pour accrocher la figurine à l'arbre. Il l'enserra plus étroitement. Quand elle frémit, il sourit, comme s'il savait précisément ce qu'elle ressentait. Elle fut prise d'une subite envie de lui cogner sèchement sur la tête avec les jointures de ses doigts.

Elle entendit la porte d'entrée s'ouvrir à l'autre bout du hall. Cairns accueillait d'autres invités. Les valets de pied furent envoyés chercher leurs bagages tandis que le majordome les annonçait.

S'ensuivit un ballet de révérences et de saluts. Elaine emmena les jeunes filles qui venaient d'arriver dans un coin et persuada une Rowena pourtant réticente de se joindre à elles. Victoria accrocha une autre décoration dans l'arbre. Elle avait du mal à respirer, si près de Kit. Chaque fois qu'elle baissait les yeux, elle voyait son regard fixé sur elle.

— Il me semble qu'il faudrait déplacer l'échelle, non ? Nous avons peut-être formé un groupe un peu trop compact.

Il y avait une note d'humour dans sa voix et Victoria se rendit compte qu'il disait vrai.

— Ne vous en faites pas, chuchota-t-il. Personne ne s'en apercevra. Tout le monde est bien trop occupé à échanger des flatteries. Regardez.

Il lui indiqua discrètement le coin où trônait tante Charlotte, entourée d'une petite cour. Il avait raison. Les femmes s'étaient toutes rassemblées autour d'elle et de lady Edith Billingsly pour leur faire des courbettes et dire du mal de celles qui n'étaient pas encore arrivées. Kit prit la boîte de décorations et descendit, puis Victoria se retourna avec précaution et l'imita, consciente de la vue qu'elle lui offrait de son derrière.

Il désigna les boîtes encore alignées sur la table.

— Faut-il continuer ? demanda-t-il. Il me semble que nous formons une bonne équipe.

Elle le regarda vivement. Se moquait-il d'elle ? C'était difficile à dire. Cependant, elle était bien bête, mais elle aimait passer du temps avec lui.

— Autant le faire, oui. Les autres ne termineront certainement pas.

Ils travaillèrent encore une demi-heure environ sans se préoccuper de la sonnerie presque continuelle de la porte ni des annonces du majordome. Aux yeux de Victoria, Summerset était bien davantage un palais enchanté qu'une maison de pierre et de mortier. Son père avait toujours évité les Noëls au domaine. Il préférait passer les fêtes dans leur maison de Londres. Ils la décoraient, certes, et ils recevaient du monde, mais pas sur le même pied qu'ici, loin de là.

Des branches de feuillage couraient le long des murs du grand hall, de la porte d'entrée à celle du salon, à l'autre bout. Tous les deux mètres environ, elles étaient rassemblées par un nœud de velours rouge dans lequel passaient des fils d'or. On avait disposé de grandes bougies blanches sur tous les meubles et tendu en travers de toutes les arches des guirlandes de minuscules flocons de neige argentés que la flamme des chandelles faisait scintiller sur tous les murs et jusque sur les fresques de l'entrée. L'arbre avait été choisi parmi la centaine que la famille faisait spécialement pousser à cet effet depuis des générations. Il y en avait dix, décorés, rien que dans la maison. Un dans l'entrée, un dans le salon, un pour les domestiques à l'office et un dans chacune des chambres des membres de la famille. Victoria ne s'était pas encore occupée du sien, mais elle appréciait le parfum citronné qui flottait dans l'air.

— J'ai une surprise pour vous, lui annonça soudain Kit à l'oreille. Croyez-vous pouvoir vous éclipser d'ici une vingtaine de minutes ?

Victoria regarda autour d'elle. Il devait y avoir dans la grande entrée au moins cent personnes qui buvaient de la bière épicée, du porto ou du vin chaud. Sa sœur était dans un coin avec Elaine, Sebastian, Colin et une demi-douzaine de jeunes gens de leur âge. Etaient-ce les autres membres du Cénacle du Bel Esprit ? Naturellement, Prudence n'avait pas été invitée.

Elle acquiesça d'un rapide signe de tête. C'était de la folie, bien sûr. Mais personne ne remarquerait son absence. Et puis, surtout, alors qu'il l'ignorait pour ainsi dire depuis deux jours, elle était curieuse de voir quelle surprise il lui réservait. D'instinct, elle avait confiance en ce jeune homme étrange. Et quand elle se remémorait leur conversation chuchotée dans sa pièce secrète, elle était intriguée presque malgré elle.

— Rendez-vous dans la bibliothèque, murmura-t-il avant de disparaître.

Victoria fit signe à un valet de pied d'emporter l'échelle et termina en accrochant quelques décorations en bas de l'arbre.

Puis elle s'approcha du grand bol de punch et un domestique lui en servit un verre. Elle traversa la pièce en évitant les regards pour que personne n'engage la conversation. Les femmes étaient très élégantes, avec leurs beaux bijoux et leurs robes ornées de plumes, de fourrure ou de cristaux. Celle de Rowena était en dentelle noire, à manches courtes en plumes de cormoran. Elle portait une coiffe assortie sur sa chevelure noire brillante. C'était une vraie beauté, songea Victoria en se détournant, la gorge serrée.

Les costumes sombres des messieurs étaient destinés à mettre en valeur les tenues plus extravagantes et plus colorées des dames. Son oncle se tenait sur le côté de la pièce, en grande conversation avec un groupe de gentlemen à l'air distingué. De temps à autre, sa tante et lui échangeaient un regard de félicitations, comme si chacun complimentait l'autre sur la réussite de cette réception. Et il faut bien dire que, jusqu'ici, la fête de décoration de l'arbre était un succès. Viendrait ensuite un dîner de douze plats pour la famille et les amis. Puis l'on jouerait et l'on écouterait de la musique dans le salon de musique. Les choses sérieuses ne commenceraient que demain, avec le fameux double bal de Summerset. Dans un premier temps, la grande entrée serait vidée de presque tout son mobilier pour le bal des domestiques. Puis, lorsque sa famille aurait fait son devoir envers ces derniers, elle se retirerait dans la grande salle de réception rehaussée pour la circonstance de décorations fabuleuses pour son bal à elle, tandis que les domestiques auraient le droit de continuer à danser encore une heure dans l'entrée. Pas une minute de plus, pas une minute de moins. Personne n'osait déroger aux traditions de lady Summerset. La plupart des invités partiraient le lendemain pour fêter Noël chez eux, mais ils seraient tout de même deux douzaines au moins à rester à Summerset jusqu'au nouvel an.

Sans avoir l'air de se presser, Victoria s'approcha gracieusement de l'escalier et rendit son verre à un domestique engagé en renfort pour la circonstance. Une fois sortie du grand hall sans que personne la remarque, elle enfila le dédale de couloirs laissés dans une demi-obscurité pour se rendre dans la bibliothèque.

Cette dernière, véritable œuvre d'art, se suffisait à elle-même et n'avait guère besoin de décorations supplémentaires. Comment surpasser les moulures bleues et blanches des murs et du plafond conçues pour encadrer une douzaine de fresques d'inspiration néoclassique ? Les sièges, les tables et les coussins étaient tous d'un blanc neutre destiné à mettre en valeur les couleurs des peintures. Alors qu'elles aimaient énormément leur bibliothèque de Londres, Rowena et Victoria ne venaient que très peu dans cette pièce quand elles étaient enfants. Il faut dire qu'elle abritait principalement des ouvrages anciens, de collection, qui, malgré leur valeur, n'avaient rien pour faire vibrer les petites filles.

Sur une table basse devant la cheminée de marbre, Victoria remarqua deux gros volumes reliés de cuir. L'un était ouvert, appuyé sur l'autre. Elle s'approcha, curieuse. Il était rare que l'on ne range pas les choses, à Summerset. En voyant de quoi il s'agissait, toutefois, elle comprit.

Comme le reste de la série à laquelle ils appartenaient, les deux albums étaient frappés des armes des Buxton.

Il y en avait un par an, composés pour la plupart très soigneusement par des maîtresses de maison attentives — ou, parfois, par des domestiques lorsque, comme lady Summerset, elles n'avaient pas le goût de ce genre d'ouvrage.

Elle avait vu des volumes semblables en bas, exposés de façon à ce que l'on puisse pour ainsi dire se replonger dans les Noëls passés. La collection, qui remontait à près de quatre cents ans, était considérée comme la plus belle du genre dans toute la Grande-Bretagne.

Elle fronça les sourcils et étudia de plus près les dates. Pourquoi avait-on laissé ces deux-là ici au lieu de les descendre avec les autres ? Il s'agissait de deux années consécutives : 1890 et 1891. Peut-être ne les jugeait-on pas suffisamment anciens pour les exposer. Elle s'agenouilla. Allait-elle découvrir une distraction… ou un secret ? Ce qu'elle avait appris de plus important au sujet des secrets, c'était que l'on ne savait pas toujours quand on les avait sous le nez.

Coïncidence, alors, ou vrai mystère ? Elle tira les albums vers elle. Celui du dessus était ouvert à la page d'une photographie sur laquelle toute la famille et les domestiques de Summerset posaient devant la maison. Elle sourit en découvrant que, il y a vingt-trois ans, Cairns avait des cheveux. Mme Harper n'avait pas changé du tout. Elle reconnut beaucoup d'autres domestiques. Quel avait été le sort de ces gens qui consacraient leur vie à s'occuper d'une autre famille que la leur ? Elle parcourut la liste de noms et de fonctions rédigée en minuscules caractères à droite de la photographie. Beaucoup de noms lui étaient familiers. Combien de familles étaient là, comme la sienne, depuis l'origine de Summerset ?

C'est alors qu'elle lut *Iris Combes — Nurse*. Elle étudia l'image de plus près et découvrit nanny Iris juste à gauche de la famille. Elle était à côté de la grand-mère de Victoria, une petite femme silencieuse qui lui avait toujours fait penser à un oiseau des histoires de Beatrix Potter[1].

Au centre de la photo, à côté de sa grand-mère, on reconnaissait le précédent comte. Ce devait être avant que n'ait commencé la lente dégradation de son corps car il ne montrait aucun signe de faiblesse. Rien qu'une arrogance prédatrice qui fit frémir Victoria. Ses fils se tenaient derrière lui, dans son ombre comme toujours. Oncle Conrad semblait seul et abattu tandis que le père de Victoria, tout jeune marié, resplendissait. A en juger par les rondeurs inhabituelles du visage de petit elfe de sa mère, elle attendait déjà Rona. Victoria suivit d'un doigt léger le bord de la photo en se demandant quelle aurait été sa vie si sa mère avait survécu à sa naissance. Ce n'était pas la première photographie qu'elle voyait d'elle, bien sûr, mais chaque nouvelle image était un véritable cadeau, car sa mère y paraissait toujours heureuse. Du reste, tout le monde s'accordait à dire qu'elle avait le don du bonheur.

Elle ravala les larmes qui lui montaient aux yeux et se détourna. Il ne fallait surtout pas que Kit la trouve en train de pleurer sur un vieil album. Elle se détacha résolument de ses parents et se concentra sur nanny Iris, qui avait les mains sur les épaules d'une enfant à qui elle donnait environ trois ans. Victoria retint son souffle. *Halpernia*. La petite fille dont le décès l'année de la naissance de Rowena avait rendu son grand-père infirme et changé pour toujours la famille. Elle avait les cheveux noirs des Buxton, et, sans doute, les yeux verts sous son épaisse frange bouclée. Cela faisait drôle de songer que

1. Beatrix Potter était une auteure et une illustratrice anglaise très connue pour ses livres pour enfants.

Rowena, Colin, Elaine et elle-même auraient une tante à peine plus âgée qu'eux si elle avait vécu.

Elle examina la photographie de plus près encore et fronça les sourcils. A qui Halpernia s'agrippait-elle ? Ni à sa mère ni à nanny Iris, mais à une jeune femme dont le visage lui disait quelque chose... mais quoi ? La réponse lui vint en un éclair douloureux. *La mère de Prudence !* Elle revint à la liste de noms au bord de la page jusqu'à découvrir celui qui avait été biffé si rageusement qu'il en était devenu illisible. Mais Victoria n'avait pas besoin de le lire pour savoir qu'elle avait raison. Prudence possédait plusieurs photos de sa mère jeune, et miss Tate avait de toute façon joué un rôle important dans la vie de Victoria. Non, assurément, c'était bien elle.

Elle l'examina encore. Elle portait l'uniforme des femmes de chambre, mais il n'y avait pas à se méprendre sur l'affection que la petite fille lui témoignait. Comment se faisait-il qu'une simple servante ait eu le droit de donner la main à la petite princesse de la maison ? Pourquoi était-elle si près de la famille et non au fond, avec les autres filles de son rang ?

Elle jeta un coup d'œil à la porte. Où était passé Kit ? Avait-il été retenu ? Il allait falloir qu'elle redescende avant que l'on remarque son absence. Mais, avant, elle voulait feuilleter le dernier album. Après avoir passé les pages des naissances et des baptêmes, elle trouva le portrait annuel de la famille et des domestiques. Comme elle s'y attendait, trois lignes succinctes annonçaient la mort d'Halpernia — mais Alice Tate avait disparu de la photographie.

Elle rangeait les albums quand une coupure de journal échappée d'un des volumes tomba en voletant jusqu'à terre. Son cœur s'emballa quand elle se rendit compte qu'il s'agissait... d'un article au sujet du décès d'Halpernia. Elle rouvrit les deux gros livres mais ne trouva rien d'autre. Elle replia soigneusement la coupure et la glissa dans le devant de son corset.

S'il existait un lien entre Halpernia et la mère de Prudence, elle allait découvrir lequel. Prudence avait le droit de savoir la vérité.

12

— Cela irait tellement plus vite si tu te tenais tranquille, s'énerva Prudence le lendemain après-midi.

Heureusement qu'elle tenait les épingles entre ses dents car elle était très tentée d'en planter une dans le crâne de Rowena. Celle-ci ne cessait de s'agiter et de se tortiller sur sa chaise telle une enfant dissipée. Prudence l'avait déjà aidée à mettre sa robe de dentelle bordeaux avec les incrustations de soie noire. Les autres femmes seraient vêtues de leurs robes les plus éclatantes, mais les filles Buxton devaient encore porter des couleurs sombres à la mémoire de leur père. Cela dit, tout allait au teint de porcelaine de Rowena et à ses cheveux très bruns. Prudence tira juste assez fort sur une boucle rebelle pour lui faire un peu mal et Rowena lui lança un regard noir dans la glace.

— Je ne comprends pas qu'il faille encore et encore se changer. Qu'arriverait-il si je portais une robe d'intérieur pour le thé *et* pour le dîner ? La soirée serait-elle gâchée ? Et toutes ces réceptions… C'est bien trop pour un seul Noël.

— On dirait que tu es de mauvaise humeur, remarqua Prudence. N'oublie pas, s'il te plaît, que ce n'est pas moi qui ai eu l'idée de venir ici, articula-t-elle en piquant des épingles dans la coiffure qu'elle était en train d'élaborer pour ponctuer sa phrase.

Rowena baissa les yeux.

— Tu ferais une femme de chambre épouvantable, Pru, tu le sais ?

Prudence émit un reniflement agacé. Cela non plus, ce n'était pas son idée, mais elle s'abstint de le souligner. Il y avait hélas trop de choses qu'elle ne disait plus à Rowena. Elle avait oscillé pendant des semaines entre la colère et l'inquiétude pour son amie. Aujourd'hui ne restait que la colère. Elle lui en voulait amèrement.

— Oh ! vous allez arrêter, toutes les deux !

Victoria, qui était déjà coiffée, attendait, assise au bord du lit de Rowena, en ayant soin de ne pas froisser sa robe de soie noire aux lignes orientales à la Poiret. Le noir ne lui allait pas aussi bien qu'à son aînée. Il rendait sa peau fine presque transparente et ses yeux plus grands encore dans son petit visage. Même avec du rouge à lèvres, elle avait un peu l'air d'une enfant déguisée.

Prudence se tourna vers elle en fronçant les sourcils.

— Qu'est-ce qui te prend ? lui demanda-t-elle sans ménagement.

Elle en avait assez de jouer les femmes de chambre pendant que ses amies se faisaient belles pour manger des mets délicieux qui avaient fait trimer toute la cuisine une semaine entière. Ce soir, c'était la première fois qu'elle pourrait bien se vêtir — mais elle devait *encore* s'assurer qu'elles soient prêtes les premières. Elle avait envie que quelqu'un s'occupe d'elle, pour une fois.

— Il ne me prend rien du tout, opposa Victoria. J'en ai assez de vous écouter vous disputer sans arrêt, toutes les deux. On dirait des marchandes de poisson. Je comprends que la situation soit intolérable, mais il faut tenir jusqu'à Pâques et faire contre mauvaise fortune bon cœur. Ensuite, nous pourrons rentrer à la maison. N'est-ce pas, Rona ?

— Oui… C'est cela.

Mais elle avait mis un peu trop longtemps à répondre.

— Te voilà prête, annonça Prudence en posant les peignes et brosses sur la coiffeuse. Maintenant, à moi d'aller me préparer.

Victoria se leva.

— Pas si vite. Comment pourras-tu t'habiller sans ta robe ?

— Ma robe ? répéta-t-elle sans bien comprendre.

Rowena lui fit un sourire hésitant et se tourna vers Victoria qui avait sauté sur ses pieds pour aller prendre quelque chose dans l'armoire.

— Victoria a une surprise pour toi.

— A toi de t'habiller. Tu as un bal, ce soir, toi aussi.

Il n'y avait plus trace de mauvaise humeur dans le ton de Victoria; rien qu'une note d'excitation. Elle revint chargée d'une grande robe de bal de soie émeraude aux lignes d'inspiration orientale, elle aussi, avec des manches façon kimono qui s'achevaient par des glands dorés.

Prudence poussa un petit cri de surprise.

— D'où sort-elle ? voulut-elle savoir. Je m'en souviendrais, si nous l'avions emportée.

Rowena sourit. D'un sourire triste, mais, au moins, elle sourit.

— Je l'avais fait faire il y a deux ans à Paris et elle avait été envoyée ici par erreur, expliqua-t-elle en faisant glisser un doigt sur le luxueux tissu. Je n'ai jamais eu l'occasion de la mettre.

Prudence se mordit la lèvre. Ne serait-ce pas déplacé, de la porter, alors que sir Philip venait de… ?

— Je t'interdis de penser à papa, lança Victoria si farouchement qu'elle la fit sursauter. Ce qu'il voudrait, c'est que tu sois heureuse et que tu sois belle pour aller danser. Alors, arrête.

Rowena confirma d'un hochement de tête. Ses yeux verts étaient pleins de larmes.

— C'est vrai, Prudence, lui assura-t-elle. Mets cette

robe et sois heureuse quelques heures. Dieu sait que tu le mérites.

Devant la lassitude de son amie, elle capitula.

Victoria battit des mains puis ordonna à Prudence de ne pas bouger pendant qu'elle l'habillait de pied en cap.

C'est tout juste si elle se reconnut quand elle se regarda dans le miroir. Le vert de la robe rehaussait celui de ses yeux et la taille étroite lui faisait une silhouette de liane. Les deux sœurs avaient remonté sa chevelure en une masse bouclée sur le sommet de son crâne et l'avaient maintenue grâce à une écharpe de soie vert paon nouée autour de sa tête comme une tiare. Les extrémités tombaient dans son dos que la coupe de la robe laissait audacieusement dénudé jusque sous les omoplates.

— Savez-vous comment se passe le bal des domestiques ? finit par demander Prudence.

— Moi, je peux vous le dire, fit Elaine depuis le seuil. Je me demandais ce qui vous prenait si longtemps. Maintenant, je comprends.

Les filles se turent le temps de peaufiner encore un peu la coiffure de Prudence.

— Oh ! s'il vous plaît, je ne veux pas gâcher votre plaisir. Prudence est absolument magnifique, assura Elaine, sublime elle aussi dans sa robe de dentelle rose, en tournant autour de Prudence d'un air ébahi.

— Merci, mademoiselle, répondit cette dernière avec une certaine raideur.

— Je ne plaisante pas ! Vous êtes presque aussi bien que Rona. Vous savez ce qui serait épatant ? Ce serait que nous la fassions entrer à notre bal avec nous, sous le nez de ma mère. Elle ne s'en apercevrait même pas.

Elaine leva une main pour faire cesser les protestations qui saluaient sa suggestion.

— Très bien, je ne le ferai pas. Mais admettez que cela aurait été drôle. En général, on s'amuse beaucoup au bal des domestiques. Cela commence de façon un peu guindée. Mon père danse avec Mme Harper et ma mère avec Cairns, puis nous nous joignons tous à eux si nous en avons envie. La plupart des invités prennent part à une ou deux danses avant de se retirer dans le salon pour attendre le souper. Ils font cela pour montrer à quel point ils sont modernes, précisa Elaine avec ironie. J'ignore ce qui se passe ensuite, parce que nous avons le dîner, qui est servi par des gens que l'on fait venir de la ville, et que le bal des domestiques s'achève à peu près au moment où commence le nôtre.

Victoria hocha la tête.

— J'ai entendu dire que le bal des domestiques des Welbeck était si somptueux qu'il fallait faire venir cinquante serveurs de Londres !

Elaine hocha la tête.

— C'est pour cela que ma mère organise le sien le même soir que celui de nos invités. L'orchestre joue d'abord dans la grande entrée pour les domestiques, puis dans la salle de bal pour nous.

Elle secoua la tête en regardant toujours Prudence qui commençait à avoir l'impression d'être une oie dans la vitrine du boucher plutôt qu'une jeune fille.

— Je n'en reviens toujours pas de votre élégance ! Je sais que je vais passer pour horriblement snob, mais on dirait que c'est vous, la sœur de Rowena, et pas Victoria.

Ces mots firent sursauter Vic. Cela n'échappa pas à Prudence, mais son amie ne dit rien. Rona rit, elle, d'un petit rire triste qui lui fit de la peine.

— Si tu savais combien de fois nous avons entendu cela… Mon père disait que c'était parce que nous étions tout le temps ensemble.

— Sommes-nous prêtes ? coupa brusquement Victoria. Est-ce l'heure de descendre ?

Cédant à une impulsion, Prudence donna le bras aux

deux sœurs. Elle avait tellement envie que tout redevienne comme autrefois... Victoria se rapprocha d'elle, les yeux brillants, mais Rowena hésita et évita son regard. Ce fut finalement Elaine qui, sans se rendre compte des tensions qui régnaient dans la pièce, glissa le bras sous celui de Prudence.

Rowena fit un geste en direction de la porte et elles sortirent.

Elles étaient presque en bas de l'escalier quand Rowena porta la main à sa gorge.

— Mon médaillon ! J'ai oublié le médaillon que m'avait offert papa.

Elle se retourna vers les trois autres qui descendaient bras dessus bras dessous.

Agacée, Prudence lâcha ses deux compagnes et fit un pas en arrière.

— Allez-y, leur enjoignit-elle. Je monte le chercher en vitesse et je vous retrouve dans le hall.

— Mais non, je vais y aller, protesta Rowena. Je ne voulais pas...

— Ne sois pas ridicule. C'est moi qui l'ai rangé : je sais où il est.

Elle se hâta de remonter dans la chambre de Rowena. Malgré sa belle robe, elle se sentait plus femme de chambre que jamais.

Une fois le médaillon trouvé, elle redescendit, songeuse.

— J'espérais bien tomber sur vous.

Prudence tressaillit en entendant la voix grave de lord Billingsly derrière elle. Son habit tombait à la perfection. Bien qu'il se fût pommadé les cheveux et les eût lissés en arrière, quelques boucles indisciplinées s'échappaient pour lui retomber sur le front. Son sourire brillait jusque dans ses yeux bruns qui s'écarquillèrent d'étonnement quand il découvrit sa toilette et sa coiffure.

Elle piqua un fard, mais ne put se retenir de lui sourire à son tour.

— Et pourquoi cela, lord Billingsly ? Souhaiteriez-vous donc que j'aille vous chercher quelque chose ?

Elle s'efforça d'adopter un ton mutin pour qu'il ne voie pas combien sa présence la troublait et faisait battre son cœur plus vite.

Un bref instant, il parut déstabilisé. Mais il recouvra vite le sourire.

— Non, merci. J'ai mon valet de chambre, pour cela, comme vous le savez. Pourquoi être ainsi sur la défensive ? Et si je ne souhaitais que bavarder un peu avec vous ?

— Règle numéro un, répondit-elle.

— Pardon ? fit-il en haussant les sourcils.

— C'est à cause de la règle numéro un que je suis sur la défensive. Au lieu de m'accueillir comme une amie proche de la famille ou même une inconnue que l'on respecte, on m'a donné une liste de règles et on m'a installée dans une mansarde de domestique. La règle numéro un stipule que je ne dois jamais faire entendre le son de ma voix aux dames et aux messieurs de la maison. Quant à la règle numéro deux, elle veut que je réponde poliment lorsqu'on m'adresse la parole.

A peine eut-elle prononcé ces mots qu'elle les regretta. Il se montrait léger et un peu taquin ainsi que le permettait la circonstance, une soirée de fête au cours de laquelle les classes se mélangeaient exceptionnellement, et, au lieu d'en profiter, elle se hérissait comme un porc-épic.

Elle crut un instant qu'il n'allait pas répondre. Mais il finit par hocher la tête et par dire :

— Bien que je sois navré de la façon dont on vous traite, je dois avouer que cette règle me plaît assez.

Elle releva vivement la tête.

— Pardon ?

— La règle numéro deux : celle qui veut que vous

répondiez poliment quand on vous adresse la parole. Elle indique une conversation polie, qui est précisément ce que j'avais à l'esprit. Etes-vous impatiente de participer aux festivités de ce soir, miss Tate ?

Il lui offrait l'occasion de se départir de son humeur maussade. Elle s'empressa de la saisir.

— Oh ! oui, lord Billingsly. Cela fait du bien même aux domestiques de s'amuser de temps à autre.

Et voilà qu'elle recommençait ! Sa situation et son rang lui restaient sur le cœur, il n'y avait rien à faire.

Il lui offrit son bras.

— Je vois que nous allons avoir du mal à bavarder poliment ce soir, commenta-t-il. Peut-être vaudrait-il mieux que nous nous contentions de danser.

Prudence inspira profondément et lui prit le bras.

— Avec grand plaisir, lord Billingsly.

Il posa sur elle son regard de jais si brillant, qu'elle s'efforça de soutenir, rien que pour lui prouver qu'il ne la troublait pas du tout, alors même que sa présence l'électrisait et la consternait tout à la fois.

Les yeux de lord Billingsly s'adoucirent.

— Si nous devions parler, et non simplement danser, mon premier souci serait de savoir comment vous allez. Vraiment. Vous maltraite-t-on ?

Elle se détourna de lui et se remit à descendre l'escalier, le forçant à la suivre.

— Et si c'était le cas, lord Billingsly, que pourriez-vous y faire au juste ? En appeler à lord Summerset ? Ce sont les circonstances et ma naissance qui m'ont mise dans cette situation. J'y fais face de mon mieux. Je resterai auprès de Rowena et Victoria jusqu'à Pâques. Ensuite…

Sa voix se brisa.

— Et ensuite ? demanda-t-il alors qu'ils étaient arrivés au pied de l'escalier. Que ferez-vous, ensuite, Prudence ?

Il parlait bas et les bruits de la fête couvraient en

partie sa voix dans laquelle elle perçut tout de même une certaine inquiétude.

L'entendre l'appeler par son prénom la troubla encore davantage. Ils se regardèrent longuement, désireux l'un et l'autre de faire durer cet instant d'infini entre eux. Mais elle résista à son attirance pour lui. Dans la maison de sir Philip, elle aurait pu s'imaginer que tout irait bien. Elle aurait pu plaisanter avec lui. Elle aurait pu lui parler des livres qu'elle lisait. Elle aurait pu faire mille choses. Sauf qu'elle n'était *pas* dans la maison de sir Philip. Elle était à Summerset, dans un tout autre monde. Et tout un système de classes les séparait.

— Rowena ! Ne laissez pas mon cher fils vous mettre en retard pour les festivités. Que dirait votre tante ?

Prudence pivota sur place en entendant cette voix féminine inconnue et perdit l'équilibre sur la dernière marche. Lord Billingsly la rattrapa avant qu'elle tombe en lui passant un bras autour de la taille.

— Oh ! Vous n'êtes pas Rowena.

Une dame d'un certain âge, assez petite, s'était arrêtée un peu plus haut dans l'escalier et approchait un lorgnon de son visage. Une coiffure très élaborée encadrait son visage inquisiteur, mais ses yeux noirs braqués sur elle étaient si semblables à ceux de lord Billingsly que Prudence comprit aussitôt à qui elle avait affaire. Elle baissa les yeux et s'absorba dans la contemplation des motifs du tapis.

— Non, madame.

— Mais qui êtes-vous alors ? répliqua la dame d'une voix presque grincheuse.

Sans doute n'aimait-elle pas être prise au dépourvu…

— Je m'appelle Prudence Tate, madame, répondit-elle en faisant la révérence.

C'est alors qu'elle avisa Victoria qui, à l'autre bout du hall, lui faisait signe tandis que l'orchestre attaquait le premier morceau. Elle se retourna vers lord Billingsly et sa mère.

— Si vous voulez bien m'excuser, Rowena et Victoria m'attendent.

Elle refit la révérence. C'était impoli, elle le savait, mais elle n'avait aucune envie d'engager la conversation avec lady Billingsly, qui était presque aussi intimidante que lady Summerset.

En traversant la salle bondée, elle remarqua qu'une certaine agitation se soulevait sur son passage. Non parmi les amis de la famille, qui n'avaient aucune idée de qui elle était, mais parmi les domestiques qui attendaient que lord et lady Summerset aient ouvert le bal avec la gouvernante et le majordome pour s'amuser à leur tour. Ils ne se donnaient même pas la peine de chuchoter dans son dos; ils parlaient tout haut, de sorte qu'elle les entendait parfaitement.

— Regardez-moi ça ces grands airs qu'elle se donne. Elle se croit de la haute!

— Attendez un peu que Mme Harper la voie. Ce sera la porte assurée, vous verrez. Non mais quel toupet!

Morte de honte, elle regarda autour d'elle et se découvrit entourée de gens avec lesquels elle travaillait tous les jours et qui s'étaient endimanchés, ne signalant que par un joli col ou une nouvelle chemise qu'ils n'étaient pas tout à fait vêtus comme pour leur demi-journée de congé. Leurs yeux étincelaient de rancœur, d'envie et de méchanceté. Victoria et Rowena l'avaient habillée pour lui faire plaisir. Au lieu de cela, elle avait l'impression d'être une traîtresse, une idiote et, surtout, plus que jamais, une exclue.

Elle rougit mais releva le menton. Non, elle n'allait pas se laisser intimider! Eux aussi la jugeaient, comme l'avaient fait les aristocrates, et elle en avait plus qu'assez qu'on la juge. Alors elle se concentra sur le visage accueillant de Rona et Vic à l'autre bout de la salle. Mais c'est sous le feu continu des critiques qu'elle continuait d'avancer.

— On peut se demander quel genre de services il faut rendre pour avoir une robe pareille, remarqua quelqu'un sur son passage.

— J'ai entendu dire qu'elle se croyait tellement supérieure aux autres domestiques qu'elle ne voulait pas utiliser les mêmes cabinets qu'eux, ironisa une voix horriblement vulgaire.

Prudence serra les poings si fort que ses ongles lui entrèrent dans la chair. C'est alors que Susie, avec un courage qu'elle ne lui connaissait pas, fendit la foule pour venir l'étreindre.

— Que vous êtes belle ! s'exclama-t-elle. Et regardez comme moi aussi, grâce à vous !

Elle tourbillonna sur place sans prêter la moindre attention aux gens autour de Prudence. Alors, comme cela arrivait souvent en pareil cas, les agressifs perdirent de leur virulence et se dispersèrent. Prudence en aurait pleuré de soulagement.

— Eh bien ? demanda Susie en prenant la pose.

Elle portait toujours sa jupe de flanelle marron foncé mal ajustée, mais le chemisier de toile de lin très fine lui allait à ravir avec ses larges ruchés sur les manches et l'encolure.

— C'était la moindre des choses, assura-t-elle. Vous avez été si gentille avec moi.

A son tour, Prudence embrassa la jeune fille.

Très vite, Susie fut enlevée par un garçon d'écurie. Avant d'arriver à destination, Prudence fut arrêtée par Andrew qui l'enveloppa de son regard si plein de chaleur.

— Je voulais vous inviter à danser, dit-il, mais vous êtes si belle que j'ai presque peur de vous casser.

Prudence s'obligea à chasser de son esprit les odieuses paroles qu'elle avait entendues.

— J'essaie d'aller retrouver Rowena et Victoria, expliqua-t-elle. Mais il y a tant de monde que cela me semble impossible.

En les cherchant de nouveau du regard, elle se rendit compte que Victoria dansait avec le dénommé Kit et Rowena avec son cousin Colin. Alors, elle leva les deux mains comme pour se rendre.

— Je serai très heureuse de danser avec vous, monsieur Wilkes. Et je vous promets de ne pas me briser.

Quand il lui prit la main, elle remarqua avec une pointe de tendresse qu'il avait remis ce costume un peu trop petit pour lui.

— Rowena ! appela-t-elle comme l'intéressée et Colin passaient près d'eux en dansant.

Celle-ci tendit la main et Prudence y glissa son médaillon.

— Que se passe-t-il ? s'enquit Andrew.

Elle se contenta de secouer la tête et de lui faire comprendre qu'ils devraient se joindre aux danseurs. Dès qu'il l'enlaça, elle se détendit. A aucun moment depuis le début de la soirée, elle ne s'était sentie aussi bien, aussi en sécurité. Elle ne fut pas longue à remarquer avec quelle application il comptait ses pas. Elle sourit.

— C'est plus amusant quand on ne réfléchit pas trop, lui assura-t-elle.

— Mais cela risque d'être dangereux pour vous, objecta-t-il en souriant à son tour.

— Je vous ai promis de ne pas me briser, lui rappela-t-elle.

La musique s'arrêta.

— Nous avons été un peu floués, pour cette danse, remarqua-t-il. Voulez-vous en essayer une autre ? Je vous promets de ne pas vous briser, ajouta-t-il en serrant un peu sa main dans la sienne et en lui souriant.

Avant qu'elle ait pu ouvrir la bouche pour répondre, quelqu'un arriva en dérapant à côté d'elle. *Lord Billingsly.*

— Pardon, coupa-t-il, mais miss Tate m'a réservé la deuxième danse de la soirée dans son carnet de bal.

Il fit un signe de tête à Andrew qui fronça les sourcils d'un air perplexe. Profitant de l'absence de réaction de son rival, lord Billingsly prit la main de Prudence qu'il entraîna plus loin en tourbillonnant.

— Je ne vous ai aucunement promis la deuxième danse, lord Billingsly, protesta-t-elle en cherchant Andrew par-dessus l'épaule de son cavalier.

Mais il la prit par la taille. Alors, un frisson la parcourut et elle oublia Andrew, elle oublia tout, elle oublia presque de respirer.

— J'ai senti que si je ne réagissais pas rapidement, il allait vous monopoliser jusqu'à la fin de la soirée. Ce n'était pas possible. Et, je vous en supplie, appelez-moi Sebastian. Je crois que nous nous connaissons depuis suffisamment longtemps pour pouvoir nous considérer comme amis.

Elle inclina la tête en arrière pour le regarder dans les yeux. Pour une fois, elle n'y lut aucune taquinerie. Uniquement le plus grand sérieux, comme s'il l'interrogeait silencieusement. Elle aurait voulu pouvoir lui donner la réponse qu'il espérait. Hélas, c'était impossible. Cette amitié qu'il lui demandait ne pourrait que les faire souffrir tous les deux. Comment le lui faire comprendre ? Avant son arrivée à Summerset, elle ne le comprenait pas non plus.

— Je ne saisis pas très bien l'intérêt, objecta-t-elle. On ne voit pas d'un bon œil l'amitié entre un lord et une femme de chambre, même en ces temps *éclairés*.

— L'intérêt, répliqua-t-il, c'est que je vous apprécie et que j'aimerais que nous soyons amis. Par ailleurs, vous savez parfaitement que vous n'êtes pas tout à fait une femme de chambre, Prudence.

Elle s'empourpra. Il ne savait rien d'elle, en réalité. Il

ignorait qu'elle était la fille illégitime d'une servante. Son père était-il palefrenier ? portier ? Elle ne le saurait jamais. Alors que pouvait attendre d'elle ce jeune et beau lord, avec son costume parfait et son pedigree irréprochable ? Que dirait-il s'il savait la vérité ?

— Non, concéda-t-elle, mais je suis la fille d'une domestique, en revanche.

Elle s'arrêta de danser, la gorge serrée.

— Une amitié entre nous ne mènerait à rien de bon, lord Billingsly. Je ne veux pas d'ennuis. Si vous voulez bien m'excuser…

Au même instant, elle se rendit compte qu'il y avait du remue-ménage à l'autre bout de la salle. La musique s'interrompit même brièvement avant de reprendre. Les danseurs tournaient la tête pour tenter d'apercevoir ce qui se passait. Prudence vit M. Cairns séparer deux jeunes hommes qui se battaient et les faire sortir en les tenant chacun par un bras. Lorsqu'ils passèrent la porte, Prudence découvrit que l'un des deux n'était autre… qu'Andrew.

Lady Summerset semblait flotter dans l'assemblée, une immuable expression de plaisir nonchalant sur le visage. C'était l'air qu'elle voulait se donner malgré les urgences qui ne cessaient de survenir lorsque l'on organisait une réception de cette ampleur. Pour que tout se déroule bien lors de ce double bal, elle savait pouvoir s'appuyer sur ces inébranlables soutiens qu'étaient Hortense, Mme Harper et Cairns. Tous trois savaient que, s'ils pouvaient profiter de cette soirée pour s'amuser, ils devaient continuer de faire passer leur devoir avant tout. Elle aurait beau engager tous les extra possibles en ville, personne ne pourrait jamais remplacer ces trois-là. D'ailleurs, elle était certaine que, s'ils avaient été chargés de régler la question de la guerre des Boers, elle aurait trouvé une conclusion bien trop rapide.

Hormis l'histoire du valet de pied et du jardinier, le bal des domestiques se déroulait à merveille. Par chance, Cairns s'en était occupé. Il venait de lui faire son rapport, et, ô surprise, cela concernait Prudence Tate. Lady Charlotte déplia son éventail d'ivoire et s'éventa lentement en parcourant la salle du regard.

C'était la seconde fois de la soirée que le nom de cette fille lui revenait aux oreilles. Elle commençait à devenir le fléau qu'elle avait pressenti, même si c'était pour de tout autres raisons. Sa chère amie Edith était déjà venue lui demander qui était cette charmante Prudence avec qui elle avait trouvé son fils en grande conversation au pied de l'escalier. Devoir lui répondre que c'était la femme de chambre de ses nièces avait été l'une des épreuves les plus humiliantes de sa vie. Depuis longtemps, Edith et elle caressaient l'idée de voir leurs deux familles alliées par un mariage. Elle était certaine que, avec le temps, l'amitié de Sebastian et Elaine pourrait évoluer vers quelque chose de plus. En attendant, chaque jeune fille représentait une menace potentielle. Et si cette Prudence était aussi habile que sa mère…

Lady Summerset avisa justement celle-ci qui bavardait avec Victoria, Rowena, Elaine et quelques jeunes filles de leur âge en regardant les danseurs. Elle dut faire appel à toute sa maîtrise de soi pour que sa profonde irritation ne se lise pas sur son visage. Comment cette fille *osait-elle* s'habiller ainsi ? Si elle n'avait pas su ce qu'il en était, elle aurait pu la prendre pour une aristocrate ! Très peu de domestiques, même beaux et bien habillés, pouvaient passer pour des membres de la gentry. Quelque chose dans leur façon de parler, dans leur maintien, finissait toujours par les trahir. Alors que celle-ci… On aurait pu la présenter à la cour sans que personne se doute que c'était la fille d'une souillon qui avait eu un enfant hors des liens du mariage alors qu'elle avait à peine l'âge de porter des corsets longs.

La brûlure qu'elle ressentait au creux de l'estomac s'accentua quand la duchesse de Kent s'arrêta pour parler aux filles. En proie à une rage folle, lady Summerset vit Prudence lui être présentée puis lui faire une révérence impeccable et bavarder avec elle — comme si elle en avait le droit ! Aussitôt que la duchesse se fut éloignée, lady Summerset se dirigea nonchalamment vers les jeunes filles. Il devait y avoir un moyen d'arrêter cette créature avant qu'elle joue d'autres mauvais tours. Mais elle fut contrainte de se raviser lorsque lord Billingsly, accompagné de Colin et du jeune Kittredge, fondit sur le petit groupe en riant. Prudence eut beau secouer plusieurs fois sa tête brune, elle fut entraînée sur la piste de danse par un lord Billingsly qui n'avait d'yeux pour personne d'autre, pas même la ravissante lady Diana Manners, qui s'était jointe aux autres.

Des sonnettes d'alarme retentirent dans la tête de lady Summerset quand ils se mirent à danser en se dévorant mutuellement des yeux. Elle balaya la salle du regard et avisa Hortense dans les bras de sir John McLeod, un commandant de la marine de Sa Majesté à la retraite. Elle capta son regard pour lui signifier qu'elle avait besoin d'elle. Si Hortense était contrariée d'avoir été ainsi inopportunément convoquée, elle n'en laissa rien paraître et la rejoignit aussitôt.

— Il faut que je parle à Prudence au plus vite, lui dit-elle. Faites-la monter dans le salon juste avant que l'on sonne la cloche pour le dîner. Et prévenez Cairns que j'ai changé le plan de table, je vous prie. Il faut placer Elaine à côté de lord Billingsly. Mettez qui vous voulez à côté de M. Pettigrew, merci.

Cela fait, elle se remit à traverser calmement le grand

hall en bavardant avec ses invités et en demandant aux domestiques qu'elle trouvait sur son passage s'ils s'amusaient bien. Ils lui affirmaient que oui puis échangeaient des commentaires à voix basse, flattés qu'elle se souvienne de leur nom.

Lorsqu'elle arriva dans son joli salon refait à neuf, c'était presque l'heure de sonner pour annoncer le dîner, qui était toujours un moment éprouvant à cause de la crainte que les extra commettent des bévues, contrairement à ses domestiques habituels qui assuraient toujours un service impeccable. Elle passa le bout des doigts sur la cheminée de marbre en réfléchissant à son prochain coup. Le fait que la fille soit encore là malgré ses efforts subtils pour la faire partir indiquait de sa part autant d'opiniâtreté que de fidélité, hélas. Car ces traits de caractère que, chez d'autres, on aurait pu considérer comme des qualités devenaient en l'occurrence des inconvénients majeurs. Non seulement sa présence à Summerset risquait de faire éclater un scandale, mais voilà qu'elle menaçait le bonheur *de sa fille*. Il fallait agir.

Elle entendit Prudence entrer dans la pièce derrière elle.

— Vous souhaitiez me voir, madame ?

Elle se retourna et se sentit mal à l'aise, presque jusqu'à la nausée, en face des yeux Buxton. Ah, si seulement sa fille en avait hérité, plutôt que des siens d'un bleu si banal… Mais Prudence ne tarda pas à baisser la tête en signe d'une soumission que, lady Summerset le savait, elle était loin d'éprouver.

— Savez-vous pourquoi je vous ai fait demander ? Non. Bien sûr que non, poursuivit-elle sans attendre de réponse. Vous ne pouvez pas le savoir.

La fille releva les yeux un instant pour la regarder avant de les baisser de nouveau. Ce fut la seule façon dont elle trahit sa surprise.

Le plus grand talent méconnu de lady Summerset

était sans doute son don pour les cartes. Elle excellait dans tous les jeux, et sa principale force était de savoir gagner *et perdre* à volonté. Car rien n'était plus difficile que de perdre une partie sans éveiller les soupçons des autres joueurs. Cela lui avait été d'une utilité toute particulière avec ce pauvre roi Edouard, qui avait une passion pour les cartes mais jouait très mal. Elle savait donc parfaitement quand abattre quelle carte pour parvenir à ses fins.

— Ce que vous aurez compris, en revanche, j'en suis certaine, c'est que vous n'êtes pas la bienvenue ici.

Prudence releva vivement la tête et pâlit. Lady Summerset poursuivit :

— Ne le prenez pas mal, mon petit. Cela n'a rien à voir avec vous, mais avec l'ensemble de la situation.

La fille n'essayait même plus de feindre la soumission, maintenant. Elle fixait lady Summerset d'une façon quelque peu troublante.

— Que faudrait-il pour vous faire partir, dites-moi ?

— Pardon ?

Lady Summerset réprima un soupir d'impatience.

— J'imagine que, si vous restez, c'est par fidélité envers Victoria et Rowena. C'est tout à votre honneur, mais vous devez bien voir, maintenant, que c'est inutile. Elles sont ici chez elles, entourées de leur famille. Je sais qu'elles n'ont pas été élevées de façon très conventionnelle, mais vous constaterez tout de même qu'elles sont faites pour la vie qu'elles mènent ici, et pas vous, n'est-ce pas ?

— Pas moi ? repartit-elle avec impertinence. Pourtant, je suis la fille d'une femme de chambre et me voilà femme de chambre à mon tour. On pourrait donc dire que je suis faite pour cette vie.

Lady Summerset se retint de la gifler et lui sourit même au contraire.

— Vous ne me comprenez pas bien. Certes, votre mère était femme de chambre. Vous, en revanche, n'avez pas été élevée pour servir. Du reste, votre présence ici rend *et* Victoria *et* Rowena malheureuses, de façon différente.

En étudiant soigneusement le visage de son interlocutrice, lady Summerset vit qu'elle avait marqué un point. Elle insista :

— Je ne suis pas cruelle, vous savez. Je suis seulement de l'école qui estime qu'il faut rester avec ses semblables et je crains que votre présence chez moi ne serve qu'à perturber davantage mes nièces.

Elle marqua une petite pause pour laisser à ses mots le temps de porter.

— Alors que vous faudrait-il pour vivre confortablement ?

— Est-ce de l'argent, que vous me proposez ?

Lady Summerset pinça les lèvres avec dégoût. Parler d'argent… c'étaient bien les jeunes, tiens.

— Je vous offre… de *l'aide*, rectifia-t-elle.

Prudence s'éclaircit la voix.

— Je suis ici parce que Rowena et Victoria le souhaitent. Elles ont besoin de moi auprès d'elles, et leur père aurait voulu que nous restions ensemble. Je partirai quand ma présence ne leur sera plus nécessaire.

Sur quoi elle tourna les talons pour s'en aller. Mais lady Summerset la retint par le bras.

— Vous resteriez donc même si cela faisait du mal aux jeunes filles que vous prétendez aimer ?

Prudence garda froidement le silence.

— Mon offre tiendra toujours quand vous serez revenue à la raison.

Prudence dégagea son bras de l'étreinte de lady Summerset. Qu'il était loin le temps où l'on pouvait frapper un domestique sans que cela prêtât à conséquence ! regretta-t-elle. Et la fille sortit de la pièce la tête haute.

La cloche du dîner retentit. Lady Summerset s'accorda un instant pour se calmer. Puis elle afficha un sourire lisse et s'en fut rejoindre ses invités.

13

Rowena s'appliqua à s'amuser au bal des domestiques. Elle fit des commérages avec les filles, s'enthousiasma pour le projet improvisé par son cousin d'aller faire du patin à glace le lendemain, dansa avec tous ceux qui l'invitaient, et participa même à l'organisation de la farce de la soirée. Pendant le dîner, elle bavarda poliment et gentiment avec ses voisins.

Mais rien n'y fit. Le monde demeurait morne et glacé et, en elle, là où auraient dû se trouver ses pensées et ses sentiments, il n'y avait que du vide. Qu'est-ce qui lui arrivait ? Quelque chose n'allait pas, c'était certain. Non, une jeune femme ne perdait pas toute sa vitalité parce que son père était mort. Victoria, par exemple. Quoique tout aussi triste qu'elle, sa sœur restait la même. Elle n'avait rien perdu de son tempérament passionné, elle s'exprimait toujours aussi bien, elle était aussi versatile qu'avant. Rowena, elle, ne se reconnaissait plus. Certes, elle n'avait jamais eu l'entrain de sa cadette. Et si la perte de son père avait fait apparaître son véritable caractère ? Et si elle était ennuyeuse, sans énergie, dépourvue d'idées originales, destinée à vieillir sans avoir vraiment vécu ?

Elle secoua la tête, agacée par ces pensées lugubres. Il fallait qu'elle arrête de broyer du noir !

Elaine lui passa discrètement une flasque. Bah… pourquoi pas ? songea-t-elle en haussant les épaules. Il fallait encore qu'elle tienne le temps d'un second bal.

Maintenant que celui des domestiques s'était achevé, d'autres musiciens étaient venus compléter l'orchestre qui avait pris place dans la grande salle où allait commencer la soirée de la famille. Elle but une petite gorgée avant de rendre la flasque à Elaine.

— Pouah ! que c'est sucré ! fit-elle en manquant s'étouffer. Qu'est-ce que c'est ?

— Du brandy aux cerises noires. C'est Kit qui l'a apporté. C'est infect, non ? On va le verser dans le punch pour voir si quelqu'un s'en rend compte.

— Tout le monde va le sentir, tellement c'est mauvais, affirma-t-elle.

N'empêche que l'alcool la réchauffait de l'intérieur et que, enfin, elle se détendait un peu.

Elle repéra Victoria, debout près de la porte, avec Kit, qui ne la quittait plus. Elle s'était d'abord inquiétée de voir ce jeune homme aux manières de séducteur s'intéresser à sa petite sœur. Mais, tout compte fait, il semblait bien plus épris qu'elle. Le pauvre. Il n'allait pas tarder à se rendre compte que Victoria ne voyait encore les hommes que comme des camarades de jeu à la voix plus grave…

— C'est ce que je préfère, dans les fêtes de Noël, déclara Elaine en donnant le bras à Rowena. Même si l'on s'y ennuie toujours, la salle de bal n'est jamais aussi bien décorée ni aussi belle.

Rowena en convint volontiers. Bien qu'elle fût désormais raccordée à l'électricité, on avait pour la circonstance allumé les centaines de bougies des lustres de cristal et des dizaines de lanternes vénitiennes d'or et d'ivoire qui faisaient régner une lumière très douce. Leur reflet scintillait dans les grands miroirs qui couvraient presque entièrement un mur de la pièce. Le sapin, au fond, était décoré de guirlandes électriques que l'on allumerait au moment choisi. Elles étaient encore assez rares dans les maisons de campagne pour faire sensation.

Elle retint un sourire. Evidemment, en dehors du Cénacle du Bel Esprit, personne ne se doutait de l'émoi que créerait l'allumage de l'arbre de Noël. Et pour cause…

De petits sièges blancs et dorés aux coussins de brocart ivoire étaient disposés çà et là par petits groupes sous de grands palmiers en pots pour permettre aux danseurs de se reposer. Le mobilier avait été dessiné tout spécialement pour cette pièce, au XVIIIe siècle, par Thomas Chippendale[1], pour être juste à bonne hauteur par rapport aux miroirs.

Quant au parquet, c'était à lui seul une œuvre d'art pour la réalisation de laquelle on avait fait venir du bois d'Amérique du Sud à l'époque coloniale. Son éclat incomparable était le résultat d'une semaine de travail entière d'une douzaine de domestiques.

Sa tante Charlotte se tenait près du bol de punch, très majestueuse dans sa robe de bal rose et bouffante aux épaules, coiffée d'une tiare, avec son collier de diamants ras de cou. Elle bavardait avec la mère de Sebastian et une princesse autrichienne aux cheveux blonds. Quant à son oncle, il s'entretenait avec un diplomate turc et des membres de la Chambre des lords derrière l'orchestre. Colin et Sebastian avaient rejoint Kit et Victoria pour regarder les musiciens accorder leurs instruments. Il ne manquait que Prudence. Mais elle ne viendrait pas, bien sûr. *Elle n'était pas invitée.*

La tristesse et la culpabilité lui percèrent le cœur. N'était-il pas étrange qu'elle ressente encore aussi bien ces sentiments malgré ce grand vide en elle ?

Et puis l'orchestre se mit à jouer, et Colin vint la chercher pour danser sans laisser à personne d'autre le temps de le faire. Rowena adorait danser. Si cela pouvait lui permettre d'oublier sa peine et les idées sinistres qui lui

1. Thomas Chippendale était un célèbre créateur de meubles.

bourdonnaient constamment dans la tête, elle danserait jusqu'au lever du soleil.

Les musiciens, excellents, alternaient des morceaux classiques et d'autres plus modernes. Elle dansa surtout avec Colin, dont le sens de l'humour, l'admiration qu'il lui témoignait sans retenue et la conversation agréable et facile faisaient le plus délicieux des cavaliers. Surtout comparé à tous ceux qui cherchaient à flirter ou à l'impressionner avec leur pedigree. Pour elle qui avait eu un père aussi actif et passionné par son travail, ces jeunes oisifs étaient bien insipides. Aucun n'arrivait à la cheville de Jon, que sa passion pour l'aviation rendait au contraire absolument fascinant à ses yeux. Aimait-il danser ? se prit-elle à se demander. Elle ferma les yeux et s'imagina en train de virevolter entre ses bras. Un instant, elle fut grisée. Mais, lorsque la musique cessa, elle se rendit compte qu'elle n'était qu'avec son cousin.

Sebastian l'invita quelques instants plus tard. Elle aimait bien danser avec lui, aussi, car elle devinait que son cœur était à une autre et qu'il n'avait pas d'arrière-pensées.

L'orchestre n'avait pas joué quatre mesures qu'elle en eut la preuve.

— Comment se fait-il que Prudence ne soit pas là ? voulut-il savoir.

Il y avait dans sa voix une froideur qui la fit se crisper. Que lui avait dit Prudence ? Que Rowena était la méchante sœur qui l'avait rabaissée au rôle de servante ? Et que dire ? Que ces accusations étaient justifiées, mais qu'elle ne l'avait pas fait exprès, qu'elle était vraiment désolée ? Ils avaient fait le tour de la moitié de la salle quand elle se décida à répondre.

— Ma tante ne la laisserait pas entrer ici.

— Et vous ne trouvez pas cela inadmissible ?

Elle s'emporta :

— Que voulez-vous que j'y fasse ?

Elle regarda autour d'elle pour s'assurer que personne ne l'avait entendue et baissa la voix avant de poursuivre :

— Le seul moyen pour que mon oncle accepte que Prudence nous accompagne a été de lui dire que c'était notre femme de chambre.

— Vous auriez pu la laisser à Londres, lui répliqua-t-il d'un ton accusateur qui la fit tressaillir.

— Pour y faire quoi ? Oncle Conrad voulait vendre notre maison.

— Il *voulait* ? Et maintenant, il ne veut plus ?

Rowena se mordit la lèvre. Il ne fallait pas révéler que la maison avait été louée tant qu'elle n'avait pas eu l'occasion de le dire à Prudence. Celle-ci se sentait déjà trahie, alors, si elle l'apprenait par quelqu'un d'autre...

— Ce n'est pas ce que je voulais dire. Je suis persuadée qu'il le souhaite toujours autant, même si je l'ai supplié de ne pas le faire. Mais en quoi tout cela vous intéresse-t-il, lord Billingsly ? ajouta-t-elle pour tenter de renverser la situation et d'échapper au feu de ses questions.

Il regardait par-dessus l'épaule de Rowena, le visage fermé. Ils continuèrent de valser quelques instants sur *Le Beau Danube bleu*. Les danseurs étaient si nombreux, les robes des dames si colorées que, en regardant dans le miroir, on se serait presque cru dans un kaléidoscope.

— Me croiriez-vous si je vous disais que c'était pour des raisons qui n'ont rien de personnel ou parce que j'ai l'étrange manie de me soucier de la façon dont on traite les domestiques ?

Rowena inclina la tête de façon à mieux le voir. Son sens de l'humour se manifestait dans l'incurvation de ses lèvres, mais son sourire n'éclairait pas son regard triste. Elle secoua la tête.

— Non, je ne vous croirais pas.

— Je m'en doutais.

Il prit une profonde inspiration avant d'ajouter :

— A la vérité, miss Tate me captive au-delà du raisonnable depuis la première fois que je l'ai vue. Je souhaiterais ardemment mieux la connaître. Hélas, vu les circonstances, je doute que ce soit possible. D'ailleurs, après chacune de nos rencontres, j'ai l'impression d'être soit un imbécile, soit un mufle.

Le cœur de Rowena se serra. Si elle s'était doutée des réactions en chaîne qu'allait déclencher cet accord qu'elle avait passé avec son oncle sans réfléchir… Mais avait-elle eu le choix ?

— Prudence est extraordinaire, dit-elle. Bien trop pour être mise dans la situation dans laquelle je l'ai placée involontairement.

— Pourquoi l'avez-vous fait, alors ?

Sa voix était aussi sèche que sa question. Rowena ôta sa main de la sienne dès la dernière note. Elle percevait sa frustration et s'en désolait, mais, franchement, elle ne pouvait être tenue pour responsable du malheur d'une personne de plus.

— Nous venions de perdre notre père et étions en train de perdre aussi notre maison. Fallait-il que nous perdions en plus celle que nous considérons comme notre sœur ?

Elle tourna les talons, mais il la retint.

— N'est-ce pas précisément ce que vous avez fait, pourtant ? objecta-t-il. Ne l'avez-vous pas perdue aussi sûrement que vous avez perdu votre père ?

Elle s'échappa, des larmes brûlantes plein les yeux.

Une cloche retentit. Debout près de l'orchestre, sa tante Charlotte frappa doucement dans ses mains gantées. Lorsque le silence se fut fait, elle se para de ce sourire qui, quoique très aimable, laissait deviner une volonté de fer, et elle prit la parole.

— Je tiens à vous remercier tous personnellement de votre présence ce soir. Lord Summerset et moi-même avons bien de la chance d'être entourée de tant d'amis précieux. L'heure est venue d'allumer l'arbre de Noël. Prenez une coupe de champagne. Lord Summerset va porter un toast. Puis un buffet sera servi et le bal reprendra. La soirée n'est pas terminée !

Rowena voulait s'éclipser pour monter se cacher dans sa chambre, mais ce n'était évidemment pas le moment. D'autant qu'elle s'était engagée à participer à la farce. Elle prit une profonde inspiration et, le plus nonchalamment possible, fit glisser une poignée de pétards de la petite bourse de velours qu'elle portait au poignet. Victoria, Elaine et quelques autres jeunes filles en firent autant. Si quelqu'un avait remarqué ces petits sacs qu'elles portaient à la façon des carnets de bal d'autrefois, il aurait cru à une nouvelle mode. C'était Elaine qui avait eu l'idée de ces pochettes. Non seulement elles permettaient de faire entrer un grand nombre de pétards, mais encore, grâce à elles, les jeunes filles pouvaient prendre une part active à la farce. Et dire qu'avant Elaine avait été une jeune fille si guindée…

Il y eut un moment d'agitation tandis que chacun prenait une coupe de champagne sur le plateau des domestiques qui circulaient dans la salle. Sans la regarder trop ostensiblement, Sebastian passa près d'elle et la heurta doucement au moment où elle lui passait les pétards.

Tandis que lord Summerset prenait la parole, les garçons du Cénacle se répartirent mine de rien autour de la pièce. Elaine avait vu juste : il y avait bien assez de bougies pour allumer facilement les pétards.

Oncle Conrad vint se placer auprès de sa femme et lui passa une main autour de la taille. Grands, sculpturaux, altiers, ils avaient énormément d'allure. Ensemble, ils symbolisaient à merveille les privilèges de l'aristocratie britannique.

— Comme l'a dit lady Summerset, déclara-t-il, nous avons énormément de chance d'avoir de si bons amis avec lesquels passer les fêtes. Oublions nos soucis, et notamment le mouvement travailliste...

Cette saillie fut saluée par quelques rires masculins.

— ... et amusons-nous. Je lève mon verre à tout ce qu'il y a de si bon dans notre beau pays, conclut-il en joignant le geste à la parole.

Tout le monde l'imita avant de boire.

Rowena ne porta pas sa coupe à ses lèvres. Car à l'instant où tout le monde prenait une première gorgée de champagne, les lumières multicolores du sapin haut de plusieurs mètres s'allumèrent en un éclatant arc-en-ciel. Des exclamations admiratives s'élevèrent de l'assemblée, aussitôt couvertes par un fracas de claquements secs et d'explosions venus des quatre coins de la salle.

Bien qu'elle s'y fût attendue, Rowena sursauta et plusieurs femmes poussèrent des cris de frayeur. Une vieille dame s'évanouit quand un épais nuage de fumée envahit l'atmosphère. Le vacarme assourdissant dura quelques instants puis s'apaisa après que les derniers pétards eurent explosé et que tout le monde eut compris ce qui s'était passé. Une personne — une seule — était tout de même en proie à une crise de nerfs.

Tout le monde se tourna vers le balcon sur lequel un petit groupe de domestiques regardait le bal. Prudence, qui ne s'était pas changée, tenait dans ses bras une Susie dont les hurlements se muaient peu à peu en gémissements terrifiés.

Rowena fixait Prudence. Elle crut que son cœur allait s'arrêter de battre tant le visage de son amie, d'ordinaire si aimable, était métamorphosé. Deux taches rouges lui marquaient les pommettes et la crispation de sa bouche réduite à une ligne trahissait sa détermination. Même de loin, elle percevait dans ses yeux les flammes qu'elle lançait vers une personne de l'assistance. Par chance, songea-t-elle, ce n'était pas à *elle* qu'elles étaient destinées. Elle suivit la direction du regard de Prudence et découvrit avec un frisson d'appréhension que la cible du mépris cuisant de cette dernière la fixait avec la même haine farouche.

Tante Charlotte.

Mais que faisait-elle là ? se demanda Rowena le lendemain matin en cherchant dans une pile de patins à glace une paire à peu près à sa taille. Elle s'était pourtant efforcée de s'enthousiasmer pour cette sortie improvisée la veille par son cousin, songeant que cela lui permettrait au moins de s'échapper de la maison. Maintenant, elle regrettait d'être venue. Victoria avait filé sur la glace avec Kit dès qu'il était arrivé. Rowena s'était d'abord inquiétée pour le souffle de sa petite sœur, avant de se rendre compte que le jeune homme prenait mille précautions, patinait doucement, s'arrêtait souvent. Elle sourit en regardant sa cadette, d'une beauté éthérée dans la cape bleu vif bordée de fourrure que lui avait prêtée Elaine.

Elle avait été étonnée que leur tante Charlotte leur permette cette escapade sans chaperon sur la mare gelée. Cependant, après la farce de la veille, elle devait se rendre compte que les jeunes gens avaient besoin d'exercice et de grand air pour brûler leur trop-plein d'énergie. Et puis, ainsi débarrassée d'eux, elle pouvait se consacrer à ses autres invités. *Si elle savait…*, songea Rowena en voyant l'une des filles offrir des cigarettes aux autres. Fumer en public ! Et ce n'était manifestement pas la première fois, nota-t-elle en voyant leur aisance.

Elle finit tout de même par trouver des patins qui lui allaient et s'assit sur un tronc pour les enfiler. La dernière fois qu'elle avait patiné, Prudence était là et elles s'étaient aidées mutuellement à se chausser. Ce matin, elle n'était pas venue l'habiller, ce qui l'avait agacée

— avant qu'elle en rougisse de honte. A Londres, elles n'avaient jamais besoin de s'informer de leurs allées et venues. La pensée de leur ancienne vie lui donna envie de jeter ses patins par terre. A l'heure qu'il était, on devait être en train d'emballer leurs effets personnels pour les leur expédier. Et elle n'avait toujours pas eu le courage d'informer Victoria, et moins encore Prudence, de la mise en location de leur maison.

Elle finit par se lever et fit quelques pas hésitants sur la glace. Allait-elle encore savoir patiner ? Il y avait plusieurs pièces d'eau à Summerset et dans les environs de la propriété, mais celle-ci était la seule assez grande et suffisamment peu profonde pour geler complètement assez régulièrement. Les Buxton et d'autres gens de la ville y patinaient presque tous les hivers. L'été, c'était une simple mare à grenouilles dans laquelle venaient jouer les petits garçons.

Songer à Prudence lui rappela le regard que sa tante et elle avaient échangé la veille, pendant le bal. L'inquiétude lui raidit la nuque et les épaules. Prudence ne se doutait pas de quoi était capable sa tante. Mieux valait ne pas se faire mal voir d'elle !

Elle fut tirée de ses pensées par Colin qui frappait dans ses mains.

— Cénacle ! lança-t-il en patinant jusqu'à elle avant d'effectuer un dérapage qui couvrit de neige tout le bas de sa robe.

Elle voulut protester, mais son sourire effronté la désarma. Elle lui enviait son aptitude aux joies simples, même si elle savait que, destiné à une vie dont il ne voulait pas réellement, il n'était sans doute pas aussi heureux qu'il le paraissait.

Les autres se rapprochèrent, plus ou moins vite, avec plus ou moins de grâce. Elle avait fait la connaissance de tout le monde la veille, naturellement, mais était incapable de se souvenir de la moitié des noms. La seule jeune femme qu'elle ait vraiment appréciée, lady Diana, était partie à Londres ce matin, avec ses parents, pour assister à ce qu'elle avait appelé « une réception royale royalement rasoir ». Ils étaient encore une douzaine, y compris les quatre Buxton et leurs amis, d'âges s'échelonnant entre les vingt-six ans de Kit, l'aîné, aux dix-huit ans de Victoria, la plus jeune. Il était aisé de deviner qu'ils étaient tous riches, bien nés, pleins d'entrain et qu'ils se donnaient un mal fou pour faire des pieds de nez à la société établie tout en profitant des privilèges qu'elle leur procurait.

Colin se racla la gorge et Kit, plein de sollicitude, lui tendit une flasque. Il but une longue gorgée puis hocha la tête en guise de remerciement.

— Merci, cher ami. Bien. Vous avez tous fait la connaissance de nos cousines, les honorables Rowena et Victoria. Elles seraient heureuses que nous les admettions dans notre humble club.

L'une des jeunes filles, une blonde à la forte personnalité et au charme slave, éclata de rire.

— Humble ? Depuis quand est-ce un adjectif qui se rapporte de près ou de loin aux Buxton ? Cela dit, bien sûr qu'elles sont admises. Ce n'est pas comme s'il fallait passer devant un comité de candidature.

— Pitié, pas de comité, marmonna Kit.

Victoria lui sourit et Rowena s'en alarma légèrement. Non qu'elle ne voulût pas voir sa sœur heureuse, au contraire, mais elle trouvait Kit trop cynique. Pourrait-il jamais être heureux avec une femme, et surtout avec sa petite sœur tellement excitable et pleine d'imagination ? Rowena en doutait.

— A quoi bon compliquer les choses ? déclara la jeune femme blonde. Soit on a l'étoffe d'un membre du Cénacle, soit on ne l'a pas.

— Mais que faut-il, au juste, pour avoir l'étoffe d'un membre du Cénacle ? Les conditions d'admission me semblent assez floues, fit valoir Rowena.

— Tout, dans ce club, est assez flou, repartit Sebastian en riant.

L'avertisseur d'une automobile retentit. Les têtes se tournèrent pour voir arriver un véhicule de la maison avec, à son bord, plusieurs domestiques. Une autre voiture passa à côté d'eux en haletant pour aller se garer de l'autre côté de la mare.

Après être descendus, deux valets de pied ouvrirent les portières arrière et sortirent plusieurs grands paniers. Un autre porta une table pliante et ils se mirent à installer ce qui ressemblait à un déjeuner chaud improvisé. Andrew s'approcha de Colin et se mit au garde-à-vous.

— Excusez-moi, monsieur. Lady Summerset nous envoie avec des rafraîchissements.

— Mais il me semblait que nous en avions pris, répondit-il en regardant dans le petit panier posé sur la berge. Elaine, tu n'as emporté que du chocolat chaud et des alcools ?

— C'est toi qui m'as dit que nous pique-niquerions à la dure, se défendit-elle en agitant sa moufle vers lui.

Toujours immobile, Andrew attendait qu'on lui signale qu'il pouvait aller aider les autres. Rowena se rembrunit en découvrant qu'il avait une entaille au-dessus de l'œil et un bleu sur la tempe. S'était-il battu ?

Il attendait encore quand Colin et sa sœur se lancèrent dans une joute verbale au sujet de la définition de « à la dure ».

— Merci, Andrew, ce sera tout, intervint Rowena qui ne supportait plus de voir le malheureux droit comme un I, visiblement mal à l'aise.

Il lui fit un signe de tête reconnaissant et alla s'affairer autour de l'automobile avec les autres.

Colin observa la carafe qu'il tenait à la main.

— Maintenant qu'elle est sortie, dit-il, buvons aux nouveaux membres.

Le visage de Victoria s'allongea.

— Quoi ? fit-elle, déçue. Pas d'échange de sang ni de rites initiatiques secrets ?

— Vous pouvez toujours sauter dans un terrier de lapin blanc si le cœur vous en dit, lui glissa Kit.

Rowena ne put que remarquer le sourire complice qu'ils échangèrent — et qui n'était pas le premier. Y aurait-il donc entre eux deux davantage qu'un flirt innocent, une chose dont elle devrait être informée ? Une fois encore, elle sentit le poids écrasant des responsabilités que la mort de son père avait transférées sur ses épaules. Pourquoi donc se sentait-elle si peu à la hauteur ?

— Pas de sang pour l'instant, lui assura Sebastian qui n'avait encore rien dit. Les fumeries d'opium sont pour plus tard.

Tout le monde rit de cette saillie, tandis que les domestiques descendaient vers eux chargés de plateaux de sandwichs. Rowena s'agita, mal à l'aise. Ils avaient également installé des sièges pour les dames au bord de la glace. Victoria lui fit signe de venir s'asseoir à côté d'elle.

— Viens déjeuner avec moi, Rona ! Tu n'es pas affamée ?

Une bruyante clameur se fit entendre en face, là où l'autre voiture s'était arrêtée. Trop occupés par leur déjeuner et leurs flasques, les autres n'y prêtèrent pas attention. Mais quand Rowena regarda, elle se rendit compte que ces gens regardaient leur groupe… en riant ? Elle rougit en voyant les domestiques qui circulaient entre les patineurs pour leur servir du thé et du chocolat chaud. Ils devaient avoir l'air d'enfants gâtés plus que d'adultes capables de se préparer un repas, de se le servir et de le manger seuls.

Elle plissa les yeux pour mieux voir l'homme aux

cheveux blond cuivré qui regardait dans sa direction. Ce ne pouvait pas être Jon, tout de même, si ? Son cœur se mit à tambouriner dans sa poitrine. Elle avait beau lui avoir envoyé un mot de remerciement pour cet après-midi merveilleux, elle n'avait pas eu de ses nouvelles, si ce n'est par ses passages en avion au-dessus de Summerset.

Mais oui, c'était bien Jon ! Il était assis sur un rocher et regardait patiner ses compagnons. De temps à autre, il leur lançait une phrase et elle frémissait en entendant le son de sa voix. Sans réfléchir, elle reposa son sandwich entamé sur un plateau, à la stupéfaction d'Andrew.

— Pardon, marmonna-t-elle avant de filer sur ses patins.

Au milieu de la mare, elle faillit changer d'avis et faire demi-tour. Mais les compagnons de Jon l'avaient vue venir droit sur eux et s'étaient regroupés autour de lui. Il était plus beau que jamais, ses pommettes hautes colorées par le froid, les cheveux en bataille comme s'il venait d'ôter son casque de pilote. Seul un très léger tressaillement de son regard trahit son étonnement de la voir approcher.

Elle s'arrêta prudemment devant lui et adressa un sourire nerveux aux autres. Bruyants et indisciplinés il y a quelques instants à peine, ils s'étaient soudain métamorphosés en véritables enfants de chœur, alors qu'ils devaient tous avoir dans les vingt-cinq ans.

— Bonjour, Jonathon. Comment va votre cheville ?

Les quatre autres écarquillèrent les yeux en l'entendant l'appeler par son prénom et se tournèrent vers lui d'un air accusateur. Il rougit un peu plus sous leurs regards insistants.

— Beaucoup mieux, merci. Mais je n'en suis pas encore à pouvoir patiner, remarquez.

— Mais comment connaissez-vous mon vaurien de frère, mademoiselle ?

Etonnée, Rowena se tourna vers celui qui venait de

parler. C'était vrai, il existait entre eux une certaine ressemblance. Surtout du côté des yeux. Comme il la fixait avec assurance, elle haussa les sourcils.

— On peut dire qu'il m'est tombé tout cuit dans le bec, répliqua-t-elle d'une manière acerbe.

Jonathon se mit à rire et se leva avec précaution. Il lui prit le bras en un geste possessif et elle rougit. Cela ne lui déplaisait pas.

— Messieurs, permettez-moi de vous présenter une *femme nouvelle.* Ne la contrariez pas : elle pourrait bien vous remettre à votre place d'une pique aussi acérée qu'émancipée.

Les hommes s'esclaffèrent et le frère de Jonathon s'avança.

Il la jaugea d'un œil approbateur. Elle avait été bien inspirée de mettre une tenue adaptée à la circonstance ! Au lieu d'opter pour la fourrure comme les autres filles, elle avait choisi un ensemble en tricot bleu, côtelé, à jupe droite, un chapeau assorti et des gants et une écharpe de laine bleu foncé. C'était ce qu'elle avait de plus pratique pour patiner, même si l'idéal aurait été de pouvoir porter un pantalon.

— Si c'est cela, la *femme nouvelle*, je me demande pourquoi je me suis intéressé aux anciennes, déclara le frère de Jon. Et a-t-elle un nom, cette *femme nouvelle* ?

Jon se crispa à côté d'elle, elle le sentit, et il lui serra le bras plus fort.

— Figure-toi que oui. George, puis-je te présenter l'honorable Rowena Buxton ? Rowena, voici mon frère aîné, George. Ne faites pas trop attention, je suis le seul garçon bien élevé de la famille.

Mais la seule évocation du nom de Rowena avait suffi à dissiper la bonne humeur générale. La réaction de Jon, déjà mauvaise, quand il l'avait appris n'était rien comparée à celle de son frère.

— Une Buxton, lâcha-t-il, glacial. Dis-moi, mon vieux, tu ne viserais pas un peu haut ?

Rowena fit la grimace, mais Jon la lâcha juste le temps de lui passer un bras protecteur autour des épaules.

— Tu ne la connais même pas, objecta-t-il. Autrement, tu aurais honte de ce que tu dis. Venez, Rowena. Allons nous promener, voulez-vous ?

Elle hocha la tête sans rien dire. Ils tournèrent le dos au groupe et s'éloignèrent en marchant avec précaution, elle sur ses patins et lui en chaussures, mais boitant encore.

— Je vous prie d'excuser la conduite de mon frère. Il n'est pas toujours très malin.

Il regardait droit devant lui, le visage crispé, les lèvres serrées.

— J'ai cru comprendre que nos familles étaient brouillées, dit-elle. Voudriez-vous bien m'expliquer pourquoi ?

Il se tourna vers elle, visiblement surpris.

— Vous voulez dire que vous l'ignorez ?

— Oui, fit-elle, hésitante. N'oubliez pas que je n'ai pas été élevée ici. Je ne venais que l'été. Et encore, il y avait tellement de mondanités que nous ne passions que très peu de temps en famille. Je ne suis donc pas au courant de tout ce qui a pu arriver.

— Et puis il n'en a sans doute jamais été question, parce que c'est toujours ainsi que votre oncle traite les classes inférieures, précisa-t-il en secouant la tête. Sans doute n'y a-t-il pas songé lui-même plus de cinq minutes. Le temps qu'il lui a fallu pour dire à ses avocats ce qu'il voulait et comment l'obtenir. Ce sont eux qui ont fait tout le sale boulot pendant qu'il chassait, qu'il montait à cheval ou qu'il se livrait aux autres activités qui l'occupent quand il n'est pas en train d'étrangler ses locataires.

Elle s'arrêta, frappée par l'amertume dans sa voix. Une partie d'elle aurait voulu défendre son oncle, mais comment faire ? Jon disait sans doute vrai.

Voyant sa mine, il inspira profondément.

— Je suis navré. Les Wells s'échauffent un peu dès qu'il s'agit de Conrad Buxton. Mais tout cela n'a rien à voir avec vous, conclut-il d'une voix dans laquelle perçait l'incertitude.

Rowena se remit à marcher.

— Non, c'est exact, répondit-elle fermement. Mon père a quitté Summerset pour Oxford à dix-neuf ans, sans un regard en arrière. Si mon oncle a fait du tort à votre famille, vous m'en voyez sincèrement désolée.

— Vos excuses n'effacent rien de ce qu'il nous a fait. Néanmoins, je vous en remercie. Voyez-vous, je tiens votre oncle pour responsable de la mort de mon père.

Rowena poussa un petit cri qu'elle étouffa en se plaquant la main sur la bouche. Ils s'arrêtèrent de nouveau et elle lui fit face. Grandie qu'elle était par ses patins, il ne la dépassait que de deux ou trois centimètres. Ses yeux de la couleur du ciel dans lequel ils avaient volé ensemble étaient soudain bien près des siens. Les battements de son cœur s'accélérèrent.

— Je suis désolée, fit-elle. Mais je n'imagine pas que mon oncle…

Il la fit taire en lui posant doucement la main sur les lèvres.

— Ecoutez avant de juger, lui conseilla-t-il. Je ne porte pas ces accusations à la légère et il n'est pas non plus question d'en débattre. C'est compris ?

Elle hocha la tête. Ils repartirent, lui marchant, elle glissant à côté de lui.

— Les Wells et les Buxton étaient amis de très longue date, raconta-t-il. Depuis la guerre des Deux-Roses, très exactement. Un jeune page du nom de Wells avait sauvé la vie d'un fils de Summerset. En remerciement, lord Summerset l'avait fait chevalier et lui avait donné un grand terrain. C'était de l'excellente terre qui lui a permis, ainsi qu'à ses descendants, de bien vivre. Donc, même si je ne suis pas de sang noble, j'appartiens à la gentry.

Il lui fit un sourire ironique qu'elle fut incapable de lui rendre. La crainte de ce qu'elle allait entendre au sujet de sa famille lui nouait l'estomac.

— Au fil du temps, l'amitié entre les deux familles s'est un peu émoussée alors que les Buxton amassaient une fortune considérable tandis que les Wells se satisfaisaient de leur grande maison de pierre et des revenus confortables que leur assurait la ferme. Et ils s'impliquaient toujours dans les affaires de la ville.

— Une belle vie, semble-t-il, commenta-t-elle.

Mais il était tellement pris par son récit qu'il ne sembla même pas l'entendre.

— Mon père était un peu rêveur, poursuivit-il, et plus ambitieux que les Wells des générations précédentes. Il s'est persuadé qu'une veine de charbon passait près de l'ancienne carrière. Il devait avoir de bonnes raisons de le croire car il a fini par engager un expert pour le vérifier.

— Et on a trouvé du charbon ?

Rowena devinait la fin de l'histoire. Mais restait à savoir comment son oncle pouvait être responsable de la mort du père de Jon.

— Oui, dit-il. Rien d'extraordinaire, pas comme dans le nord du pays de Galles. Mais il était d'excellente qualité et aurait suffi à assurer une petite fortune aux Wells. Sauf qu'ils n'en ont jamais retiré le moindre bénéfice. Par une manœuvre dont les Buxton ont le secret, lord Summerset a réveillé un vieux litige de bornage et le tribunal a bien entendu tranché en sa faveur.

La tristesse vrillait le front de Rowena.

— Je suis vraiment désolée, dit-elle doucement.

— Mais ce n'est pas encore le pire, poursuivit-il.

Elle aurait voulu se boucher les oreilles pour ne pas

entendre la suite. Mais il était de son devoir d'écouter, se reprit-elle.

— Certain que les choses avaient changé et que l'argent et les privilèges ne permettaient plus d'acheter les juges, mon père s'est battu. Avec acharnement. Quand il est apparu de plus en plus nettement qu'il n'allait pas avoir gain de cause, il s'est laissé gagner par l'amertume et la colère et a presque entièrement vidé les coffres de la famille. A la fin, nous avions presque tout perdu. Il nous restait à peine de quoi garder la ferme. Alors que nous étions au bord de la faillite, les Buxton, eux, avaient encore arrondi leur fortune déjà conséquente. Lorsque mon père est revenu à la raison et s'est rendu compte de ce qu'il avait fait, il a pris un fusil, s'est rendu à la carrière désaffectée, là où la nouvelle mine de charbon était déjà en activité, et il s'est tiré une balle dans la tête. Voilà, ma chère Rowena, pourquoi les Wells ne supportent pas les Buxton.

A un moment, vers la fin de son récit, ils s'étaient de nouveau arrêtés. Les jambes tremblantes, Rowena s'efforçait de saisir l'horrible histoire qu'elle venait d'entendre. La triste réalité, c'était que Jon disait sans doute vrai au sujet de son oncle. Cette affaire qui avait ruiné toute une famille avait dû ne passer que quelques jours sur son bureau avant d'être confiée aux mains des avocats. Il avait dû leur ordonner d'obtenir cette terre, et ils s'étaient exécutés. Ce n'était même pas comme si les Buxton avaient besoin d'argent. Alors que d'autres grandes familles étaient à deux doigts du désastre, les Buxton avaient le don de s'enrichir et chacun des comtes successifs avait ajouté à la fortune familiale au lieu de l'écorner.

Elle prit les mains de Jon dans les siennes. Les callosités entre son pouce et son index accrochèrent un peu ses gants de laine. Jamais elle n'avait senti cela sur des mains d'homme. Elle était certaine que son oncle n'en avait jamais eu, ni aucun des jeunes hommes qui batifolaient de l'autre côté de la mare gelée.

— Je regrette du fond du cœur ce qui est arrivé à votre famille, lui assura-t-elle. Rien de ce que je dirai ne pourra jamais réparer. Sachez tout de même que je ne suis pas insensible à ces drames et que je les regrette réellement. Et j'espère que ce passé n'entachera pas notre amitié à tous les deux.

Ils étaient si proches l'un de l'autre qu'elle décelait de petits éclats verts dans ses yeux si bleus. Des yeux dans lesquels elle pourrait s'abandonner comme elle s'était abandonnée dans l'immensité bleue du ciel.

Il lui sourit.

— D'autres m'ont offert leur sympathie, mais rien ne m'a jamais fait autant de bien que ces mots venant de vous. Merci, Rowena. Non, ne laissons pas cela gâcher notre amitié.

Il se pencha vers elle et, une fraction de seconde, leurs bouches se frôlèrent. Cela n'avait duré que le plus bref des instants; pourtant, à peine se fut-il écarté que la douceur et la chaleur de ses lèvres lui manquèrent. Interdite, elle recula et regarda autour d'elle. Victoria et Elaine semblaient l'observer depuis l'autre côté de la mare. Avaient-elles vu ? Mais l'avait-il vraiment embrassée, d'ailleurs ? C'était allé si vite que cela pouvait tout aussi bien n'être pas arrivé. Sauf que ses lèvres la picotaient encore du souvenir de ce contact.

Il rit de son égarement et elle dégagea ses mains des siennes. Que faire, maintenant ? Elle venait de recevoir un baiser. En public. Et cela lui avait plu. La lueur malicieuse qui brillait dans le regard de Jon lui soufflait qu'il s'en doutait.

— Aimeriez-vous revenir voler avec moi ? lui suggéra-t-il tandis qu'elle s'écartait.

Elle hésita, le cœur battant. Elle *devait* refuser. Après ce petit incident, il le fallait absolument.

— Oui, fit-elle, le souffle court, avant de s'élancer sur ses patins. Oh ! oui.

Puis elle alla rejoindre son groupe, le rire de Jon lui tintant encore aux oreilles.

Le soleil se couchait. Ses dernières lueurs et le clair de lune qui se reflétait sur la neige faisaient luire une étrange clarté dans les parties inoccupées de la maison. Victoria sentit l'odeur du feu avant même de voir la lumière sous la porte. Elle lui en voulait un peu d'être entré dans *sa* pièce sans elle, mais c'était ridicule. Elle savait qu'il serait là. En patinant, tout à l'heure, il lui avait dit qu'il avait été retenu la dernière fois et qu'il aimerait lui donner un autre rendez-vous. Elle avait failli l'envoyer paître, rien que pour voir sa réaction. Et puis elle s'était souvenue de ce qu'elle avait découvert au sujet de la mère de Prudence. Elle pressentait que, tout comme elle, Kit devait savoir toutes sortes de choses qu'il était censé ignorer. En tout cas, peut-être saurait-il au moins l'aiguiller dans la bonne direction.

Elle entra sans bruit et crut d'abord qu'il n'y avait personne. Puis elle le découvrit debout devant un sapin de forme parfaite. Il alluma la dernière bougie sous ses yeux. Avec le feu de cheminée, l'ensemble créait une délicieuse atmosphère festive.

Quand il l'entendit prendre une brusque inspiration, il se retourna vers elle.

— Joyeux Noël, dit-il simplement.

Elle battit des mains, enchantée. Il sourit plus nettement.

— Oh ! que c'est beau ! s'exclama-t-elle. Comment avez-vous fait ?

— Ce n'a pas été facile, reconnut-il. J'ai demandé à

un domestique de couper un arbre dehors et de le porter dans ma chambre. J'ai chapardé des décorations dans la réserve de votre tante et je les ai cachées quelques jours dans la petite pièce derrière l'entrée. Ce que je redoutais le plus, c'était que nous nous croisions dans le hall et que vous me demandiez ce que je faisais.

Il paraissait ravi d'avoir réussi à garder le secret. C'était la première fois qu'elle ne lui voyait pas cet air blasé et hautain qu'il affectait constamment. Il était bien mieux sans, d'ailleurs.

Il vint à côté d'elle et ils contemplèrent l'arbre en silence. Puis elle glissa le bras sous le sien.

— Merci infiniment, dit-elle. C'est la plus jolie surprise qu'on m'ait faite. Les autres arbres de la maison sont très beaux, évidemment, mais, chez nous, Noël était une affaire nettement moins grandiose. Ce sapin dans cette petite pièce… c'est parfait. Il me rappelle ma maison.

— Vous m'en voyez très heureux, lui assura-t-il en posant la main sur la sienne. Le Noël qui a suivi le décès de mon père a été le plus dur. Ensuite, c'est devenu plus facile, même si cela n'a plus jamais été pareil.

— Etiez-vous très proche de votre père ?

— Pas excessivement. Je ne connais pas de petits aristocrates anglais qui soient proches de leurs parents. Nous sommes tous élevés par des nurses et des préceptrices avant d'être envoyés en pension vers l'âge de huit ou neuf ans. Cependant, à notre façon, nous nous aimions. Je crois comprendre que ce n'était pas tout à fait la même chose chez vous…

Elle secoua la tête en fixant de toutes ses forces la flamme vacillante des bougies dans l'arbre.

— Non, répondit-elle. Nous étions tous très proches. Nous avons été élevées d'une tout autre manière. Mon père avait des idées très radicales sur l'éducation des enfants et nous passions presque tout notre temps ensemble, en famille.

Quand elle se tut, incapable de poursuivre, Kit lui tapota la main.

— Je ne vous ai pas fait venir ici pour vous rendre triste, lui assura-t-il. Et j'ai une autre surprise pour vous.

Elle ouvrit de grands yeux.

— Encore une surprise ?

Il hocha la tête, bien plus garnement qu'aristocrate blasé, et lui montra le pied de l'arbre. Elle se pencha pour mieux voir et découvrit un écrin de velours orné d'un ruban argenté.

— Et moi qui ne vous ai rien apporté…, murmura-t-elle.

Il rit et lui donna la petite boîte.

— La joie de Noël, c'est d'offrir, pas de recevoir.

Elle plongea le regard dans ses yeux bleus avec étonnement.

— Voilà un sentiment résolument sentimental, monsieur Kittredge, remarqua-t-elle.

— Il m'arrive d'en avoir, avoua-t-il. Mais ne le dites à personne, surtout.

Elle dénoua le ruban avec soin pour laisser aux battements de son cœur le temps de ralentir. Mais la découverte du petit camée monté en pendentif qu'elle découvrit dans l'écrin lui coupa le souffle. Un profil de femme couleur ivoire se détachait sur le disque d'onyx fixé à une chaîne en filigrane d'argent d'une grande finesse.

— Oh ! quelle merveille, fit-elle d'une voix à peine audible en sortant le bijou.

— Je suis heureux qu'il vous plaise.

— Merci pour ce beau cadeau. Et pour l'arbre.

Il lui coula un regard de côté.

— Je vous en prie, répondit-il avec un demi-sourire. Il m'arrive de me surprendre moi-même.

Elle inclina la tête pour voir son visage. Il la fixait d'un regard redevenu très grave.

— Cependant, ajouta-t-il, il y a une chose dont il faut que nous parlions.

Elle hocha la tête en calquant son sérieux sur le sien.

— Cela fait plusieurs jours que je me débats avec ce problème. J'apprécie votre compagnie. Je l'apprécie même énormément. Je ne crois pas avoir jamais rencontré une femme aussi agréable à vivre que vous et dont la présence soit aussi stimulante. Vous êtes l'un des êtres les moins ennuyeux que je connaisse.

Il s'interrompit, comme perplexe devant la tournure que prenaient les événements. Victoria recula, inquiète. Grands dieux ! Où voulait-il en venir ? Il n'allait pas la demander en mariage, au moins ? Car cela changerait tout…

— J'aimerais que nous soyons amis, reprit-il. Et même bons amis. Mais je crains que les gens aillent s'imaginer que je m'intéresse à vous sur un plan autre qu'amical, ce qui n'est pas du tout le cas puisque je ne veux pas me marier.

Elle se mit à osciller d'avant en arrière en se retenant d'éclater de rire. Il se prenait tellement au sérieux ! Mais, au moins, il ne lui avait pas demandé sa main, ce qui aurait été insensé.

— Pardonnez-moi… j'aimerais comprendre. Vous craignez que les gens se fassent des idées ?

Il hocha la tête, l'air si gêné qu'elle comprit soudain.

— Vous craignez que, *moi*, je me fasse des idées.

Il s'agitait en évitant de la regarder dans les yeux. Elle lui pinça le bras, fort, et il ouvrit grand les yeux.

— Eh ! protesta-t-il.

— Si nous devons être amis, il faut que vous me disiez la vérité. Vous aviez peur que je me fasse des idées, n'est-ce pas ?

Il hocha la tête, l'air penaud.

— Bien que je vous aie dit que je ne voulais pas me marier ? Cela ne vous a pas suffi ? Vous ne m'avez donc pas crue du tout ?

Voir ce grand jeune homme essayer de se faire tout petit avait quelque chose de presque risible.

— Eh bien, pas exactement...

Elle lui planta un doigt sur le front.

— Vous vous êtes dit que, comme j'étais une femme, il faudrait bien que je finisse par vouloir me marier.

Elle secoua la tête. Sa mine suffisait à le lui confirmer.

— Maintenant que nous sommes amis, poursuivit-elle, souvenez-vous que presque tout ce que vous croyez savoir sur les femmes va être battu en brèche. C'est compris ?

Il regarda sa petite main et sourit.

— Quel âge avez-vous, déjà ? demanda-t-il avec un certain étonnement.

— A présent, dit-elle, j'ai une chose à vous demander. Mais il faut que cela reste strictement confidentiel. Puis-je vous faire confiance ?

Il hocha la tête, l'air interrogateur.

— Vous ne tarderez pas à vous rendre compte que l'amitié est une chose que je ne prends pas à la légère.

— Parfait. Alors lisez cela, s'il vous plaît, et dites-moi ce que vous en pensez.

Il prit la coupure de journal et la parcourut en fronçant les sourcils. Elle attendit qu'il ait terminé pour demander :

— A votre avis, pourquoi y a-t-il eu une enquête concernant la mort d'Halpernia ? Pensez-vous que l'on ait soupçonné quelque chose ou quelqu'un ?

Il secoua la tête.

— On fait toujours cela en cas de noyade. Mais ils ont conclu à un accident.

Elle hocha la tête.

— C'est ce que j'ai lu. N'empêche. Je ne peux me défaire de l'impression qu'il y a autre chose.

Elle regarda encore l'article et se décida.

— Il faut que vous veniez avec moi. Je connais quelqu'un qui aura peut-être des réponses. Vous voulez bien m'accompagner ?

Il tendit la main et lui sourit.

— En cet instant, ma chère, je vous accompagnerais jusque dans un terrier de lapin blanc.

Elle hocha la tête.

— Vous ne direz peut-être plus cela lorsque nous aurons fini…

14

Prudence rentrait à Summerset en faisant attention où elle mettait les pieds pour ne pas risquer de glisser et de tomber sur le chemin gelé. Elle aurait pu demander à Andrew de la conduire en ville et de la ramener, bien sûr, mais après le bal de l'autre soir, elle ne savait trop que lui dire.

Le feu aux joues, elle se rappela la raison de sa bagarre avec le jardinier. Celui-ci avait dit tout haut que ce devait être lord Billingsly qui avait offert sa robe verte à Prudence et qu'il n'y avait pas besoin d'être bien savant pour deviner *pourquoi*. Qui aurait pu imaginer qu'une simple robe de bal allait déclencher tant d'histoires ? Ou qu'Andrew allait défendre sa vertu de cette façon ? Elle ne savait comment lui exprimer ses remerciements et sa gêne. C'était pour cela qu'elle avait mieux aimé faire le trajet à pied qu'en voiture aujourd'hui. D'après la rumeur, cet accrochage avait coûté à Andrew et au jardinier une semaine de gages chacun.

Certes, il faudrait bien qu'elle affronte le problème un jour ou l'autre. Mais elle avait déjà bien assez de choses en tête aujourd'hui sans y ajouter Andrew. Le cousin de Prudence faisait partie des extra venus prêter main-forte le jour du bal. Il lui avait appris que sa famille avait envie de la rencontrer. La seule consigne était de ne pas évoquer Alice devant leur grand-mère. La mère de Prudence était sa petite chérie et le chagrin avait déjà failli la tuer. Prudence avait donc passé la matinée avec Wesley, ses parents et sa grand-mère, qui passait sa convalescence chez son fils.

Le souvenir de cette rencontre avec les siens lui réchauffait encore le cœur. Elle ressentait un si grand vide, depuis son arrivée à Summerset et la perte de ses *sœurs*, qu'elle avait bien cru ne jamais plus connaître la chaleur des liens familiaux.

Au début, bien sûr, tout le monde était un peu mal à l'aise et cherchait quoi dire pour qu'il ne soit pas question de sa mère. Et puis, peu à peu, en déjeunant et en oubliant de faire tant d'efforts, ils s'étaient détendus, les langues s'étaient déliées et Prudence avait fini par passer un moment très agréable. Son oncle avait les yeux de sa mère et le même grand sourire. Elle s'était aussitôt prise de sympathie pour lui. Elle ne se sentait pas encore vraiment en famille, mais c'était un bon début. Elle était convaincue de leur sincérité lorsqu'ils l'avaient invitée à revenir quand elle voulait.

Elle en était profondément soulagée. Elle ignorait ce qu'elle allait faire, mais la vie à Summerset devenait insupportable. Bien sûr, elle rêvait que, à Pâques, tout redevienne comme avant. Mais elle savait au fond de son cœur que ce ne serait plus jamais pareil. Il était temps qu'elle cesse d'être aussi lâche et qu'elle commence à faire des projets pour elle-même. Maintenant que lady Summerset avait montré son vrai visage, Prudence savait que ce n'était qu'une question de temps avant que la situation devienne critique.

Elle se pressa de faire le tour de la maison pour rentrer par la porte de service. Elle n'avait pas prévenu les filles qu'elle ressortait ce matin. Et puis elle voulait savoir comment allait Victoria, qui lui avait semblé tendue la dernière fois qu'elle l'avait vue. Un gros chariot de livraison était garé devant la porte d'entrée, mais

Prudence ne trouva là rien de remarquable. La maison pleine d'invités engouffrait chaque jour des quantités astronomiques de nourriture.

Elle fit un signe de tête à une femme de chambre qu'elle croisa et salua joyeusement la cuisinière en passant par le réfectoire. Depuis le bal, elle s'appliquait à faire comme si de rien n'était. Du reste, cela importait peu. Jamais les autres domestiques ne l'accepteraient comme une des leurs.

— Vous feriez bien de vous dépêcher de monter aider ces demoiselles, lui conseilla Hortense qui se tenait derrière elle.

Elle se montrait d'une certaine froideur avec Prudence depuis le bal, ce qui ne l'étonnait guère maintenant qu'elle connaissait l'animosité de la comtesse à son égard. Ce qu'elle ne comprenait pas, c'était pourquoi Hortense avait commencé par être gentille avec elle.

— Pourquoi cela ? lui demanda-t-elle.

— Leurs effets personnels sont arrivés de Londres pendant que vous vous promeniez en ville et madame est folle de rage. Imaginez ! Voir le contenu de toute une maison arriver chez vous alors que vous avez une demeure pleine d'invités !

— Ce n'est pas le contenu de toute la maison, rectifia un valet de pied qui arrivait justement en portant une malle. Uniquement leurs effets personnels et quelques objets.

— Les effets personnels de qui ? demanda Prudence qui soudain avait un mauvais pressentiment.

— De miss Rowena et miss Victoria, bien sûr ! répliqua Hortense en se raidissant. Une femme de chambre digne de ce nom devrait savoir ce genre de choses.

— Je ne suis *pas* femme de chambre, objecta Prudence en déboutonnant son manteau.

Elle monta l'escalier quatre à quatre et arriva dans la

grande entrée. La plupart des invités s'étaient déjà retirés dans leurs chambres pour se reposer et prendre un bain avant le dîner. Quelques-uns jouaient aux cartes dans le salon. Prudence ne se donna pas la peine de passer par l'escalier de service. Elle gravit le grand escalier pour arriver plus vite dans la chambre de Rowena.

— Prudence ! appela lord Billingsly derrière elle.

Elle ne s'arrêta pas. Elle ne pouvait pas s'arrêter. Au fond d'elle, elle avait deviné la vérité, mais elle avait besoin de l'entendre de la bouche de Rowena.

Toute la chambre était emplie de malles et de quelques meubles. Elle reconnut la jolie coiffeuse que sir Philip avait rapportée à Rowena d'un voyage en France et la petite berceuse de bois brillant qui avait appartenu à la mère des filles.

Debout au milieu de sa chambre verte et dorée, Rowena était l'image même de la panique. Victoria se tenait en face d'elle, les mains serrées l'une contre l'autre.

— Mais que se passe-t-il ? demandait-elle d'une voix haut perchée qui laissait présager une crise si elle ne se calmait pas bientôt.

— C'est bien ce que j'aimerais savoir, moi aussi, intervint Prudence d'une voix très calme par rapport au tumulte d'émotions qu'elle ressentait.

Rowena pâlit.

— Je suis vraiment désolée… Je ne voulais pas que vous l'appreniez de cette façon…

Victoria tapa du pied.

— Que nous apprenions *quoi* ? Si tu ne me le dis pas tout de suite…

Instinctivement, Prudence s'approcha de Vic et lui posa une main apaisante sur l'épaule.

— Il faut que tu respires, Vic. Ferme les yeux et prends quelques petites inspirations. Nous allons savoir ce qui se passe, mais respire.

Elle se mit en devoir de la masser doucement. Victoria hocha la tête et obéit. Aussitôt, Prudence se tourna vers Rowena. Leurs regards se croisèrent. Elle lut de la douleur au fond de ses yeux, mais aussi autre chose qui la fit souffrir plus encore. *De la honte*.

Victoria reprenait des couleurs. Elle rouvrit les yeux.

— Tu les as laissés vendre la maison ! s'écria-t-elle dans un sanglot.

— Non, non ! se défendit Rowena. Oncle Conrad ne l'a pas vendue : il l'a simplement louée. Elle est toujours à nous. Nous pourrons décider de ce que nous voulons en faire.

Malgré ces paroles rassurantes, Prudence remarqua que Rowena ne venait pas vers elles, ne les embrassait pas.

— Très bien, fit Victoria. Dans ce cas, retournons-y. N'attendons pas. Nous n'avons qu'à arrêter de la louer.

Rowena ne dit rien. L'amertume qui envahissait Prudence déborda en un rire tellement hostile qu'il fit sursauter les deux autres.

— Non. Nous ne pouvons pas. Il a signé un bail à long terme, n'est-ce pas ? Autrement, tu nous l'aurais dit.

— Pour combien de temps notre maison est-elle louée ? voulut savoir Victoria. Dans combien de temps pourrons-nous *décider* ?

Rowena baissa les yeux.

— Sept ans, finit-elle par murmurer.

— Sept ans ? s'écria Victoria. *Sept ans ?*

Des larmes suscitées davantage par la colère d'avoir été trahie par celle qu'elle considérait comme sa sœur que par le chagrin de perdre la maison s'étaient mises à couler sur les joues de Prudence.

— Et quand comptais-tu nous le dire ? Combien de temps comptais-tu me laisser jouer les femmes de chambre ? Cela te plaisait donc, que je sois à ton service ? As-tu seulement idée de ce que j'ai enduré ? De ce que j'ai accepté de faire parce que tu disais que tout allait s'arranger ?

Elle s'interrompit et ferma les paupières alors que la pièce tournait autour d'elle. Puis elle prit une profonde inspiration et rouvrit les yeux en concluant :

— Je te faisais confiance.

— Je suis désolée, Pru. Je ne voulais pas...

Mais Prudence en avait suffisamment entendu. Elle avait tout sacrifié pour leur témoigner son affection et sa reconnaissance à toutes les deux. Elle les considérait comme *ses sœurs*. Hélas, cette histoire prouvait qu'elle s'était trompée. Une vraie sœur ne lui aurait *jamais* fait cela.

— Ton père aurait honte de toi, lâcha-t-elle, les poings serrés.

Elle tourna les talons pour découvrir Elaine, très pâle, sur le seuil de la chambre. Derrière elle, Sebastian la regardait avec un mélange d'horreur et de compassion. Quand elle passa à côté d'eux pour rejoindre l'escalier, ils n'essayèrent pas de la retenir. Elle descendit et sortit sans savoir où elle allait. Tout ce qu'il fallait, c'était qu'elle quitte cette maison.

Une fois dehors, elle prit l'allée en courant jusqu'à ce qu'un point de côté la force à s'arrêter. Elle ne pourrait jamais aller assez loin, de toute façon. Elle s'adossa à un chêne et éclata en sanglots.

Elle se sentait attaquée de toutes parts. Par la mort de sir Philip, par la trahison de sa mère, par l'illégitimité de sa naissance, par la façon dont la traitaient et les domestiques et sa « famille » à cause de ce qu'elle était, et, surtout, par la duplicité de Rowena qui lui portait le coup de grâce.

Pourquoi ne l'avait-elle pas avertie qu'elles ne pourraient pas rentrer chez elles ? Même si cela revenait à lui signifier à elle, Prudence, qu'elle devait trouver un autre endroit où vivre, une autre situation. Elles auraient pu chercher la solution ensemble, comme elles l'avaient toujours fait. Mais, non. Rowena était trop égoïste ou trop faible, ou Dieu savait quoi, pour lui dire la vérité. Quitte, en lui mentant, à la laisser dans une situation intolérable. Elle avait dormi dans le froid, vécu et travaillé dans un manque total de dignité, été la cible de mauvaises plaisanteries ; il y a deux jours, on l'avait même traitée de *traînée*. Ses joues la brûlaient encore à ce cuisant souvenir.

Elle renifla et s'essuya le visage avec sa manche. Elle avait perdu son chapeau en route et son manteau était encore ouvert. Elle le boutonna en se retournant vers Summerset. Le jour déclinait vite. Elle allait devoir rentrer. Elle ne pouvait pas passer toute la nuit ici. Il fallait qu'elle rassemble ses affaires et qu'elle échafaude un plan.

— Je crois que vous avez perdu ceci.

Désorientée, elle tourna sur elle-même. Sebastian approchait, son béret noir à la main.

Elle voulut lui sourire mais en fut incapable, si bien qu'elle lui reprit simplement le chapeau et le remit.

— Comment allez-vous ? lui demanda-t-il doucement.

Elle haussa les épaules.

— Aussi bien que possible. Ça va aller. Oui, ça va aller, répéta-t-elle d'un ton plus assuré en relevant le menton. Il va simplement falloir que je trouve une autre situation le temps de décider où aller et quoi faire.

Il s'éclaircit la voix.

— Rentrez-vous à la maison ou souhaitez-vous que je vous conduise quelque part ?

Elle songea un instant à Wesley et à sa famille, mais écarta vite cette solution. Non. Leur relation était trop récente. Elle pourrait descendre à l'auberge, mais elle n'avait que peu d'argent sur elle et les banques ne rouvriraient qu'après Noël. De toute façon, l'auberge était certainement bondée à cette période et elle doutait qu'il y ait un autre hôtel à Summerset.

— Il va falloir que je rentre, conclut-elle. Au moins dans un premier temps.

Il lui donna le bras et ils regagnèrent lentement la maison.

— Puis-je me permettre une suggestion ? demanda-t-il. Il serait plus convenable que cela vienne de ma mère, mais, vu les circonstances… Je connais un emploi qui pourrait correspondre à ce que vous cherchez.

Elle l'observa. Il regardait droit devant lui.

— De quoi s'agit-il ?

— La meilleure amie de ma cousine est invalide. Suite à un accident de cheval quand elle était petite fille, elle est clouée dans un fauteuil roulant. Il lui arrive également d'avoir des difficultés respiratoires similaires à celles de Victoria. Elle est un peu plus âgée que moi et pleine de vitalité. Je crois que vous l'apprécieriez.

— Je ne suis pas infirmière, Sebastian, fit-elle valoir avant de rougir de s'être surprise à l'appeler par son prénom.

Cela lui avait paru tellement naturel… Il eut la délicatesse de ne pas relever et poursuivit :

— Une infirmière s'occupe de ses soins. Ce qu'elle cherche, c'est une dame de compagnie pour voyager avec elle en Espagne et en Italie jusqu'à la fin de l'hiver. Ma cousine a été sa dame de compagnie jusqu'à son mariage, à l'automne. Ce serait idéal pour vous, le temps que vous trouviez autre chose.

Il avait raison. Ce serait idéal.

— L'autre avantage, dit-il en s'arrêtant et en se tournant vers elle, une lueur mystérieuse dans le regard, c'est que vous ne disparaîtriez pas et que je vous reverrais.

Le cœur battant, elle crut un instant qu'il allait

l'embrasser. Mais il se remit à marcher. Avait-il senti qu'elle était bien trop fragile pour supporter davantage d'émotions ? Elle avala sa salive avec difficulté.

— D'ici combien de temps pourriez-vous lui en parler ? s'enquit-elle.

— Cara passe les fêtes chez ma cousine. Je vais lui envoyer un mot immédiatement.

— Merci, dit-elle simplement.

Il hocha la tête, puis ils retournèrent en silence vers ce qu'il restait de l'ancienne vie de Prudence.

Assise en face de son oncle et de sa tante dans la bibliothèque, Victoria se demandait si c'était exprès qu'ils lui avaient attribué ce fauteuil. Il était si haut que ses pieds ne touchaient pas le sol. Elle devait prendre sur elle pour ne pas balancer les jambes comme une enfant capricieuse et se mettre dans une situation d'infériorité.

Sa tante, encore dans une robe d'intérieur de dentelle fluide, prit la parole en premier tandis que son oncle baissait les yeux d'un air à la fois bienveillant et réprobateur. Victoria bouillait d'impatience de leur révéler ce qu'elle savait et de les voir changer de tête.

— Victoria, nous avons des invités. Je trouve extrêmement malvenu que votre sœur et vous vous disputiez dans le couloir. Puis que vous exigiez d'être reçue par votre oncle et moi-même. Cela confine à la grossièreté, conclut sa tante avec un haussement d'épaules excédé.

Victoria pesa soigneusement ses mots. Si seulement Kit était là… Il avait été parfait, chez nanny Iris, la veille. Elle avait failli s'écrouler quand la vieille dame lui avait appris la vérité, mais il était resté calme et était parvenu à l'apaiser presque aussi bien que Prudence autrefois. Sauf que, cette conversation, elle devait la mener seule, et elle le savait. A l'origine, elle avait envisagé de tout raconter à Rowena pour qu'elles affrontent ensemble leur oncle et leur tante. Mais après ce qui s'était produit tout à l'heure, elle savait qu'elle ne pourrait plus jamais lui faire confiance.

— Je suis confuse que notre dispute vous ait incommodée, ma tante. Cependant, il faut que vous compreniez quel choc cela a été pour Prudence et moi de découvrir que nous n'allions pas rentrer chez nous à Pâques et que, d'ailleurs, nous n'avions même plus où aller. C'est du reste en partie pour cela que j'ai souhaité vous parler.

Le beau visage de sa tante trahissait à la fois l'inquiétude et l'agacement.

— Ne vous inquiétez pas de cela, mon enfant. Vous passerez la saison avec nous, à Belgravia. La maison est bien assez grande pour nous accueillir tous, plus des invités.

Son oncle se décida enfin à parler.

— C'est exactement ce que j'ai dit à Rowena. Notez que je tiens compte de vos souhaits et des siens ; je n'ai pas vendu la maison. Je l'ai simplement louée en attendant que vous soyez toutes deux plus en mesure de prendre des décisions. Bien qu'elle appartienne au domaine, j'ai agi ainsi par égard pour vous, parce que c'est là que vous avez été élevées et que sont vos souvenirs de votre père. Par ailleurs, je suis navré d'être vieux jeu, mais il est impossible que vous y viviez seules à votre âge.

Victoria aurait voulu discuter ce dernier point, mais il ne fallait pas qu'elle se laisse distraire de son objectif. Or se disputer avec son oncle au sujet du droit de vote des femmes — et de leurs droits en général — ne servirait pas sa cause.

— Bien que je n'approuve pas votre décision, déclara-t-elle, il me semble inutile de revenir sur ce qu'il est trop tard pour changer.

— C'est pourtant ce que votre sœur et vous avez fait tout à l'heure, et à tue-tête, dit sa tante avec ironie.

— Toutefois, s'empressa de reprendre Victoria, ce n'est pas à ce sujet que j'ai demandé à vous voir.

Il ne fallait pas tarder à en venir au fait, autrement, elle risquait de perdre courage. Et elle ne voulait *surtout pas* perdre courage. Si elles se trouvaient dans cette situation, c'était justement parce que sa sœur, elle, avait fait preuve de lâcheté. C'était bien son genre !

— Bien ; de quoi s'agit-il donc ?

Son oncle Conrad consulta sa montre gousset comme si Victoria le mettait en retard pour un rendez-vous important.

— Je veux vous parler de Prudence.

Sa tante agita une main comme s'il n'y avait rien à en dire et son oncle secoua la tête d'un air écœuré.

— Ou plutôt de la *mère* de Prudence, précisa Victoria.

Ils se figèrent.

Elle se força à respirer lentement malgré l'émotion qui la faisait trembler intérieurement.

— J'aimerais que nous parlions de la place de Prudence dans la famille, ou, plutôt, que vous m'expliquiez pourquoi elle vit dans la partie réservée aux domestiques, qui est la plus éloignée de la place qui devrait être la sienne.

Son oncle se leva tandis que sa tante ne détachait pas les yeux du visage de Victoria. Celle-ci s'efforça de soutenir son regard, mais, devant la force de caractère et la volonté de sa tante, elle fléchit et se tourna vers son oncle.

— J'ignore ce que vous voulez dire, lâcha-t-il, démenti par la rougeur qui envahissait son cou.

— Elle *sait*, finit par articuler tante Charlotte. Laissez-moi m'occuper de cela, mon ami, dit-elle en lui tapotant la main. Victoria est notre nièce. Ne vous en faites pas.

Le soulagement se peignit sur le visage de l'intéressé, Victoria le vit clairement.

— Merci, ma chère. Vous verrai-je dans le salon avant le dîner ?

Elle hocha la tête.

— Bien entendu. J'ai placé cet Américain près de vous, comme vous me l'aviez demandé. Vous pourrez parler chevaux toute la soirée.

— Merci, dit-il en les saluant tour à tour d'un signe de tête avant de sortir.

Victoria avait envie de hurler. Elle détenait un secret qui pourrait détruire la famille, et ils parlaient plan de table !

Elle se cala dans son fauteuil et se prépara à affronter sa tante. La façon dont on traitait Prudence, et dont on lui avait menti, était terriblement injuste. Victoria puisa des forces dans la conviction qu'elle se battait pour une juste cause. Faute d'avoir pu sauver la maison de son père, elle pouvait au moins défendre sa *sœur*.

Assise très droite dans son fauteuil, lady Summerset jaugeait sa nièce. Si Rowena était beaucoup plus belle, et moins fragile, elle avait manifestement sous-estimé la volonté de fer de cette petite. Ce devait être une conséquence de cette infirmité dont elle souffrait depuis l'enfance. Lutter contre la maladie, chercher à la vaincre pour ne pas être vaincue l'avait rendue plus forte. Ce qui était certain, c'était que cette enfant avait plus de cran et de caractère que son Elaine qui ne songeait qu'à s'amuser avec son groupe d'amis — le Cénacle ? Etait-ce cela, le nom qu'ils se donnaient ? Non, franchement, Elaine était charmante et ferait certainement un beau mariage, mais jamais elle ne régnerait sur la société.

Mais qui eût cru que cette petite Victoria, avec ses

drôles de passions et ses grands yeux, la fixerait un jour avec autant de détermination que si elle comptait effectivement remporter cette escarmouche ?

Elle-même, aurait-elle eu cette audace, à dix-huit ans ? Aurait-elle osé défier l'autorité ? Ce n'était guère son style. Elle manœuvrait, elle manipulait ceux qui détenaient le pouvoir, mais il était rare qu'elle les affronte. Lady Summerset songea aux suffragettes qui se laissaient mourir de faim en prison pour obtenir le droit de vote. Les femmes étaient plus nombreuses, à cette génération, à se soulever contre l'autorité.

Mais atteindraient-elles leur objectif ?

Elle laissa Victoria mijoter un petit moment et se leva pour aller jusqu'au bureau de son mari. Elle griffonna un mot rapide et sonna.

— Portez cela à Hortense immédiatement, dit-elle au valet de pied qui se présenta. Merci.

Elle prit tout son temps pour se rasseoir et arranger sa robe autour d'elle. Puis elle regarda sa nièce très calmement.

— J'ai prié votre oncle de nous laisser parce que nous allons devoir aborder des sujets dont il est un peu gênant pour une jeune fille de votre âge de parler devant un homme.

— Tout de même, ma tante, j'ai presque dix-neuf ans.

— Quoi qu'en disent les mœurs d'aujourd'hui, il faut ménager les susceptibilités. Mais venons-en au fait, voulez-vous ? Que croyez-vous savoir et que voulez-vous obtenir ?

— Je sais qui est le père de Prudence, déclara-t-elle en relevant le menton.

— Et comment se fait-il que vous croyiez savoir une vérité que Dieu est en réalité seul à détenir ? demanda posément lady Summerset.

Victoria ne vacilla qu'un instant.

— Vous savez, répondit-elle, quand j'ai commencé à avoir des soupçons, j'ai cru que c'était peut-être oncle Conrad. Ou, pire…

Là, Victoria dut s'interrompre et fermer les yeux un instant. Mais elle respira profondément et reprit aussitôt.

— Ou, pire, mon père. Mais ce n'est pas cela, n'est-ce pas ?

Lady Summerset avait une repartie cinglante sur le bout de la langue. Toutefois, consciente de ce qu'il avait dû en coûter à la jeune fille d'aller jusqu'à envisager cette possibilité, elle la retint.

— Non, en effet.

Victoria baissa les yeux. Soudain, lady Summerset eut pitié d'elle. La vie était tellement plus douloureuse pour ceux qui la prenaient de front…

— Mon grand-père était une espèce de monstre, n'est-ce pas ? murmura la petite.

— Un *monstre* ? répéta lady Summerset avec un rire surpris. Mais non. C'était un homme qui avait certains goûts — et le pouvoir d'obtenir ce qu'il voulait. Je suis désolée de vous dire les choses aussi brusquement, mais, comme vous l'avez vous-même souligné, vous avez *presque dix-neuf ans*.

— Et si c'était contre sa volonté ? s'écria-t-elle.

— Qui sait ce qu'il en était ? Nous n'étions pas là. Nous l'ignorons.

— Vous ne le niez donc pas : c'est bien le précédent comte de Summerset le père de Prudence ?

C'est alors qu'un cri se fit entendre. Hortense se tenait sur le seuil avec une Prudence pâle comme un linge. Victoria se précipita vers elle et, avec Hortense, elles l'aidèrent à s'asseoir dans le fauteuil voisin de celui de Victoria.

— Vous pouvez nous laisser, Hortense. Merci. Portez

du thé dans mon boudoir. Et faites-moi couler un bain, je vous prie.

Elle disparut tandis que Victoria s'agenouillait auprès de Prudence et lui prenait les mains. Cette dernière semblait sur le point de s'évanouir.

— Pardon, Prudence. Je voulais tout te raconter après que j'aurai parlé à ma tante.

Prudence secoua la tête sans rien dire.

Lady Summerset la regarda. Elle avait toutes les caractéristiques des Buxton, cela ne faisait aucun doute. C'était d'ailleurs l'une des raisons pour lesquelles Philip avait accédé à sa demande de ne jamais l'amener à Summerset. Quelle bêtise il avait faite en portant secours à la mère et en élevant la fille avec les siennes ! Comme si elle avait le moindre droit ! *Non*. Quoi que lui en aient dit Conrad et Philip, cette fille n'avait *aucun* droit.

Pour autant, lady Summerset n'était pas insensible. Il devait exister une issue respectable à ce problème. Il le fallait. Ils étaient parvenus à étouffer le scandale trop longtemps pour le voir éclater maintenant à cause de deux petites écervelées. Elle se concentra de nouveau sur la situation présente.

— Je ne comprends pas, finit par articuler Prudence.

— Victoria ? Pensez-vous que ce soit à vous de lui expliquer ?

Cette dernière se releva sans lâcher la main de Prudence.

— Je suis allée faire part de mes soupçons à nanny Iris hier soir et elle m'a tout raconté.

— Nanny Iris ? répéta Prudence en regardant autour d'elle d'un air égaré. La vieille nurse de sir Philip et du comte de Summerset ? Qu'a-t-elle à voir dans tout cela ?

Lady Summerset intervint sans laisser à Victoria le temps de répondre.

— Tout compte fait, peut-être vaudrait-il mieux que je vous explique. Je connais toute l'histoire.

Victoria s'emporta :

— Nanny Iris en savait assez long pour que la famille lui verse une belle somme afin qu'elle se taise.

— Asseyez-vous, Victoria, ordonna-t-elle sèchement. Vous oubliez qu'il ne s'agit pas uniquement de Prudence, mais aussi d'Halpernia. Ce n'est pas seulement un scandale familial : c'est aussi une tragédie. Conduisons-nous donc en conséquence.

Victoria se tut. Lady Summerset se tourna vers Prudence.

— Savez-vous qui était Halpernia ?

Elle hocha la tête.

Lady Summerset se leva et se servit un verre de cognac à la carafe de cristal que son mari gardait toujours sur son bureau. Elle en but une gorgée, puis une autre. Les filles l'observaient en silence. Elle comprenait pourquoi il tenait tant à son brandy. Pour se détendre, c'était souverain.

— Victoria a raison, Prudence. Pour autant que nous sachions, vous êtes la fille du précédent comte de Summerset, Harold Xavier Conrad Buxton. Votre mère était femme de chambre ici à l'époque des faits. Il s'est entiché d'elle, et, comme cela arrive, elle s'est vite trouvée enceinte.

Victoria voulut l'interrompre, mais elle ne la laissa pas faire.

— Non, dit-elle en levant une main, je ne spéculerai pas sur la réciprocité ou le caractère forcé de cet intermède. Cela n'a aucune incidence sur la situation actuelle.

— C'est parce qu'il ne s'agit ni de votre mère, madame, ni de l'histoire de votre naissance, répliqua Prudence avec une nervosité et une amertume qui donnèrent envie à lady Summerset de la gifler.

— Ta mère n'a pas été la seule, affirma Victoria. Il y a eu plusieurs jeunes filles, dont une s'est même donné la mort.

— Assez ! coupa lady Summerset.

Elle contempla le verre qu'elle tenait encore à la main et but une autre gorgée avant de reprendre avec un calme forcé :

— Ne digressons pas trop, voulez-vous. Ce qui a pu se produire — ou non — avec d'autres jeunes filles ne concerne en rien la mère de Prudence. Ni Halpernia, du reste.

Victoria céda et lady Summerset poursuivit :

— Alice et nanny Iris étaient assez proches pour que nanny Iris l'instruise quand elles avaient fini leur travail. La petite Halpernia s'est prise d'affection pour Alice de sorte que, les après-midi de congé de nanny Iris, l'enfant ne voulait de personne d'autre qu'Alice pour s'occuper d'elle. Une fois, lors d'une promenade...

Elle s'interrompit et se demanda même si elle allait être capable de poursuivre. Conrad et elle marchaient dans le parc quand ils avaient entendu des cris. Elle n'avait jamais voulu reparler de ces choses, et voilà qu'elle s'y trouvait contrainte. Elle reprit son souffle et poursuivit avec détermination :

— Personne ne sait précisément ce qui s'est passé. Tandis qu'elle était avec le comte, Alice a négligé son devoir et la petite Halpernia s'est noyée dans la mare.

Prudence poussa un cri ; Victoria se rapprocha d'elle.

— Voilà, mesdemoiselles. Que pensez-vous que la famille ait fait, après cela ? Lady Margaret, la comtesse, a sombré dans la mélancolie. Le comte ne s'est jamais vraiment remis et a eu sa première attaque quelques mois plus tard. Nanny Iris a reçu une généreuse retraite puisque l'on n'avait plus besoin de ses services. Alice a été congédiée, bien entendu. Quoi qu'il en soit, elle aurait dû s'en aller quand son état serait devenu notoire.

— *Bien entendu*, murmura Prudence, de plus en plus amère.

— Auriez-vous souhaité qu'elle soit décorée pour avoir retrouvé le corps ? objecta lady Summerset.

Prudence se détourna.

— Philip venait de fonder une famille. Il a engagé un détective privé qui l'a retrouvée dans une situation désastreuse. Après avoir consulté son épouse, il lui a offert une place chez lui. Il devait s'en faire un devoir vis-à-vis de vous, qui étiez en fait sa demi-sœur. Vous connaissez la suite.

Lady Summerset croisa les mains sur ses genoux et attendit.

Ce fut Victoria qui parla la première.

— Et donc, sachant tout cela, vous avez essayé de la reléguer au rang de domestique ? Alors que c'est une Buxton ! Que c'est *ma tante* !

Prudence se leva d'un bond. Ses yeux lançaient des éclairs.

— Non, pas du tout ! Je suis la preuve vivante d'un scandale et d'une tragédie. Je suis la bâtarde née soit d'une situation honteuse, soit d'une agression brutale. C'est à cause de ma mère que ta vraie tante est morte. Qui d'autre que ton père, l'être le meilleur au monde, aurait pu m'accueillir dans sa famille et dans sa maison ? Selon les règles de ton milieu, je suis une moins que rien, et même moins encore !

— Mais nous ne sommes pas comme cela, protesta Victoria.

— Peu importe ce que, toi, tu crois, Vic. Ainsi va le monde. On ne voulait pas de moi ici, alors on a essayé de me rendre la vie insupportable.

Le silence se fit, troublé seulement par le tic-tac de la pendule et le léger sifflement de la respiration de Victoria.

Lady Summerset finit par s'éclaircir la voix.

— Je crois que, en venant me trouver ce soir, Victoria espérait que je confirmerais sa version des faits et que, par une espèce de miracle, vous seriez acceptée dans la famille, de sorte qu'elle n'aurait plus eu à craindre de vous perdre. Mais ce n'est pas ce qui va arriver, n'est-ce pas, Prudence ?

Celle-ci se tenait debout devant elle, encore vêtue de son élégant tailleur de marche. Son port distingué trahissait la filiation Buxton et son excellente éducation. Quel dommage, vraiment.

— Non, lâcha-t-elle. On m'a menti, on m'a trahie, on m'a traitée plus bas que terre. Pourquoi voudriez-vous que je souhaite devenir une Buxton et m'aligner sur les gens de votre espèce ?

— Prudence ! Arrête ! s'écria Victoria.

Lady Summerset hocha la tête. C'était précisément le genre de réaction qu'elle avait attendue.

— Je ne suis pas insensible, déclara-t-elle. Si vous avez besoin d'aide matérielle, je me ferai un plaisir de…

Prudence secoua la tête. Son visage crispé, ses poings serrés disaient quel effort elle faisait pour prendre sur elle, ce que lady Summerset respectait pour l'avoir elle-même éprouvé en maintes occasions.

Elle fit une nouvelle tentative.

— Demain, c'est Noël. Mais je suis certaine que, si je demandais à l'auberge…

— C'est inutile. J'ai de la famille en ville.

Lady Summerset inclina la tête et Prudence sortit sans un regard en arrière.

— Prudence ! appela Victoria. Attends !

Lady Summerset lui saisit le bras pour l'empêcher de courir après son amie.

— Laissez-lui un peu de temps, affirma-t-elle. Imaginez tous les chocs que la malheureuse a subis aujourd'hui.

— Mais elle a besoin de moi !

Lady Summerset soupira. C'étaient bien les jeunes, de croire qu'ils pouvaient changer le cours des choses.

Le départ de Prudence allait anéantir Victoria, mais elle finirait par l'accepter. L'une des forces de la jeunesse était justement de pouvoir accepter l'inacceptable. Elle prit doucement sa nièce dans ses bras. Depuis combien de temps n'avait-elle pas tenu sa propre fille ainsi ? Cela remontait à avant le pensionnat suisse, très certainement.

— Votre amie a besoin d'être un peu tranquille, lui assura-t-elle. Laissez passer un jour ou deux, puis vous irez la trouver. Vous lui serez d'une plus grande aide une fois que vous serez un peu calmées l'une et l'autre. Et, d'ici là, elle verra sans doute les choses d'un autre œil.

Ce n'était pas vrai et lady Summerset le savait. Elle laissa cependant Victoria pleurer tout son soûl dans ses bras. Non sans se demander si Hortense saurait comment effacer les traces de larmes sur la dentelle.

Épilogue

Bercée par le bruit répétitif du train, Prudence se serait endormie si elle en avait été capable. Toutefois, comme cela faisait cinq nuits qu'elle ne pouvait fermer l'œil, il y avait peu de chances qu'elle y parvienne maintenant.

Au moins, songea-t-elle, elle n'était pas seule.

Rétrospectivement, elle était heureuse d'avoir prié Victoria d'assister au mariage. S'il y avait une innocente dans toute cette histoire, c'était bien Vic, qui avait seulement souhaité qu'elle quitte le couloir des domestiques pour s'installer dans sa chambre. Vic, qui avait hérité de l'idéalisme de son père sans avoir sa sagesse. Vic, qui avait espéré que, si elle parvenait à prouver que Prudence était bien une Buxton, son oncle et sa tante allaient se laisser fléchir et l'accueillir au sein de la famille.

Dire qu'elle se demandait pourquoi on la traitait comme une enfant à l'imagination débordante…

Bien entendu, la présence de Victoria n'avait fait que souligner l'absence de Rowena. Mais elle voulait l'oublier pour le moment. Peut-être pour toujours, ou en tout cas dans l'immédiat.

Elle aurait également aimé pouvoir oublier qu'elle était une Buxton. Oublier qu'elle était du même sang que ces gens qui ne considéraient les autres que comme des moyens de parvenir à leurs fins. Quel était ce monde dans lequel on achetait le silence des domestiques sur la mort d'une enfant et la ruine d'une jeune fille ?

Malgré ses efforts, l'image du beau visage de Rowena se peignit soudain dans son esprit. Son cœur se serra douloureusement au souvenir de celle qui avait été comme sa sœur. Oui, elle voulait oublier qu'elle était du même sang qu'un être capable de trahir les siens parce qu'il était trop dur ou trop malcommode de dire la vérité.

Elle songea à sa mère et sa peine redoubla. Ce qu'elle voulait oublier, plus encore, c'est qu'elle était du même sang que l'homme qui, de toute évidence, ne tolérait pas qu'une jeune fille se refuse à lui.

Ces derniers jours, à l'auberge, Prudence avait eu tout le temps de chercher des renseignements supplémentaires sur sa famille. Son cousin l'avait aidée à découvrir d'autres rumeurs au sujet du précédent comte, un homme tellement haï que, à la fin de sa vie, il n'osait plus se montrer en ville. Il n'était pas étonnant que son fils ait dépensé tant d'argent pour la réfection de l'hôpital ou l'amélioration des logements de ses locataires.

On pouvait y voir une sorte de dédommagement.

Prudence s'agita pour trouver une position plus confortable dans son fauteuil. L'homme à côté d'elle remua dans son sommeil. Elle se figea de crainte de le réveiller. Dieu sait que lui non plus n'avait pas bien dormi ces derniers jours. Elle lui sourit tendrement. C'était un homme bon. Elle ignorait la nature exacte de ses sentiments pour lui aujourd'hui ; elle savait en revanche que, avec le temps, elle apprendrait à l'aimer.

Il avait été auprès d'elle dès qu'il avait su ce qui se passait et avait refusé de la quitter. Peu lui importaient le scandale, leur différence de milieu, l'opinion de sa famille : elle seule comptait à ses yeux.

Elle regarda le bouquet de mariée qu'elle avait encore dans les mains. Oui, elle avait bien fait d'inviter Vic. Car celle-ci avait deviné que Prudence oublierait les fleurs et les autres détails auxquels l'on ne songeait pas quand on n'avait pas plus de cinq jours pour organiser un mariage. Victoria avait donc cueilli ses fleurs favorites dans la serre pour lui confectionner un bouquet.

— Il y a un peu trop de *Gardenia jasminoides*, s'était-elle excusée d'un air piteux, mais, hélas, le choix était réduit.

C'était le seul moment de la journée où Prudence avait failli s'effondrer. Finalement, elle avait gardé l'œil sec tout le long de la cérémonie à laquelle assistaient Victoria, donc, Susie, Wesley et ses parents, et la cuisinière, du côté de Prudence, ainsi que le frère, la belle-sœur et le père du marié.

Andrew remua de nouveau. D'un geste un peu hésitant, elle lui caressa l'épaule. Il ouvrit les yeux et lui sourit avant de les refermer. Le soir où il était venu la trouver, elle lui avait tout raconté, y compris qui étaient ses parents. Elle ne lui avait pas parlé de l'emploi que lui avait proposé lord Billingsly parce que, dans son esprit, il n'était plus envisageable. Elle rougit au souvenir de sa lâcheté. Elle ne lui avait même pas annoncé de vive voix sa décision de renoncer à son offre. Elle s'était contentée de lui envoyer un mot pour le remercier de sa gentillesse. Un mot dans lequel elle n'évoquait pas Andrew.

Elle ne savait certes pas bien où était sa place ; en revanche, elle savait parfaitement où elle n'était pas. Le monde des Buxton, des Billingsly, des Kittredge — le beau monde, en somme — n'était pas le sien. Non, cette vie-là ne serait pas la sienne. Elle ne voulait rien avoir affaire avec ces gens-là. Aucun d'eux.

Au lieu de cela, elle allait s'installer dans le Devon et, le travail et les sacrifices aidant, être l'épouse d'un fermier vétérinaire. Ils mèneraient une vie honorable et heureuse, digne de l'homme qui l'avait élevée.

Et si la famille et la maison de son enfance lui manquaient ?

Elle inspira et expira lentement. Eh bien, il faudrait qu'elle construise sa famille à elle. Son foyer à elle. Voilà tout.

Remerciements

Je tiens avant tout à faire tous mes remerciements à mon extraordinaire agent, Molly Glick, qui n'a pas bronché quand, sans crier gare, je lui ai envoyé un courriel pour lui dire que nous devrions imaginer une histoire qui se déroule au début du XXe siècle. Non seulement elle encaisse les coups, mais elle a le don de faire de la magie à partir de rien. Je tiens ensuite à manifester ma gratitude à Lauren McKenna, éditrice hors du commun, qui sait parfaitement ce qu'elle veut et comment me faire donner le meilleur de moi-même, ainsi qu'à l'infatigable Alexandra Lewis qui a passé des heures à échanger des courriels avec moi pour donner forme à ce livre. Sa perspicacité a largement contribué à l'améliorer. La magnifique couverture est l'œuvre de Lisa Litwack, et je remercie sincèrement le chef de fabrication John Paul Jones et la correctrice Jane Elias pour leur savoir-faire et leur science de la virgule.

Art Braccioforte, qui a lu les premiers chapitres et m'a assuré qu'ils n'étaient pas mauvais, a lui aussi ma reconnaissance, de même que Diane Cooke, éditrice indépendante, qui m'a aidée à mettre de l'ordre dans la pagaille que je lui envoyais, et la grande romancière spécialiste de la Belle Epoque, Evangeline Holland, pour la vérification historique.

Enfin, je voudrais surtout remercier ma famille, aussi unique qu'extraordinaire : mon mari, qui prend soin de moi et endosse des tâches dont je suis bien aise d'être débarrassée (et tant pis si je piétine quarante ans de féminisme) comme les factures, l'entretien des voitures, le bricolage et les courses ; et mes merveilleux enfants… Ethan, qui me fait rire et termine mes phrases, et ma fille, Megan, qui compense mon manque de sens pratique en apprenant la mécanique — tout en restant ravissante. Les mots me manquent pour vous dire à quel point je vous aime tous les trois. Je pourrais résister presque à tout, y compris au cancer, aux courriers de mes éditeurs et à une apocalypse zombie, tant que je vous aurais auprès de moi.

Composé et édité par HarperCollins France.

Achevé d'imprimer en mai 2020.

CPi
BLACK PRINT

Barcelone

Dépôt légal : juin 2020.

FSC
www.fsc.org
MIXTE
Papier issu de sources responsables
FSC® C108412

Pour limiter l'empreinte environnementale de ses livres, HarperCollins France s'engage à n'utiliser que du papier fabriqué à partir de bois provenant de forêts gérées durablement et de manière responsable.

Imprimé en Espagne.